Ingeborg Horn

Logbücher einer Meerjungfrau

Von den elementaren Grundlagen der Menschwerdung

Literaturverlag Droschl

In den Bergbächen ragen hier und dort regelmäßig Steinblöcke aus dem Sturzwasser heraus, welches an diesen Stellen, statt als Gischt dahinzubrausen, glatt und durchsichtig darüber hinwegschießt und sich aus dem elementaren Rauschen, Klirren und Tosen auch, wenn man genauer hinhört, als etwas Stimmhaftes heraushebt. Menschenstimmen lassen sich an solch musikalischen Steinen aus dem Fließen heraushören, nicht nur ein Gurgeln und gutturales Zungenschlagen und -schnalzen, sondern ein Murmeln, sich immer wieder aufschwingend zum Singsang, zum Vibrato, einem vielstimmigen Psalmodieren. So ist es mit der Zeit, als seien Felsmasse und Wasser ständig dabei, eine vergessene und verschwiegene Erzählung zu intonieren, stammelnd, begeistert, jeden Moment nah am Verständlichwerden – und dann aber gerade im Unverständlichbleiben, in der Unübersetzbarkeit die Erzählung bedeutend … Erzählen? Ein rhythmisches Beseelen des Gastes der Figuren, kraft deren Vielfalt wie Eintönigkeit, und auch mit der Hilfe, vor allem, der Zwischenräume, Passagen, Durchlässe.

Peter Handke, *Eine Erzählung aus vierzehn und einem Guß*

I

Ihr Menschen! Ihr Ungeheuer!
(Ingeborg Bachmann, *Undine geht*)

Im Januar wird der Winter erwachsen. Der Wald ist bekleidet mit den Perlen des Himmelskönigs.

Es ist kein Unglück, fast nichts zu verstehen; klein anzufangen, gleichsam auf allen vieren, zu gehen, zu verstehen, zu buchstabieren.

Ihre Sprache zu lernen, bedeutet in manchen Ländern etwas wie Kapitulation. Sehenlernen, Verstehenlernen bedeutet auf manchen Gebieten einen Sturz kopfüber in Blindheit.

Gedanken kommen und gehen; ich lasse sie kommen und gehen. Sie könnten nicht kommen, wenn ich sie nicht gehen ließe. Nicht um sie festzuhalten, sondern um sie loszulassen, um ihnen das Kommen und Gehen zu erleichtern, will ich schreiben.

Früh am Morgen klebt den Menschen Bettwärme noch an wie Eierschalen. Es gilt alles noch nicht richtig – das Hutabziehen, Einandergrüßen – und keiner will wissen, was stattdessen gilt.

Sentimentalität ist Ausdruck vergeblicher Bewegung.

Nicht, um der Welt zu entrinnen, sondern weil die Berührung mit ihr ihnen so erst gelingt, ergreifen manche nach dem Scheitern aller anderen Versuche als letzte aufgesparte Berührungsform den Tod.

Statt zu weinen, könnte ich singen. Weil ich aber nicht gut singen kann, weine ich nur und wiege mich leise im Rhythmus hin und her.

Der wahre Mensch war, aus der Nähe betrachtet, kleiner, als ich gedacht hatte; schmaler, kräftiger, weniger wild. Sein Gesicht war entstellt.

Rauchfangkehrer kamen, kehrten den Rauchfang und fragten, ob Undine und Huldbrand vielleicht Aussteiger wären? Leute, die alles erreicht haben, und es befriedigt sie irgendwie doch nicht, und jetzt lebten sie ganz allein irgendwo auf einer Insel?

Schreibend erzähle ich, daß ich stumm bin.

Huldbrand war manchmal im Zorn verschlossen wie ein eiferndes Grab.

Dame neben Apollonbüste, unbeschwert lächelnd.

Ein Kind steht erhaben am Dampfersteg, Messer im Gürtel, Zahnlücken im Mund, blond und adrett, kann noch nicht schwimmen. Ein anderer Junge läuft weinend davon. Wie kleine Fische im Wasser die Mädchen.

Es möchte aber möglich sein, die Wahrheit zu sagen. Es möchte nämlich jeder gut sein und schön sein.

Undine war kein Menschenfeind. Aber sie nahm die Menschen ernst und fand den Umgang mit ihnen manchmal herzzerreißend.

Freundliche Worte sind am schwersten zu tragen.

Wenn einer im Dunkeln nach Hause finden will, sucht er nicht Zeichen – was ist im Dunkeln ein Zeichen, kein Zeichen, mein Zeichen? –, sondern den Weg. Der Zeichensucher geht in die Irre, fällt in den Sumpf, stürzt den Steilhang hinunter. Wer den Weg sucht, findet ihn, ahnt ihn genau, auch im Dunkeln.

Dämmerung schreibt in Flammenschrift die Bewegung der Welt

an den Horizont. Manche wandern der Sonne nach. Sie streben nach Irrtum.

Daran erkennen wir uns: daß wir uns erkennen. Und ist auch viel Zeit darüber vergangen, und ist auch alles anders geworden, weißt du auch nicht, ob du lachen oder weinen willst, weiß ich nicht, zerfließt mein Herz oder verbrennt es, lebe ich oder bin ich gestorben, bin ich oder bin ich nicht: ich bin es, du bist es, nichts Falsches ist an dieser Umarmung, sie ist die reine Wahrheit, sonst nichts.

II

... die sich mit jhrer Schöny inn Weg gesetzt hat ...
(Paracelsus, *Liber de nymphis*)

Es war eine große Kälte, die Zeitungen überschlugen sich, 20 bis 25 Grad minus, die kälteste Nacht seit 50 Jahren, Männer erfroren auf dem Heimweg vom Wirtshaus. Eisblumen ranken tagsüber an den inneren Fenstern. Nachts wirft der Vollmond bei jeder Bewegung kleine bunte Sterne hindurch.

In den Tälern ist es noch kälter. Überall schwanken Betrunkene. Im Kurpark zappelt etwas, ein besserer Herr mit Geheimratsbart, er tastet nach seiner Brille, setzt sie schneeverklebt auf die Nase, sucht blind nach seinem Hut. Ich hebe ihn auf, klopfe den Schnee ab. Bitte. Danke. Leute gehen vorbei und lachen. Danke, sagt er ungeduldig, danke! Ein Brillenglas ist plötzlich frei von Schnee, er sieht mich mit einem Auge scharf von unten her an. Ich sehe, daß er so unverborgen vor mir nicht werden wollte.

Seit ich einen Satz hörte, den ich verstand, suche ich nach einer Antwort.

Ausharren bei den Menschen – oder ausharren und untertauchen, meine Wunden pflegen und wiederkommen. Und jedes Mal verwirre ich sie mehr. Und jedes Mal trage ich weniger harte Stellen und Wunden davon.

Man lebt nicht ungestraft im Paradies.

War ein jungfräulicher Schnee gefallen, ein kleiner Sturm darüber gewesen, und was sich gestern beging wie eine Theaterkulisse, wie eine Weihnachtskrippe, war ein frischgefallenes Meer neugeborener Wellen.

Solange Kinder weinen, suchen Menschen nach schonenden Wendungen.

Verse vollziehen Wendungen. Prosa will geradeaus.

Was er betritt, ist einsame Insel, und er ist Robinson. Schwarze Pechvögel, Freitagskinder, flehen um Schutz, Belehrung, Unterwerfung.

Undine hatte einmal zu Huldbrand gesagt: Glaubst du denn, daß du besser bist als irgendein Mensch?

Als er den Glücksruf in sich zu hören und sich nach ihm zu richten begann, wandten viele sich von ihm ab. Sie hatten mehr von ihm erwartet.

Sah eine geglückte Bewegung und dachte: So lieb möchte ich auch werden.

Auf dem Boden der Tatsachen.

Maschinen vererben den Fluch blinder als irgendein Ödipus. Eine Generation köpft die andere.

Zweierlei tote Sprachen: gestorbene und totgeborene. Die einen sind zur Not zum Leben zu erwecken. Die anderen können zur Not alles töten; nur sich selbst nicht.

Abirrend treffen meine Gedanken das fruchtbarste Land.

Abends wurde es plötzlich schön. Die Vögel hatten einander plötzlich viel zu sagen, zum ersten Mal in diesem Jahr. Abendrot bedeckte den Himmel. Der See lag im Tal wie trächtig unter dem schrundigen Grau und Silber.

Im gelbgrauen Meer, das durchscheinend schimmert (verwesende Beute des gewesenen Winters), erheben sich grünende Inseln.

Daß etwas gelingen kann, ist bestürzender als jedes Scheitern.

Ist es leicht und unverbindlich, in der Einsamkeit sprechen zu lernen? Mache ich meine Fehler nicht vor dem Publikum? Mache ich sie nicht vor der Sprache?

Man sagt etwas, sagte der Ritter, und führt auch schon jemanden in die Irre.

Ich bin nicht schlagfertig. Kann mir meine Munition nicht merken.

Ein Spielplatz über dem See. Kinder spielen Fangen. Das kleinste, ein Mädchen, steht wie ein Standbild, mit ausgebreiteten Armen, den Kopf zur Seite gedreht. Sie ist ab und wartet, daß einer sie erlöst.

Mit unbewaffneten Sinnen.

Verlogenheit hat auch etwas Rettendes, Schützendes.

Prokrustesbett auf dem Waldfriedhof. Frisch gesetzte Stiefmütterchen. Wie ich auch immer meiner Schwester sage. Man hat zwei Möglichkeiten. Entweder kapituliert man. Oder man versucht es eben noch mal. Eine gekrümmte Gestalt lauscht mit aufwärts gebogenem Kopf. Durstig trinkt sie die Worte.

Kettenhand klirrt über Kreuzworträtsel.

Da alles käuflich geworden ist, was wird aus der bleibenden allgemeinen Sehnsucht nach Treue? Große Treueaktion! Teilnahmescheine bei Ihrem Kaufmann.

Morgens fiel dichter großflockiger Schnee. Darin schlafen jetzt alle Himmelschlüsselblüten. Dämmernd liegt das Weiß auf den Bäumen wie ein blühender Mai.

Muß Liebsein immer zum Verrücktwerden sein?

Die sieben Westküsten des Birnbaumgebirges im Gezeitenwechsel des Lichts.

Das erste Urteil wurde verlesen: Staatenlos. Der Mann wurde auf den Folterstein geworfen, groß und stark, schwer zu zertreten; aber man trat ihm so lange auf die Brust, auf den Hals, auf den Kopf, bis er nicht mehr lebte. Das nächste Urteil: Verbannt. Auch der war groß und stark, ihm ging es nicht anders. Exiliert. Ohne Zugehörigkeit. So ging es weiter. Erst zum letzten, einem schmächtigen Kerlchen mit lügenden Augen, sagten sie: Einer von uns. Der atmete auf und ging davon.

Wo Huldbrand als Kind Blumen gepflanzt hat, da blüht jetzt alles. Er umarmte Undine und sagte: Viel haben wir schon zusammen gelernt! Aber das Schönste ist, daß die Zeit ihren Teil dazugibt.

Ich bin müde. Schönheit, hilf mir. Laß mir nicht die Augen zufallen.

Mein bleicher Menschenfuß ist fremd auf der frühlingsgrünen Erde. Er muß noch viel lernen. Ich gehe barfuß zum Waldrand, nehme verwitterte Zweige von geduckten Veilchen; gehe durch warmes Laub und Gras zwischen den Schlüsselblumen zum Bach. Endlich die Welt wieder sehen, endlich durch die Welt gehen mit unbewaffneten Füßen! Nicht barfuß gehen, nicht barhäuptig stehen – Winter heißt, ohne reinen Begriff von der Welt sein.

Die schweren Dinge langsam sagen.

Wenn ein unglücklicher Mensch einen glücklichen nachahmt, merkt er selbst, simulieren genügt nicht. Von hier her gilt das für alles.

Undine hatte eine einzige glückliche Erfahrung gemacht. Seitdem hatte sie einen Blick für Dinge, die schiefgehen.

Ich träumte meine Verstoßung von der öffentlichen Bildungsanstalt. Der Grund war, daß ich meinen Bildungsanspruch nicht legitimieren konnte durch die Angabe, wie groß ich bei meiner Geburt gewesen sei; und zwar gemessen in Kubikzentimetern.

Zwischen eins und zwei vermittelt nichts Drittes. Zwischen beiden erwacht von selbst die Sprache. Alles andere ist Mechanik, falsche Bewegung, die nie ankommt. Das hatten Undine und Huldbrand eines Tages unter der großen Tanne am Waldrand sitzend herausgefunden.

Die Amseln begannen zu singen; ein paar Stunden später die Bauarbeiter.

Sie zählen einander triumphierend auf, wofür es im Leben für sie schon zu spät ist. Ich schweige dazu; ist es doch nicht wahr.

Solange die Sprache tot ist, mißt der Schmerz sich nur an seiner Gewaltsamkeit, und die Liebe auch. Solange ist alles umsonst.

Fremdes Geräusch des Regens auf dem Dach des Nachbarn. Ein Blechdach im Dorf, und alles ist anders.

Eine Gestalt umkreisen; sie bearbeitend, mich bearbeitend; und sie nimmt, und ich nehme langsam meine, ihre Gestalt an.

Abschiednehmend blühe ich auf. Renne durch Grün, Grün, Wolken, es hat geregnet, Blumen, Blätter, alles grün, und ich kann mich fast schon wieder ohne Schmerzen bewegen.

Alle Weisheit der Welt könnte mich nichts lehren, hätte mich nicht die Unduldsamkeit mancher Menschen Geduld gelehrt.

Ist es denn so, daß wir Toten inzwischen erwacht sind? Soll man das allgemeine Gähnen als Zeichen dafür nehmen?

Noch der steinernste Geist labt sich an der Geste des Schenkens.

Eine kleine Wolke lag im Zuneigungswinkel von Apfel- und Birnbaum, unter den kreisbogenförmig ineinandergeschlungenen Kronen. Sie sank tiefer und war verschwunden. Es wurde immer dunkler. Das Laub leuchtete immer grüner durch die Fenster herein. Der Brunnen und die Vögel redeten, und der kühle Nachtwind.

In der älteren Welt bedeutete Heimkehr Gelingen und Glück,

nicht Vergeblichkeit und Scheitern. Sie steht mit ihren friedlichen Grabsäulen allen Heimkehrenden immer noch offen.

Rasenmäher wurden im Innenhof auf Grünflächeninseln herumgeschoben, lärmend, schreiend, wie Kinderwagen, immer im Kreis. Im Straßenbegleitgrün lag eine Zeitung mit Frontbildern vom Blutbad zwischen Turin und Liverpool. Ein identifizierender Bruder stammelte über einem Toten, Antonio, lieber Antonio!

Der Weg der Überlieferung ist der Weg einer Dampfwalze; und deren Spuren lesen wir dann.

Die Fügung des Ganzen geschieht durch Berührung des einen mit dem anderen. Die Substanz dieser Teilhaftigkeit, ihre Notwendigkeit, ist das ganz Andere.

Ich denke oft, die Menschen suchen etwas, woran ich schuld sein kann.

Zwischen bunteren Blumen versinkt die leuchtende Kraft der Vergißmeinnicht. Bäume leuchten golden und silbern, und nichts Staubiges liegt noch auf ihnen.

Es ist herrlich, älter zu werden, und auch, daß man sterben muß.

Seit Jahrhunderten keine Nachricht von einer Liebe, die dauerte. Ob Menschen nur zusammenbleiben, bis der Tod sie scheidet, wenn sie jung zusammen sterben?

Es donnert. Ein Blitz. Die Wolken nehmen das Licht von den Blättern. Die Lampe schwankt. Der Wind hat den Trauermarsch aufgeschlagen.

Die andere zwingen, ihr Selbst zu morden – mögen sie auch weiterleben, jenen glaubwürdig, aber sich selbst fremd – diese, nicht die anderen, begehen Selbstmord.

Daß auch die wenigen wirklichen Menschen so wenig, wenig zusammenkommen!

Es ist ganz still. Ganz lauer Wind. Zeit war nicht, alles blätterte heute wie zerstreut ineinander. Ich las viel und weiß etwas, und daß es nichts Wichtigeres zu tun gibt. Ich mache kein Licht. Die Fenster bleiben offen. Kammermusik ist Himmelsmusik.

Solange die Menschen einsam sind, quälen sie sich mit schrecklichen Totalitarismen.

Insektenverhalten an Fensterscheiben. Wespen, die vergeblich leiden. Maikäfer berühren sympathisch, Wunder an Verdutztheit.

Ein Gewitter. Sehr, sehr finster. Die Wolken und das Dach des Nachbarn erscheinen grün. Es bläst Fenster auf, Zettel fliegen hinaus, aus allen Richtungen stürmt es, lärmt es, schleudert Hagelkörner, eine Windsbraut taucht auf den Grund, Gischt auf Kopf und Schultern. Die Wiese ist weiß von Hagelzucker. Die Welt riecht nach fauligem Holz. Die Blumen sind niedergeschlagen, grünes Laub liegt zerfetzt im Gras. Es ist kalt. Es tröpfelt. Im Haus riecht es nach Schwefel. Die Vögel haben sich eine Zeitlang viel zu sagen. Dann setzt schweigend der Sturm wieder ein.

Huldbrand erschien und hatte nur ein Viertelstündchen Zeit. Aber bevor er davonritt, hielt er noch einmal an, um Undine zu streicheln.

Zerschmetterte Blütenköpfe. Gebrochene hohle Stengel. Weißes Mark leuchtet.

Es könnte alles falsch sein, was wir denken. Aber dann wäre ja alles falsch, was wir denken! Wir simulieren, wenn wir so denken.

Was kann der Sisyphos dafür, daß man ihn liebt?

Der Birnbaum trägt südlich silbrige Blätter wie ein Olivenbaum.

Der Mut der Menschen, Feste festzusetzen, obwohl sie nicht wissen, wie das Wetter werden wird – ich möchte diesen Mut nicht unterschätzen.

Undine sah aus dem Fenster; ihr schien, es sei dort jemand gegangen. Es war nur die Sonne gekommen. Plötzlich war alles anders.

Ich lerne viel; aber nicht, was ich dachte, daß ich lernen würde.

Ich kann nicht mehr! Wie kann man allein sein mit solchen Glückseligkeitsmöglichkeiten? Ich kann einen Baum umarmen, er ist etwas Liebes; aber er ist nicht von meinem Volk. Er hilft mir, er spricht zu mir; aber er spricht nicht die Sprache meines Volkes. Ich kann die Katze streicheln, sie kann sich an mich schmiegen, sie kann eine Weile sein wie von meinem Volk; aber nicht für ein ganzes Leben, nicht für all mein Herkommen und Heimgehen. Ich liebe, heißt: Ich liebe einen von meinem Volk.

Ich kann nicht sprechen, weil ich Schmerzen habe. Ich möchte etwas anderes sein als nur ein Schmerzensberichterstatter.

Menschengesichter – Schlachtfelder. Auf manchen tobt noch der Kampf zwischen Eitelkeit und Schönheit, auf anderen ist er entschieden. Dieselbe arrogante Bewegung – hier Zeichen einer Niederlage, dort Zeichen eines Sieges.

Bleib hier, sagte Huldbrand, damit dein lieber Odem mich anwehen kann.

Ich erinnere mich mit Verwunderung, daß ich vor einiger Zeit doch irgendwie schon sprechen konnte.

Die Fenster muß ich putzen, weil es wichtig ist, daß das sehr viele Grün gut hereinkommt.

Vor dem nächtlichen Meer ein heller Streifen Land, auf dem junge Helden Motorräder parken. Großes Welttheater. Gemeinsame Beziehung auf das Unsichtbare.

Es regnet wie in einem Bilderbuch. Die Erdbrust schmiegt sich in den Himmel. Vögel singen. Es ist Abend. Ich kann es ihnen nicht verdenken. Immer so durchs Leben zu gehen, abschiednehmend, denkend und singend, gesegne dich Laub, gesegne dich

Gras, gesegne dich alles, und alles, und alles – wäre das die gute Art, durchs Leben zu gehen? Wer hat diese einfachen schweren Worte auf seinen Lippen zuerst gefunden?

Alte gebückte Männer zahlen schüchtern die Hälfte; junge strotzende Frauen zahlen strahlend den vollen Preis.

Reisen ist schön. Ich kann Menschen zuhören, in ihren Gesichtern lesen und ihre Hüte betrachten.

Eine alte Frau sitzt stumm auf der Bank, dreht ihre Daumen gegeneinander und sieht mich, da der Omnibus abfährt, mit blauen Augen unverwandt an.

Die Völker sind gestorben. Die Welt ist nicht bewohnt. Sie ist ein Durchgangslager für Exulanten.

Man hat einen falschen Begriff von Versteinerung. Man denkt, ich leide ja noch, und je länger, je mehr; also lebe ich noch, und je länger, je mehr ... Aber Versteinerung geschieht unbemerkt, und heißt nicht, von Leid zu Leid weniger leiden, sondern von Leid zu Leid unbelehrt bleiben über die Natur des Leids.

Grüne Wochen im Einkaufszentrum. Unerfüllte Zeit sucht Bestimmung.

Nicht der Gegensatz selbst, sondern die scheinhafte Weise, in der die Gegner einander begegnen, ist das tragische Problem.

Ging die Geschichte überhaupt weiter, seit sie nur noch vorwärts strebte? Wenn alles, statt zu gehen, auf der Stelle tritt, herrscht das Gesetz der Scheinbewegung.

Wenn nichts mehr eintreten kann, wird alles niedergetreten.

Man ballt die Faust. Man tut so, als täte sich was.

Reden aus der Hölle über den Himmel – es taugt nichts.

Schäflein, mit wankenden Knien unermüdlich weidend umhergehend, um ja recht viel auf die Schlachtbank zu bringen.

Könnte ich neu anfangen! Könnte ich wegsterben und dieses ganze beschwerend erleichternde Material hier zurücklassen!

Was andere für meine Stärke halten, ist in Wirklichkeit meine Schwäche. Die anderen werden darüber hinwegkommen. Werde ich darüber hinwegkommen? Es ist etwas zwischen mich und mich gekommen.

Ich wäre verdammt gern anders. Gern anders verdammt.

Mit einem dürren Ast – beteiligt unbeteiligt, anwesend abwesend – hebe ich Moos vom Boden auf. Schwarze Erde. Lebensduft. Einatmen. Ausatmen.

Aus persönlichen Gründen.

Nichts tut Menschen so gut, wie wenn sie Gutes tun dürfen.

Später, wenn sie meinen, es wird nichts mehr aus ihnen, machen sie etwas aus sich.

Magere Beinchen dort drüben am Waldrand. Darüber äst feist ein Rehbraten.

Schließe die Augen, öffne sie wieder und blicke auf Weingärten.

Die bleiche Frau mit den farblosen Haaren ließ sich endlos Verbindungen geben, schrieb und schrieb und fragte nur immer: Und weiter – und dann? Die Schlange der Wartenden wuchs nur noch langsam, weil immer wieder Verzweifelnde aus ihr heraustraten. Zwei Damen versicherten einander laut, sie brauchten nur eine ganz kurze Auskunft; diese aber frage seit Stunden den ganzen Fahrplan ab, Ankunft, Abfahrt, Ankunft, Abfahrt ... Da blickte die bleiche Frau scheu zur Seite, als habe sie auf dieses Stichwort gewartet, lächelte, erfragte nur noch sämtliche Verbindungen nach Igoumenitsa, dankte und ging.

Eine Frau mit ungültiger Fahrkarte versichert, sie habe sich wirklich nichts gedacht. Dem Schaffner genügt das.

Am Kreuz der toten Sprache ist das Wort gestorben. Die Worte

Ich möchte weinen gelten seltsamerweise noch.

Es erschöpft mich, daß so viel mit Geld zu bezahlen ist, und daß davon fast alles nichts ist.

Der wahre Mensch, der allein nicht allein ist, ist es darum erst recht und scheinbar für immer.

Ich hatte mich zu einseitig auf die Menschengemeinschaft gefreut. Das nächste Mal werde ich ausgleichend mehr als Trauergast kommen.

Fragend offene, zart betroffene Augen sind ganz große Mode; alle Zeitungen sind voll davon. Auch leuchten sollen die Augen offenbar, und zwar aus einer gewissen Tiefe, während feuchte Strähnenhaare unwetterentronnen um die Schläfen ranken. Es empfiehlt sich, leidend auszusehen, insgesamt in den Staub getreten.

Das Korn wird nicht reif. Die Kirschen verfaulen auch schon an den Bäumen.

Ich will dich nicht ausschlachten, schöne Welt. Aber was tue ich, da du zerfleischt vor mir liegst?

Ich sehne mich nach dem Gesicht des wahren Menschen.

Die Zeit läuft mir davon. Ich bin glücklich; die mir davonläuft, ist die unglückliche Zeit.

Dürre Zweige in der linken Hand, wie in einem früheren Leben Pfeile und Bogen.

Am Vollendeten sind Abstriche möglich. An der Ruine, am Steinbruch nicht.

Ich gehöre zu den schrecklichen einfach nicht standhalten könnenden Menschen.

Ich beschränke mich gern auf Wesentliches. Es kostet aber viel, es herauszufinden.

Vorwärts, vorwärts, mit dem Schädel an die Wand!, feuern die Gescheiterten ihre Nachkommen an.

Lernen, etwas zu erzählen, ohne in Tränen auszubrechen.

Für einen kleinen Übergang brauche ich Stunden. Andere sagen einfach: Nun zum nächsten Punkt.

Die Frau aß in tiefenttäuschter alleszermalmender Weise Mohnstrudel.

Undine und Huldbrand küßten einander, in der Nähe des Wasserfalls im Kreis herumrudernd.

Die Greisin trug eine Perücke aus dem Haar einer Zwanzigjährigen, unter der Last dieser Selbstverleugnung seufzend und stöhnend.

Ist es ein Fehler oder eine Tugend, dem Schein zuerst immer zu trauen?

Am Fahrkartenschalter stand eine Tochter, die ihre Mutter bemutterte, die so klein danebenstand, als sei sie schon immer die Tochter gewesen; höchstens.

Der wahre Mensch folgte mir mit den Augen, als ich im Bogen um ihn herumging.

Die Eitlen, nicht die Schönen, verdienen den Beifall.

Mir kann keiner helfen, sagte die Frau mit dem Wasser in den Beinen, das unaufhaltsam zum Herzen stieg, mit den schönsten Augen der Welt.

Abstieg vom Kalvarienberg. Eine Antinovelle.

Die Seele neigt zu Verknotungen, wenn sie keinen Dauerknoten trägt.

Dieses Jahr hätte unglücklich für mich verlaufen können. Zum Glück habe ich eine gute Beziehung zum Unglück.

Die Frage ist nicht, wer ich bin; welchen Weg ich gehe; welchen Preis ich folglich bezahle; sondern, ob ich zwischen klaren Fronten ungeklärt überleben kann.

Was ist das. Spracheinflößend.

Der Rachegeist hat sich des Staatswesens bemächtigt.

Es ist zum Steinerweichen. Und wenn sich der Stein trotzdem nicht erweicht? Der Bleistift entfällt der zitternden Hand.

Manche glaubten an eine tiefe Seelenharmonie, weil Undine zu ihren Reden schwieg.

Solche hoffnungslos schmerzenden Köpfe müßte man unbesorgt streicheln dürfen.

Viel Freundschaft erwerbe ich unfreiwillig. Aber mit einem Menschen zu sprechen, den meine Seele liebt, lerne ich nie.

Eine schwarze Wolke, schwefelgelb an den Rändern, wälzt sich von Norden über den Berg. Sie scheint still liegen zu bleiben. Die Bäume warten. Sie atmen friedlich. Keiner weiß, wen es treffen wird. Ein Rascheln, wie unter einer Handvoll Hagel. Die Bäume schwanken, vom Blitz beleuchtet. Der Sturm schickt seine Peitschen voraus, das schwarze Laub bäumt sich, der Horizont verschwimmt, und Regen, unendlicher kühler wohltätiger Regen rauscht.

Huldbrand sagte: Die Freundschaft mit dir ist das einzige, was ich im Leben gut gemacht habe.

Erst der Gedanke, dann das Wort. Erst der Blitz, dann der Donner. Beides zusammen erscheint natürlich furchtbar.

Indem ich schwieg, schien ich einzuwilligen. Aber nach wenigen Takten spielte ich nicht mehr mit. Du spieltest allein zu Ende; und nachdem du dich geweigert hattest, mir die Hand zu geben (ich aber berührte sie doch), gingst du fort, wie für immer. Ich erwachte in der Gewißheit, der Weltkrieg sei ausgebrochen.

Einen Blick sehen, aber nicht auffangen: einen Ton hören, aber nicht aufnehmen: Liebe fühlen, aber nicht gestehen: Schuld. Blicke auffangen, die keiner sieht: Töne aufnehmen, die keiner hört: Liebe gestehen, von der keiner wissen will: Sühne.

Gespräch über Helden der Szene und Außenseiter. Undine sagte, und der Ritter wiederholte es leuchtend: Die Mitte muß frei bleiben!

Als du sagtest, du müßtest nun gehen, sagte ich: Ja. Ich hatte das Wort nie schöner ausgesprochen. Ich hätte genausogut Nein sagen können.

Und wollte sie mutlos niedersinken, so war es der wahre Mensch, in dessen Namen sie sich aufraffte. Dann erschlug sie Mäuse mit Mausefallen, schabte Unrat aus allen Ecken, ordnete ihre Kontoauszüge. Anschließend pflegte die Sonne zu scheinen. Durchsonntes Glück sah zum Fenster herein, Schmetterlingsjubel flog hindurch, und Sonne lag auf dem Tischtuch wie gekämmte Schäfchenwolle.

Auf dem Boden der Falschheit ist die Vergeblichkeit Maß der Bewegung.

Der Wind springt um. Eine grüne Woge rollt auf meinen Sessel zu. Die gelben Blumen, die den Wogenkamm krönen, werden heute noch aufblühen. Helles Grün baut wechselnde Pfade zwischen wild schwankende Schatten. Die Sonne steht zwischen zwei Tannen in der Mitte, gießt einen Lichtweg vor meine Füße, streift eine offene gelbe Blüte, streichelt meine Zehen mit den Strahlenspitzen. Wem ich dafür dankbar bin; wie ich dafür dankbar bin, möchte ich wissen.

Was kann man mit Menschen besprechen, die in toten Sprachen reden und gerade davon auf keinen Fall etwas wissen wollen?

Im nächsten Jahr wird manches noch schöner sein. Anderes wird im Schwinden begriffen oder verschwunden sein. Meine glücklichen Augen können das begreifen.

Ich will mich besser erinnern; schon jetzt, nicht erst, wenn die Zeit drängt.

Es ist still, wunderbar still.

Einmal im Leben kommen sie auf etwas, und dann halten sie sich für ermächtigt und reiten endlos darauf herum, bemerkte Huldbrand.

Jeden Nachmittag nimmt das Licht gesammelt zerstreuten Abschied. Schönheit, da ich dich teilen möchte, sei mir gnädig!

Frühlingswiesen stehen hoch; Sommerwiesen spielen mehr in der Tiefe. Doldengewächse schwenken darüber ihre weißen durchbrochenen Blüten.

Ist ein Verräter, wer mehr sieht als andere und das auch sagt? Oder sind die Verräter die anderen?

Die lieben Augen sehen mich an.

Als Undine und Huldbrand vom See heraufkamen, stand ein alter Mann am Wegrand und pflückte tief versunken rote und blaue Blumen in seinen Arm.

Am Morgen lagen Wolken ums Haus. Dann hoben sie sich und gingen zur Sonne.

Ich möchte mein Leben lang nur dich ansehen, hatte der Ritter einmal sehr ruhig zu Undine gesagt.

Ich habe gelernt, was Schuld ist. Ich schulde mir und allen nichts als meine Freiheit.

Das Tal ist ein grüner Smaragd. Als innerste, geschliffenste Fläche liegt der See in der Mitte. Abend und Wolken durchspielen das Land mit wechselnden Schatten.

Wie schneeverhülltes Bergland liegt die Sprache da. Der Schnee wird weichen von den fahlen Worten, unter denen das junge Grün keimt; zuerst an einer Stelle, dann an vielen Stellen zugleich. Um diese werden sich ringförmig Wellen ausbreiten, in der überlieferten Folge der Arten, Farben und Formen – bis die Kreise einander berühren, der letzte Schnee zwischen ihnen schmilzt, und die Wellen einander umschlingen, Ring um Ring miteinander mischen und vereinigen und eins sind im rauschenden Meer des Sommers.

Ich fühle mich zum Tode erkoren. Zum Tode erkoren, was für ein Wort. Schäfchenwolken, eine große Herde, ziehen sehr schnell über den Himmel. Der Himmel ist sehr anschaulich blau. Es ist vielleicht die Höhe des Sommers.

Warum muß die Welt so schnell wieder so tief werden?

Wie jetzt der Regen niederstürzt, so weiß wie Schnee.

Ein Staudamm nach dem anderen bricht. Die Drahtseilnerven der Menschen reißen, ein Strang nach dem anderen.

Das Leben lieben: den Tod nicht verachten: die Grenzen der Welt anerkennen.

Morgens lag eine Wolke im Tal, in die von oben Sonne hereinschien. Nichts Helleres gibt es. Und dieses Lichtmeer hob sich und wogte vor den Fenstern, Vögel sangen und Blätter wiegten sich darin, und durch alles wehte der warme freundliche Duft des Sommers.

Epigonen verleugnen ihren Ursprung.

Wenn ich zu sprechen anfangen möchte, sage ich: Jetzt, Schönheit, jetzt sprich zu mir! Kann ich nicht anfangen, weil sie nicht spricht, oder weil sie spricht?

Wenn Eltern so quengelige Stimmen haben wie Kinder und noch dazu so verkniffene Mundwinkel: wie soll da einer an die Liebe glauben und an die Zukunft und an das Sprechenlernenkönnen der Menschen?

Morgens lag vor der Tür eine starke weiße Feder. Jetzt quellen

Wolken über die Berge, fest geformt wie steifer Rahm. Ihre Bewegungen sind schön und langsam.

Wie sich der Himmel jetzt mit lang hinziehenden Wolken bedeckt und ruhig ist. Wie sich eine der hohen gelben Blumen vor dem Grün biegt und ruhig ist. Über dem Tal bläst ein Mensch Trompete. Ich weiß, daß viele Menschen jetzt leise stehenbleiben. Ich wüßte viel, wenn ich sagen könnte, woran sie jetzt, leise stehenbleibend, zu denken beginnen.

Metrik, Meßkunst, poetische Logik – einzige Kunst, die es gibt.

Der Weltgeist geht um mit rasselnden Ketten, getrieben von der Schimäre der Ruhelosigkeit.

Schnell zieht der Mond von einem Baum zum anderen, wie eine Wolke, wenn der Wind nicht stark ist. Manchmal höre ich Vögel schreien. Ich frage mich dann, ob sie lebhaft träumen oder lebendig gefressen werden.

An den Bäumen wachsen die bunten Blätter. Sie stoßen im Wind schon härter aneinander. Aber noch blättert der Wind nur Schatten über das Dach.

Jeder Mensch hat das Recht, Ruhe zu bewahren, soviel er nur kann.

Herbst um mein sonnenverbranntes Haus. Jeder Schritt in der Dämmerung ist schöner als jeder Satz, den ich aussprechen kann.

Undine träumte, ihr treuer Ritter sei ihr untreu geworden. Wer sie jemals weinen sah, wird sie nie vergessen, sagte der Grabredner zum Schluß.

Ich saß allein auf einer endlosen Bank in einem endlosen Gang und las ein Buch über englische Prosa. Da kam mit einigen anderen der wahre Mensch den Gang entlang. Während die anderen weitersprachen, sah er mich an.

Der Sommer zeigt seine Verkommenheit. Er läßt sich fallen, dem

Herbst entgegen, und kein Herbst fängt ihn noch auf.

In der Unwissenheit, selbst im Irrtum wohnt eine metaphorische Kraft, die wahre Sätze erzeugen kann.

Mein Gedächtnis malt lange an seinen Bildern. Mein Gedächtnis hat mehr Selbstvertrauen als ich.

Helle und dunkle Katzen schleichen durch die eintretende Nacht. Am westlichen Himmelsrand spiegelt sich der Tagrest hinab.

Eines Morgens erschien ein Mann ungewaschen, grau und zerknittert an seinem Arbeitsplatz. In der Nacht war sein Kind tot zur Welt gekommen. Die Kollegen wußten das und behandelten ihn mit Schonung. Warum nehmen wir nicht täglich so aufeinander Rücksicht? Bringen doch alle fast täglich Totgeborenes zur Welt; zittert doch hinter allen Augen eine sich quälende Seelengestalt, ein vereitelter innerer Mensch, ungewaschen, zerknittert und grau, und wird heulend weggeräumt, insgeheim heulend.

Wenn das Kind gefallen war, und die Eltern schuldbewußt mechanisch tröstende Worte sprachen, runzelte das Kind die Stirn und schrie mit stärkerem Ausdruck weiter: wie ein Sänger, der den kalten Blick der Anwesenden vergißt und für einen Abwesenden singt – himmlisch singt.

Der schiefe Blick, scheinbar unbeteiligt, sogenannte Objektivität: in Wirklichkeit Winkelobjektivität.

Ich liebe Gedanken, die von selbst zu mir kommen, mehr als die, zu denen ich mich zwinge.

Kennt ihr die kleinen Blümchen? Augentrost, sagt die Frau.

Spärliches Sonnenlicht. Türen klappern im Wind.

Abendregen, bescheiden und still.

Wenn der Kopf auf der Tischplatte liegt, erscheint die Welt anders. Undenkbares wird denkbar.

Mein Herz wird sprachlos, wenn du nicht mehr kommst.

Mit der Dunkelheit ging sie ins Bett. Und nun gibt es ja diese Wendung: Sie weinte sich in den Schlaf. Was sind das für Tränen, was sind das für Schlafende, wenn diese Wendung sich finden und halten konnte? Hat man nicht bemerkt, daß beim Weinen im Liegen die Tränen in den Ohren kitzeln? Daß ein Überdruck auf den Augen entsteht, aus dem sich ein schlaftötender Kopfschmerz entwickelt? Daß eine Vorbedingung des Schlafes, ein ruhiggehender Atem, Weinenden versagt ist? Die Tränen flossen, kitzelten, schmerzten, trockneten und so fort. An Schlaf war nicht zu denken. Undine lauschte angestrengt aus dem Fenster, ob sie nicht Schritte hörte; dachte auch darüber nach, ob es richtig gewesen war, vor Kummer nicht die Zähne zu putzen, froh, daß es solche Gedanken noch gab. Gewohnheiten, die uns töten können als Alltäglichkeiten, können uns, wenn wir todtraurig sind, aufheitern wie treuherzige Narren.

Undine hielt eine Rede über alles, worum Huldbrand sie im Leben gebracht hatte. Er stand hinter einer Glaswand, sah sie freundlich an und hörte nichts von ihrem Schimpfen.

Wie soll ich ruhig meinen Nachlaß verwalten, wenn die Welt voll Motorengeräusch ist?

Ruhig heißt nicht: mit zusammengebissenen Zähnen.

Angesichts des Sturms erschreckt mich meine Ruhe. Auf dem besonnten Tischtuch tauchen wildbewegte Schatten auf und unter. Der nächste Augenblick wird eine Wolke darüberschieben.

Die Zeit wird, wenn es so weitergeht, bald keine Zeit mehr haben zu kommen.

Die Kartoffeln vor der Tür leuchten wild und herbstlich.

Huldbrand fragte ein Mädchen, ob ihr Vater adelig wäre, der Name kam ihm bekannt vor. Sie sagte: Nein, der ist bei der

Müllabfuhr! Kennen Sie den nicht? Der mit der Glatze! In dem Augenblick, sagte Huldbrand, hätte er Kommunist werden können, eine solche soziale Freude habe er empfunden.

Die Sprache ist tief. Und kein Wort ohne Sinne.

Das Auge gerät in den Schatten, der Blick fällt ins Licht: in endlose Tiefen, in denen winzige Fischchen schwärmen, wie Schneegestöber, das mit sich spielt und schwerelos nach allen Seiten zieht in einem Abgrund aus reiner Bläue.

Es gäbe zwei Sorten von Menschen, sagte der betrunkene Schlafwagenschaffner.

Was für ein Himmel leuchtet da durchs Laub! Gras duftet. Äpfel duften. Auch ich werde vielleicht eines Tages etwas Schönes sagen oder tun.

Wind und letzte Sonnenstrahlen machen die hohen Lärchen am Waldrand zu einem wehenden hellgrünen Schleier. Grüner als grünes Laub rauscht vor himmlischer Sänftigung, während die Sonne geht und der Tag blauer als blau wird. Der Mond steigt über den Himmelsrand und verklärt die Nacht.

Alles ist schwer, wenn es sinnvoll ist. Der weiß nicht, was er tut, der es sich leichtmachen will.

Wenn ich sprechen lernen will, brauche ich Mut zum Blödsinn.

Auf sieben durchsichtigen Distelkronen saßen in einem anderen Herbst in einem hohen Felsental sieben Dompfäffchen im Kreis und wiegten sich schweigend.

Was rühre ich an die Vergangenheit? Und woran sollte ich sonst rühren?

Ein Kind neben einer Einkaufstasche; darüber ein großer weiblicher Schatten.

Kinder an Händen von Müttern und Vätern, die selbst noch nicht einmal gehen gelernt haben.

Wir fahren an Nebeltiefen hin. Der Himmel ist klar und die Erde versunken. Autos sehen am Abend so traurig aus, Züge und Lokomotiven auch. Berge nicht und Wälder nicht, einige wenige Häuser auch nicht. Das Land ist schwarz geworden. Am Himmel sind helle Wolken.

Die Wege der Welt und meine – ich säume beide zugleich.

Ich bin aus keiner Bahn geworfen. Wo ich gehe, da gehe ich, für Seitensprünge nicht zu haben.

Liegt ein Problem darin, daß es mir gut geht? Oder eine Verpflichtung?

Huldbrand sagte: Wärst du nicht da, ich würde irregehen aus Überzeugung.

Das Leben stirbt langsam auf diesen Höhen. Der Wind fegt das Laub noch grün von den Bäumen.

Mit vielen Einschränkungen gewappnet, läßt sich die Sprache vielleicht im Fluß halten, wenn die Zeit ihren Teil dazugibt. Es beginnt zu regnen. Was sie gibt, ist Form. Es ist die Seele, die Form der Formen.

Die Schule ist wenig verändert. Unverändert die Hand des Lehrers. Grüner geworden sind aber die Bäume, höher das Gras am Rand des Schulhofs, schadhafter der Fahrradschuppen, niedriger der Zaun zum Nachbarn. Schwerer die Luft in den Klassenzimmern, tiefer und goldener alle Farben der Welt auf dem Heimweg. Ein Kind ist vor die Hunde gegangen; ein anderes ist in Amt und Würden; das dritte ist zufriedener, als die Mutter verstehen kann.

Man muß wie im Beichtstuhl reden in der Musik, sagte Huldbrand wörtlich.

Explosivkraft wohnt im Eingeschlossenen.

Zarte Morgensonne. Wie gezupfte Wolle die wenigen Wolken.

Auch Plattheit führt zu Explosionen.

Über Baumkronen in den Himmel hinein gehen die Wege alle. Vor allen Fenstern stimmen die Blätter sich höher; metallen.

Eine Katze im Haus; ein Tier, das sich liebend an Bücher schmiegt.

Alles ist still und blau geworden. Sitzend springe ich ab, den Kopf voran.

Während ich meine Klasse suchte, sah ich durch die Wände der Schule den Lehrer mich suchen. Plötzlich stand ich ihm gegenüber, stumm wie immer. Warum hast du denn nichts gesagt!, fragte er und lachte so freundlich, daß ich aufwachte.

Die Menschen lieben die Leidenden, ihre Tränen, ihr Sehnsuchtsflehen. Sie lieben auch die, die noch jubeln können, lieben sie trotz ihrer Unwissenheit. Aber am meisten lieben sie die, die wieder jubeln können - trotz allem, trotz allem - weil sie die Hoffnung sind, daß die Liebe siegt.

Durch die nächtliche Stadt rannten schreiende Menschen mit gesträubten Haaren. Von einem Hochhausdach löste sich etwas Schwarzes, schlug aufs Pflaster und verschwand unter der Wucht des Aufschlags. Ich sah wieder nach oben; ein zweiter Mensch fiel. So fallen wohl schon seit einiger Zeit Menschen unbemerkt von den Dächern, dachte ich, während ich weiterging. Langsam wurde es hell. Auf den Straßen war reger Verkehr. Zwischen roten Bussen und gelben Straßenbahnen wimmelten unzusammengehörige Autos. Alles mündete in einer Kreuzung. Dort begann alles zusammenzustoßen. Aus den Straßenbahnen, die neben einer Verkehrsinsel zusammengestoßen waren, stiegen die Leute aus; es war ein Streichorchester darunter mit Instrumenten in Koffern. Sie packten aus und begannen zu spielen. Auf der Kreuzung waren die Motorengeräusche alle still geworden. Von der anderen Seite des Platzes, wo die Busse zusammengestoßen waren, kam trauermarschartige Blasmusik; und wir bei den Straßenbahnen lauschten und geigten, lachten und weinten. Alle weinten vor Freude. Dann wachte ich auf.

Manche Fragen muß man mehrmals stellen.

Die endlichen Formen des Lebens wird kein Sterblicher ausschöpfen.

Erinnerst du dich an die Zeit im Frühjahr, als wir überall Buchecker fanden? Manche waren leer, manche haben wir gegessen, manche trugen einen Keim in sich. Jetzt stehen dort zweiblättrige Buchen, handhoch, halmdünn, und welken so ernst wie die rauschenden Kronen hoch über ihnen.

Ein Baum wohnt, wo er steht; hadert nicht mit dem Geschick. Auch nicht die junge Lärche, die über dem Abgrund zittert.

Die Zweiheit befreit die Einheit von der Scheinheiligkeit der Unendlichkeit.

Es gibt paradiesisches Leben; und einen, der es lebt, und zwei, die es leben.

Ich gehe durch Rubinenstein. Die Stille fällt um mich her. (Frauenstimme in den Kulissen, leiser werdend.) Ich stehe auf der Schattengrenze, die Sonne versinkt hinter hohen Felsen. Ich beginne zu sehen.

Schönerwerden heißt Maßvollerwerden. Schönerwerden: ein wirklicher Fortschritt.

Liebe wird schwerer und schöner durch Treue. Treue wird schwerer und schöner durch Leiden.

Der Zweifel ist unendlich. Er ist immer betrogen. Er eifert so lange, bis er recht behält.

Da alles schön ist und Liebe erweckt: darum ist auch der universale Zweifel möglich.

So vollkommen muß die Ruhe sein, aus der die Sprache entsteht, daß du im selben Moment glatt einschlafen könntest, erklärte Huldbrand.

Der Wald ist schraffiert mit farbigen Linien, gezogen von Buchen, Ahorn und Lärchen. Dazwischen schlängeln sich Nebel, Wolkenbänke und Wege.

Neben Herbstzeitlosen übereifrige Himmelschlüssel.

Aufwachen und denken, es regnet. Es ist fallendes Laub, das flüstert.

Kindern erschien eine weiße Dame, die sich als die Jungfrau Maria zu erkennen gab. Sie prophezeite einen dritten Krieg, schrecklicher als alle früheren. Die Luft würde vergiftet sein, das Meer würde überschäumen, verbrannt von den Geschossen der Menschen, und die Lebenden würden die Gestorbenen beneiden.

Was wird bleiben – die Ruinen von Athen? Kreuze auf Bergen? Steinzeithöhlen? Graffiti (Nie wieder Krieg)? Wird man daraus lernen? Wird man, wenn man die Zeichen entdeckt, wie wir, als wir Pompeji entdeckten, längst wieder unterwegs sein dorthin, wo alle Belehrung umsonst ist?

Könnten wir doch dem Bösen noch mitteilen: Wir widerstehen dir nicht!

Die hohen Tannen schrien, als ob sie brechen wollten. Jetzt ist Nacht, Schnee liegt ums Haus. Der Sturm heult noch.

Der Sturm legte sich. Es wurde still.

Überall bunte schneeige Flächen.

Undine hob einen Ast aus seiner Spur und dachte: Der Schnee und sein Schatten.

Ein Hockergrab wäre mir lieb. Mein Dasein hat diluvialen Charakter.

Ende des dritten Jahrtausends. Glockenbecherleute riefen laut:

Lieber Tod als Schnurkeramik! Und die Vorgeschichte war aus.

Manche lachen zu viel über die Gemeinheit der Welt und werden von diesem Lachen häßlich.

Süßes Leben, ziehst du fort? – Nein, es bleibt und bläst Raubtieratem über meine streichelnden Hände.

Eine hellgraue Wolkendecke schmiegt sich weich über die Höhen. Die Landschaft ist ein himmlischer Rhythmus. Mit Weiß und Gold sind dunkle Formen ineinandergeknüpft. Der Herbst verführt nicht. Wir heiraten ihn. Die Luft wird den Augen eine herbsüße Frucht. So weich wird das Licht, daß ich stehenbleiben muß. Immer dunkler werden die Wälder, immer heller die Schleier. Das Licht, das noch an den Bäumen wächst, wird später auf die Wege geschüttet vor die Füße der Menschen.

Aus Ahornbäumen gleiten Blattgoldsterne. Aus Haselstauden gleiten grüne durchsichtige Milchstraßenboote, geronnene Tropfen auf weißem Grund.

Der bunte Tod ist nicht mehr zu sehen. Den braunen Tod läutert der Schnee dem Frühling entgegen.

In einem kleinen Landbahnhof blieb der Zug stehen. Der Herr Doktor stieg aus und setzte sich auf ein Bankerl, um dort zu warten, bis es weiterging. Der Tiger war auch ausgestiegen, es fuhr nämlich auch ein Tiger mit im Zug, und setzte sich neben den Herrn Doktor. Da fuhr plötzlich der Zug ab! Der Tiger war fast noch erschrockener. Mit einem riesigen Satz war er beim letzten Wagen, erreichte ihn aber auch nicht mehr. Da standen sie nun, der Tiger und der Doktor, und sahen dem davonfahrenden Zug nach.

Besorgung eines Rundfunkgeräts zu Ehren eines neuen Generalsekretärs.

Der Rundfunk ist eine weltweite Mauer um einen Menschen.

Ich liebe die menschliche Stimme. Meiner eigenen Stimme zu

trauen, habe ich aber erst angefangen.

Schwarze Zweige, dicht besetzt mit zahllosen weißen Eisnadelbüscheln.

Die Blutspur endete dort, wo ich gestern den Jäger traf, in einer Blutlache.

Was ist Bedingung der Möglichkeit gemeinsamer Erfahrung? Ist Kammermusik überhaupt möglich? Das ist die Frage aller Fragen.

Die Menschen sind göttlich in ihrer Blödheit, befand Huldbrand.

Eiszapfen blinken.

Plötzlich ein chlorgrüner Himmel, lotrecht zerrissene Wolken, und gegenüber im Schneerauch ein brennender Tannenbaum.

Tauwetterfarben. Wolkengewebe mildern die kühnen Harmonien.

Sind alle letzten Sätze gutgebaute Zerstörungen?

Der wahre Mensch errötete, als er die Wahrheit sagte. Er wäre auch errötet, hätte er eine Lüge gesagt.

Ich gehe von Mittag bis Sonnenuntergang. Der Mörder sucht den Ort seiner Untat. Ich habe die Freude, die ich hier empfing, von dir empfing, nicht ausgetragen.

Nicht das Wort, auch nicht der Satz ist die Urform der Sprache, sondern die Entsprechung.

Süßes Leben schlummert. Die weiße Pfote legt es vor sich hin wie ein müder Gott.

Schläfst du? Unmögliche Frage; und doch gestellt; und doch beantwortet.

Auf braunem Laub, auf grünen Steinen weiße Spinnwebzeichen.

Ach Undine, sagte Huldbrand – laß uns das Schönste hervorbringen, was diese Menschheit hervorbringen kann.

Mein einsames Haus? Mein einsames Haus ist von schönen Träumen bewohnt.

Was der Himmel bindet, braucht keine künstlichen Bindemittel.

Weißes Flimmern. Warmer Wind. Der Himmel will die Erde noch einmal sehen. Bis zu den Knöcheln stehe ich plötzlich im Schneebrei.

Herbstlaub – diesjährig, vorjährig? schon unerkennbar – flüstert mit grauem Holz, fliegt mir in den Schoß.

Manche beneiden mich. Wenn ich nicht ich selbst wäre, würde ich mich auch beneiden.

Die Landschaft – ein blauer Kupferstich, den Schneetreiben verhüllt.

Das Prosaische geschieht durch die Gnade des Poetischen.

Typisches Finale: con fuoco. Selbstverbrennung der Liebenden, einzeln.

Tiefen Schnee durchwaten wie einen ruhig strömenden Fluß.

Der Abend, feucht und silbern, riecht nach Nelken und Zimt. Nachts tropft es sanft von den Bäumen, wie nach einem Mairegen, und der Mond scheint gelb auf den weißen Schnee.

Stumpfe hellgrüne Dezemberlandschaft. Müde, aber bereit zu allem.

Eine Dame lutscht ein Bonbon. Wellen, die in einem Felsengehege einen Stein hin und her spielen.

Wichtig zu wissen: wann es Zeit ist, etwas festzuhalten, und wann nicht.

Die Bewegung trifft mich und treibt mich ins Freie. Ich tue ihr unrecht und bleibe im Flachen. Ich trage dich nicht aus, schöne Freude: so wie damals.

Der Ritter war dem wahren Menschen ein Stück nachgegangen. Ihn anzusprechen, hatte er nicht gewagt.

Manche möchten alle versteinern, oder alles verwässern. Aber Fluß bleibt Fluß und Fels bleibt Fels, und es bleibt, was Fluß und Fels einander zu sagen haben. Und welche Rede ist nicht Gespräch zwischen Fluß und Fels?

Frostiger Schneestaub über den Feldern. Niedrige Hügel, Dörfer an Brücken. Ein Dom. Ein Fabrikschlot. Ein blitzgeschlagener Baum. Ein Mann mit Hut und Stock. Eine Pappelallee. Eine Krähe. Stacheldraht. Ein Maschinenpark. Ein gewundener Bach. Eine Straßenkreuzung wie aus einem Spielzeugkasten.

Ich fahre dahin, flach und trostlos, keiner Menschenseele würdig.

Die Wolken bleiben zurück, unbeweglich. Die Sonne zieht mit, ein Gespensterschiff.

Lautsprecher verkünden dreimal den Grund für die Gleisänderung: wegen einer Signalstörung. Wegen einer Signalstörung. Wegen einer Signalstörung.

Der Ritter sprach von Menschen, denen die Demut fehlte. Undine vergaß manchmal, welchen; und wie weit das geht; und vor wem.

Sich damit abzufinden, ist schwer; sich nicht abzufinden, auch schwer.

Der Nebel weicht. Eine kleine schräge Wiese mit schwarzen Kühen erscheint.

Am Weihnachtsbaum hängt der verbrannte Engel.

III

Das Unbeirrt dem Schrecken zu, das ist Liebe.
(Franz Kafka, *Tagebücher*)

Mein Gedächtnis ist langsam.

Auch der Glaube ist eine Tat der Erinnerung.

Ausgewechselt zum Gebet, wird die gläubige Stimme dämlich.

Schneelichtgeflecht in den Kronen der Buchen, bis ins letzte schwächste Zweiglein hinein ruhig ruhend.

Süßes Leben, nervös auf der Schwelle, sieht mich groß an. Hast du vergessen, daß du in meinem Arm geschlafen hast? Hast du geglaubt, daß das nur ein Traum war?

Neues Leben beginnt mit einem freundlichen Rückblick auf das alte. Nur vom Freundlichen können wir lernen.

Im Vordergrund Wellen, weich, weiß, weit geschwungen. Dahinter Wellen, dunkelgrün, steil gegeneinander gebogen. Dahinter freies Wellenspiel, hell, blau, weiß gekrönt.

Ein Bonmot: ein Bonbon in Wortform.

Alte Burg auf waldigem Hügel. Turmzimmer. Dämmerlicht. Zwei Gestalten fahren zum Fenster herein. Ich weiß, weil man es mir gesagt hat, eine von beiden muß der Teufel sein. Ich soll sagen, welche. Keiner von beiden sieht man es an. Unbestimmt zeige ich auf die Gestalt rechter Hand. Mit einem Ausruf (treffende Worte, die ich leider vergessen habe) zerfleischt sie mir mit langen scharfen Klauen den Hals.

Rauh, poliert, mit Kreuz und ohne, Strahlenkranz, Fischgrätenmuster, weißer, roter, schwarzer Marmor, ausgestellt im Steinmetzgarten, vielsagend namenlos.

Heimatlich werden ist leicht. Wieder heimatlich werden, heimkommen ist schwer.

Wenn der Himmel nicht so überwältigend blau ist, kommen die anderen Dinge besser zur Geltung.

Der erste Blick ist der schwierigste. Man fürchtet, er könnte der letzte sein. Darum ist er auch der beglückendste; später, nachdem er doch nicht der letzte gewesen ist.

Daß die Wahrheit gekreuzigt wird, ist ihr tägliches Brot, das sie mit uns teilt.

Der Sandkasten bot den Anblick einer zubetonierten Wunde. Nur in einer Ecke auf einem Hügel stand unversehrt eine kleine Windmühle.

Zwei bemerkten einander am Horizont ihrer Wüsten und stürzten mit Fallgeschwindigkeit aufeinander zu. Der eine starb am Unfallort, der andere kam als Krüppel davon.

Wir denken, die Welt steht still, und so viel geschieht. Die Menschen sterben, und sie sind nicht glücklich.

Stadt über Brücken, grau konzentrierter Anblick.

Der Junge machte Spinnen weg, so mit dem Daumen, eine nach der anderen, da hörte er etwas, da stand ein Knirps, Kopf kleiner als er, der sagte: Das sind auch Gotteskinder! Wird er nie vergessen, der Junge. Hat er später oft dran gedacht, wenn er Spinnen wegmachte.

Jeder Fahrgast ist verpflichtet, sich einen festen Halt zu verschaffen.

Schneeweißes Haar im Ebenholzsarg. Orchideen zwischen Dornenfingern.

Ich gehe mit frischgeöffneten Augen.

Eine Dame liest Blinden vor. Einmal sind ihr richtig die Tränen gekommen.

Der Ritter träumte vom wahren Menschen. Er sah ihn an, und als er aufwachte, war er froh, daß Undine neben ihm lag und er in seinem Glück nicht allein war.

Nach Westen spannt sich eine Strickleiter aus Föhnwolken. Daneben ein halber zunehmender Mond.

Bestohlen zu werden hilft mir gegen die kleinliche Furcht, man könnte mir etwas wegnehmen.

Der Geist bildet Formen, die den zerstören, der sich ihrer bedienend sich gebildet dünkt.

Satzweise, wortweise, seufzerweise – meine ersten kleinen Wahrheiten.

Eine Reihe Eiszapfen vor dem Himmel, mundgeblasen, voller lieblicher Einschlüsse.

Das Leben wird tragbarer durch das Unglück, wenn die Stille da ist, die es tragen hilft.

Manche glauben wohl an nichts. Aber das Unglück trifft.

Ideale hat man, um mit ihrer Unerreichbarkeit zu prahlen.

Ich schaufle einen Weg durch den Schnee. Er endet in einer entzückenden Kurve.

Nicht Langsamkeit, sondern Raserei ist eine Funktion des Stillstands.

Man hat nicht mehr recht, je älter man wird, erst recht nicht, je mehr man am Leben scheitert.

Seidenhimmel; Dämmerung; goldene, weiße, blaugraue Streifen; sanft, schräg, wohltuend.

Ein Gott, bloßfüßig im Schnee. Holzscheite, an einen Baum gelehnt. Die toten Dinge frieren.

Sie schätzen nichts, ehe der tot ist, dem sie es verdanken; und ihnen widerlegt der Tod alles.

Im Gegenlicht rote Wolkenkämme, hingebreitet auf grauen Schwellen. Wenn es dunkler wird, kannst du Blicke wie Flugsamen hinüberwerfen zum anderen Ufer.

Sonne in Kronen von Apfelbäumen, rötlich verflochten.

Das Wasser ist das Gerechteste. Es genügt eine Uferlinie.

Ein Schneebrocken löst sich, rollt den Hang hinab, löst den tiefsten Ton aus der Stacheldrahtharfe.

Striemen zwischen Streifen fein gekämmter weißer Wolle; als hätte der Himmel blaues Blut.

Die Erde ist gegen den Himmel versiegelt. Die Bäume stehen wie abgeschnitten. Hier und da liegt im schwarzen Geäst ein flaches versiegeltes graues Briefchen.

Der gebrochene Ast versteinert im Schnee. Nur die helle rote Bruchstelle lebt.

Er befragte aus Schwäche sein Schicksal so oft, bis es nicht mehr antwortete.

Auf dem Fluß ist Eis zerbrochen. Fensterglas für ein Schneeschloß.

Die Selbstbewegung gilt – alles andere nicht. Daher kommen alle diese Todeskämpfe, daß einer den anderen vernichten will, erklärte der Ritter.

Frostschnee fällt auf die starrende Erde.

Süßes Leben stieg nachts schnurrend um mich herum. Als ich im Schlaf den Kopf drehte, stieß ich mit der Nase an sein Rosennäschen.

Freier werden: fähiger, auch anderswo als im Kloster zu leben.

Die Opfer dürfen nicht umsonst gewesen sein, flüstert die Stimme der Rachegottheit.

Wenn ich sonst wanderte, gehe ich heute spazieren, übermüde, überwach, allein in meiner Spur, punktförmig vor Schwäche, trennbar von allen Randbedingungen, austauschbar ohne Verlust. – Mich umwendend sah ich zwei tote Bäume. Warum wurde mir auf einmal warm? Ich dachte an die Kindheit dieser Bäume.

Das Nichts ist, solange wir leben, doch eher weiß als schwarz.

Der Morgen verwandelt die Welt in eine himmelblau ansteigende Fläche.

Nie hätte ich gedacht, daß ich einen so hohen Baum schütteln könnte. Aus seinem höchsten Wipfel bestäubt er mich willig mit Schneeschleiern, fast unwirklich vor Höhe und Reinheit.

Ein Sichelmond, Breitseite voran, zieht der Sonne nach.

Der Bär, der ihnen entgegen kam, wich ehrfürchtig aus der Spur, aus der Undine und Huldbrand bereits ehrfürchtig gewichen waren.

Der Schnee, gestern weich und weiß wie die Brust eines Kätzchens, versinkt in sich, wird pockennarbig. Die Vögel schweigen. Glückseligkeiten verstehen sich irgendwie mehr von selbst. Und so gehe ich ewig durchgefallener Schüler heute zum soundsovielten Mal durch meinen alten Trübsinnslehrgang.

Nicht, was ich mir vornahm, sondern was mir in den Weg gelegt wird (in den Weg, in die Wiege gelegt?), bringe ich zu Ende.

Eisscholle, allseitig geschliffen; Torso, gewachsen ins Fließende.

Das Eis schmilzt mit allen Spuren darauf.

Noch kann ich lachen. Bald werde ich grinsen.

Die Sonne erstickt. Der Zug ist pünktlich.

Ich kam fremd in die Stadt, keiner Sprache mächtig. Ich ging durch die Stadt wie durch einen Wald. Wohltuender als die Stimmen der Menschen erschienen mir die der Automobile; leiser, schonender, sanfter, hörender. Die Menschen hatten einander viel zu sagen. Ich sah zwei, die über ihre Hunde sprachen. Wenig später verschlang mich die Stadt.

Wäre Einwilligung die Rettung? Aber für wen?

Die U-Bahn streikte. Die Passagiere stiegen aus und gingen zu Fuß. Sie glichen einer wandernden Schulklasse. Es fehlten zwischen ihnen nur die Gestalten der Verantwortlichen.

Schläfrige Sonnenschleier. Maßloses Krähengeschrei. Ein jung gestorbener Tannenbaum steht schräg im Schnee wie eine umgestürzte Harfe.

Feiner Staub von Blitzkristallen legt sich schmelzend um meinen Hals. Der Schnee flockt wie geronnene Milch. Rosengold fängt sich in meiner Spur. Ich drehe mich um, da verwandelt es sich in meerblaue Schatten.

Jeden Tag, sagte Huldbrand, regnet neuer Unrat auf die Menschen herab. Sag, was du willst! Ich sage nichts mehr. Die sind alle lawinenverschüttet.

Ein Vogel pfeift. Nein – es sind zwei. Ein lauter und ein leiser. Und mehr. Und himmlische Stille. Und ich sage: Schönheit, heute hast du ja deine Leuchtaugen an!

Das Gänseblümchen sieht man nicht mehr hinter der Rosenmaske.

Keine Stadt ist so dicht mit Metaphern besetzt wie die ewige.

Schwarze Höhleneingänge. Vergessene Theaterkulissen. Gras, Gänseblümchen und Spatzen spielen ihre Rollen darin. Museen voller verkniffener Mundwinkel. Rom gleicht uns, nicht den Griechen.

Ein zerlumpter Mann schreit Passanten an, die bei Rot die Straße überqueren. *Ut unum sint.*

Gebrochener Bogen, schräg zum Strom.

Hinter dem Kirchlein, verschwindend schmal, trägt ein himmelwärts schnellendes Pferd einen unsichtbaren Knaben.

Während ich eine Grimasse schnitt, trafen sich unsere Augen im Spiegel.

Die Glocken hörten nacheinander zu dröhnen auf; da war es still. Da war alles still. Plötzlich hörte man wieder die Menschen mit ihren Automobilen. Morgen!, sagte ein Jüngling, der in einer Nische mit rosafarbenem Tausalz hantierte.

Schnee, so gelblich weiß wie das mehlige Fleisch eines Winterapfels unter der verschorften Schale. Darüber ein schimmerndes Seidentuch, veilchenblau, verdrückt, verrutscht, geschmückt mit Tannennadeln, die ihm zur Zierde gereichen wie Goldbrokat.

Ich gehe barfuß im Schnee. Das erlaubt der Himmel. Schmetterlinge flattern und suchen etwas. Ich gehe der Sonne aus dem Schatten.

Der Herr hat nichts Schlimmeres erfunden, sagte der Ritter, als das Verhältnis des Bürgers zur Kunst.

Der Nimbus des Papstes, im Leben quadratisch. Die Quadratur: der Kreis erlebt sie.

Die geschliffenen Schatten der Landschaft leuchten. Ich messe den Tag am Saum der Flut des gestrigen.

Der Kreis des Seins: halb unsichtbar. Geschlossener Zirkus: Vernichtungstheater.

Ich gehe und schlafe und höre, wie der Regen zu Schnee wird.

Schneeschattenlinien geben jedem Ästchen Gewicht. Nebel formt Waldränder. Flocken, von weit her kommend, jede in ihrer eigenen Form, überholen einander, sich überschlagend, lösen sich auf. Ankunft ist Untergang.

Zwei dünnhalsige Knaben tranken abwechselnd stumm aus einer Flasche. Mit rauschig gewölbten Lippen versuchten sie, einander zuzulächeln. Es gelang nicht.

Plötzlich ist es nicht Sonne, sondern eine Wolke, die hellgelb auf den Schnee scheint.

Hinter den Bergen ist Wind, der Wolken dreht und am Himmel hinaufschiebt. Marmorglieder in blauen Tiefen. Götterfragmente in blauen Grenzen.

Ein Kind kann nicht lächeln über die Zeit, sagte der Ritter, der den Frühling über die Berge hinweg schon auf den Herbst zielen sah. Auch wenn die Blüte die Frucht ahnt und sich über sie freut – diese kennt erst die Rundung der Zeit, und was beschlossen ist in dieser Rundung.

Die Eiform hat etwas Gewinnendes.

Was wird aus mir werden? Eine Handvoll Erden.

Dieser Platz ist auf Verlangen für Schwebezustände freizumachen.

Wer vorsorgt, bleibt immer oben, erklärt ein Kandidat vor Abendwolken.

Der Kessel fing an zu singen. Es wurde eine dreistimmige Fuge.

Kein Mond, keine Sterne. Aber ein Wind, der mich anfaßte, trug mich mit Häusern, Wäldern und Bergen durch die offene Himmelskammer.

Die Heimat ist die Schönheit; und wenn ich mich nicht würdig fühle, lehne ich mich eben an einen Baum an.

Du siehst ja, wie die Krokusse sprießen! Wie schnell alles grün wird! Wartet!, rufe ich.

Wie zart der Berg sich in den Himmel lehnt.

Du siehst ja, sagte der Ritter, man geht vor die Hunde; aber für was Herrliches, fügte er hinzu.

Die Welt war am Verlöschen. In einer Zelle war ich noch übrig mit einer Maschine, die meine Lebensform in Zahlen übertrug. Jemand ging fort und bedeutete, ich sollte später wiederkommen. Dann wurde ich ausgelöscht. Mein Platz in der Weltennacht war festgelegt durch die Vorschrift, lachend auf dem Kopf stehend die Bewegung des Gehens durchzuführen. Es war eine Art Schwebezustand.

Ich könnte wegfliegen vor Glückseligkeit, bin aber entschlossen zu bleiben.

Wärmestürme blasen den Wiesen immer grünere Backen an.

Meine Schuld heißt: Ich bin so frei.

Ein Gewitter schüttete warmes Wasser über den Schnee. Hervor stieg nacktes Gestade, an dem sich Krokuswellen brachen. Etwas höher sind grüne Gewänder schon bereitgelegt.

Der See lag still im Tal. Er war wieder zu Wasser geworden. Ich war auch still und dachte: Ich möchte diese Schönheit mit vielen Menschen teilen, und errötete bei dem Gedanken, daß ich die Stille teilen wollte. Viele würden das Schöne nicht sehen; denn in ihrer Anwesenheit würde es fehlen.

Die Schneelast ist abgetan, der Grabstein weggenommen von den bleichen Grasleichen, die verwoben sind zu einem einzigen unauflöslichen Leichenleib.

Ich sitze auf einem Baumstumpf im Schnee, über einem Buckernkeimling.

Falsch ist, zu denken: So klug, wie ich bin, muß die Menschheit doch mindestens sein.

Die Bäume stehen so ruhig und harmlos in ihren sonnigen Wohnungen. Es ist nicht schön, sie lebend zu schlachten.

Mit Friedlichkeit kann man sich nicht brüsten; oder sie wird sofort zum Krieg.

Das Kätzchen wäscht sich den schneeweißen Fuß mit seinem Rosenwaschlappen.

Der Schnee ist so mild und rund und vergänglich zangengeformt wie Milchspeiseeis. Die feuchte Luft ist schwer zu atmen.

Ich muß leise auftreten lernen. Was ist ein Mensch? Eine Wiege? Ich übe.

Der wahre Mensch spricht von Tod und Vergebung und quält sich damit, daß er uns vielleicht unrecht tut. Er möchte sterben und uns sein Sterben nicht antun.

Unter Tannen, rund und golden, handhoch über den Nadelkissen, schweben Huflattichsonnen.

Undine nannte Huldbrand einen Himmelskörper, weil er so schön rund war.

Enttäuschte bemalte Frauenköpfe.

Lehrergesichter, mehr wissend als froh. Besserwisserisch, mit einem Wort.

Wählen, zahlen, nehmen. Automatenlogik.

Der Stein, der mich erschlägt, weiß mehr von mir und wird mir gerechter als die Dummheit der Menschen.

Am schönsten sind Zweige, die herabhängen.

Die Blüten tanzen. Der Regen rauscht lauter. Das Treiben wird heftiger.

Auf den Wegen der Menschen tosen Wildbäche.

Das Undenkbare sei Realität geworden, stammelte der Bundeskanzler.

Der Wind trägt mir ein Reh entgegen. Über den See treibt ein Blütenstaubschleier, in der Mitte zierlich gerefft. Der Mond scheint grausam hell.

Grundloses Sichwälzen im Gras, intensiver Kontakt mit Blättern sind von Amts wegen untersagt.

Ich fühle mich an den Waldrand gehen, mich ins nasse Gras legen; Regen sein, ohne zu zerfließen, Erde sein, ohne schwer zu sein, unbedeckt in alle Hüllen der Welt verkleidet. Sehe den Hafen mit den stillen Schiffen. Die Entdeckung des freien Willens. Die Sonne blendete so, daß wir den Weg verloren. Den Weg zu suchen war das Herrlichste, was ich denken konnte.

Anfangs wußte ich nicht, welche Sätze gelten. Später wurde ich langsam ehrlich zu mir.

Ein Sopran schritt krähend über die Tische, verschwand krähend im Unendlichen. Gleich würde er kommen, der wahre Mensch.

Orange unter Grün eine Strecke Buchenfleisch, zehn Meter lang, einen Meter breit.

Ist das ein Ehepaar, diese Art von Kolonne?

Ein nicht mehr verstörtes Verhältnis zu Zahlen; ein nicht mehr verstörtes Verhältnis zur Zeit.

Weißwolkige Dämmerung um Apfelblütengewölbe. Vögel singen, und ich höre.

Einer fand, ein anderer habe die Sprache schlafen gelegt, und ergriff die Gelegenheit, sie im Schlaf zu ermorden.

In den verschneiten maigrünen Wald fielen Sonnenstrahlen. Wie sich da die Jahreszeiten küßten!

Ist die Sprache die Kluft, die durch sie hindurchgeht, oder die, über die sie gelegt ist?

Vor himmlischer Aussicht ein Ehepaar, von dem ein Teil Kreuzworträtsel löst, während der andere auf seine Armbanduhr starrt.

Die Wiesen sind noch nicht gemäht. Der Wind treibt Glanzwolken über die Hügel.

Der Ritter schaffte die Hürde zur menschlichen Gesellschaft nicht.

Der Himmel liegt aufgelöst über den Bergen wie ein zerrissenes Hemd. Der Himmel schiebt und webt und knäult die Hemdfetzen zusammen.

Huldbrand sagte, nachdem Undine ihn gekränkt hatte, am nächsten Tag: Du bist der einzige Mensch, bei dem ich über alles nachdenke. Die ganzen lieben Menschen haben ja niemanden. Und dann jagen sie sich eine Kugel in den Kopf.

Die Sonne scheint waagerecht, warm, nicht rot. Das Land verdunkelt sich nicht; verliert sich gegen Mitternacht; verlischt.

So einzigartig ist das Leben an solchen Abenden ohne Zukunft.

Der Tod ist der Bogenstrich, Fadenkreuz zweier Bewegungen.

Schiffe schwanken, Anker klappern, Taue kreuzen vor meinen Augen, reiben einander, wie wenn der Tod Geige spielt. Ich sitze und werfe Steine ins Wasser, die sinken wie Sterne, die kleineren langsam, die größeren schnell, die kleinsten tanzen beim Untergehen. Die hier in der Sonne lagen, alles hier oben fühlten und sahen, in der Nacht, im Regen, im Schnee, und nun liegen sie unsichtbar immer im Dunkeln unten – ich bitte sie um Vergebung.

Wir stehen an einer Ampel. Neben uns ein Leichenwagen, leer. The eyesbreakers come and break the eyes, erklärt der Fremdenführer.

Der Ritter sagte: Für mich ist die Gesellschaft, was für andere der Urwald ist. Du kannst nie wissen, was passiert. Aber vielleicht ist es halb so wild.

Die schönen Augen der Menschen, die wissen, daß sie sterben müssen; über die der Tod hingeht wie ein Auslöschen; nicht wie ein Für-Nichts über ein Für-Nichts.

Raum- und Zeitgrenzen nicht verwechseln. Die entsprechende Tugend wird, glaube ich, Geduld genannt.

Durchsonnte Morgenluft gerinnt stofflich.

Stunden brauche ich zum Finden eines einzigen Wortes. Ich suche, finde und stoße dabei kleine singende Klagelaute aus.

Gezeitenkleid, mondgewoben.

Das Unglück ist das Nichtendenwollen der Vereinzelung. Gewiß wird nur der Gott uns retten; aber der Gott im Menschen; und den findet ihr nicht, wenn ihr so fanatisch nach oben guckt.

Eine Frau hatte Kirchengestühl mit einem Messer zerschnitten. Gefragt, warum, antwortete sie: Weil du meine Liebe nicht erwiderst.

Alle lachen, weil es so regnet. Kleine Unbilden machen wunderbar mutig.

Das falsche Lächeln des wahren Menschen – die Verlegenheit eines Verliebten?

Vor Efeu ein armloser Sandsteinengel, dem noch ein halber Daumen beziehungslos vor der Brust hängt.

Schein gedeiht unter Ungeduldsschlägen, Wahrheit nicht.

Lernen heißt Geduld lernen.

Es ist für viele ein Entehrungsgedanke, etwas gelernt zu haben.

Der wahre Mensch steht in der Tür, schweißgebadet.

Es fehlt die Vorbedingung zur ersten Bewegung. Der wahre Mensch zeigt sie tanzend, die anderen folgen holzpuppentanzend. Der wahre Mensch sitzt still, blickt auf den roten Teppich und könnte weinen, glaubt man.

Keiner tut einen wirklichen Schritt. Jeder schimpft auf die Wirklichkeit, die ihm davoneilt. Aber sie kehrt immer wieder zurück, unzerstörbare ewige Anfängerin.

Weit entfernt von dieser Schönheit sind wir krank vor Heimweh.

Von Freiheitsmitte zu Freiheitsmitte. Vom toten Punkt zum toten Punkt. Zwei Kreise, zwei Welten.

Der Sprung in die Quelle ist keine bleibende Bewahrung wie der Sprung in den Sumpf.

Ein Schaumschläger nennt Authentizität eine wahnsinnig schöne Herausforderung.

Geschichten treiben vorbei, Geschichten von Laub, Gras und Gestein. Manches tanzt auf den Wellen, manches unten am Grund, vieles langsam, manches schnell, alles tanzt in der gleichen Richtung.

Ein Mann geht über die Brücke. Ein Mädchen geht ihm entgegen. Ich möchte mich unter das Wasser legen. Hinter der Brücke liegt schmal, blaugrün und sonnig das Flußtal.

Noch heute wirst du mit mir im Paradiese sein. So wahr mir Gott hilft.

Der entblößte üppige Arm schwenkt die Weihrauchschleuder; dreimal, lächelnd, sieghaft.

Als das große Gewitter tobte, als keiner nach Hause konnte – da waren alle glücklich.

Veronika reichte das Schweißtuch. Die empfangende Hand war abgehauen.

Ein Schmerz fuhr langsam an mir vorbei. Ich schüttelte mich erschüttert über mich. Der Schmerz hielt an und sah mir nach.

Je reiner sich die Wahrheit ausspricht, desto heiliger scheint die Nachahmung. Draußen ans Gitter gelehnt höre ich zu.

Sprachlosigkeit – eine Art Seekrankheit.

Unter überhängenden Zweigen in Talgründen bin ich zuhause.

Schweiß auf Marmorsarkophagen, auf Marmorengelshaar. Zerbrochene Bodenplatten klappern. Mein inwendiger Totenkopf lächelt etwas.

Wir haben Angst vor der wahren Stimme. Hören wir sie, kehren wir um, kehre auch ich um.

Ein Kind hängt seine kluge Hand vom steifen Mutterarm herunter.

Die Toten klatschten, statt zu erwachen. Der Erwachte sah uns an und schwieg.

Huldbrand sagte: Früher habe ich gedacht, ich habe eine Heimat. Dann habe ich gemerkt, ich habe sie verloren, weil ich selbst eine Heimat geworden bin in mir.

Du mußt gehen, wohin du wirklich willst. Sonst mußt du ersticken.

Engel weisen zum Himmel, der den Heiland vom Kreuz biegt.

Es ist nicht leicht, sich wieder zu sammeln.

Es gibt Bildersammler und Rahmensammler.

Krähenschreie, besonders im Sommer, haben ihre eigene Schönheit.

Im Dunstmeer liegt unten der See, himmelrot.

Es regnet in meine Bilder.

Ich höre sehr gern dem Regen zu. Er hat eine schöne Stimme.

Diese Welt ist nur Vergewaltigung, unbeantwortete Liebesregung.

Ich komme allein zurecht mit meinen Traurigkeiten; aber mit meinen Hoffnungen nicht.

Bevor die Bewegung erstickt, machst du einen Schritt – und die Bewegung, befreit, fließt. Dieser Schritt ist geformt durch alles, was du sterben gesehen hast.

Eine neue Zeile.

Es gibt nur ein einziges Sprachgesetz: Erkenne dich selbst.

Wer anklopft, dem wird aufgetan. Wer aber nicht nur nehmen, sondern auch geben will, wird auch dem aufgetan? Eine kleinliche Frage?

Wenn ich einen guten Tag habe, suche ich nach dem Mechanismus, statt ein für alle Mal mir zu merken, kein Tag kann Vorbild sein für einen anderen.

Wilde blaue Wolkenbrücken. Schafe, diese Dreiecksgesichter.

Huldbrand sagte: Wir Glücklichen!

Nichts ist schwerer als Verwandlung. Ist alles Verwandlung, ist alles gleich schwer: Gleichgewicht aller Kräfte.

Jemand bot mir eine Auswahl seiner Maschinengewehre an. Ich lehnte verlegen ab. Sicher, die kommenden Dinge – aber einmal im Leben müsse man sich entscheiden. To kill or not to kill.

Meine Zeit gehört mir. Die kann keiner im voraus bezahlt haben. Ich bezahle alles. Jeder tut das.

Die Wolken verschieben sich schnell. Sonnenstrahlenbündel tasten suchend über die Erde.

Auf meinem Arm ein zerbrochener Hampelmannkörper.

Alle wollen alles schon verstehen und nichts mehr voneinander wissen. Ich bin verloren, wenn es so ist.

Allein in Wellentälern. Vögel über verschwimmenden Bergen, über Gräben der Landgewinnung.

Unter Kreuzchen und Goldrandbrillen die wachsende Ungeduld der Gerippe.

Ich bin wieder im Wald. Die Dunkelheit ist wieder ein Kleid, das ich berühren kann, mit Händen greifen. Ich sitze still wie ein müdes Kind am Heimweg auf seiner Schultasche, die hellen müden Hände in die Dunkelheit haltend.

Schön ist es schon, sagte der Ritter, den lieben Gott auch aufzuspüren. Aber Einsichten sollte man weitergeben, als wären es gedörrte Zwetschgen - mehr nicht.

Der Weg ist ein länglicher Abgrund von unbestimmter Ausdehnung.

Die Welt geht ihnen in die Falle; aber nur, um dort zu sterben. Die Fallensteller werden böse, wenn sie das bemerken. Über Tote wollen sie nicht herrschen.

Immerglühende Liebe! Ich kann mit Feuer nicht schreiben. Wohl aber mit Kohle.

Die Luft schmeckt nach ausgeblasenen Kerzen.

Der Ritter zog zu beiden Seiten silberne Schleppen hinter sich her und kam zurückgeschwommen in einem grünen Glockenrock.

Manche glauben, sie kämen durchs Leben, ohne den Abgrund auch nur zu sehen.

Blumensonnen liegen auf dem Rücken, die Flammenkränze zerzaust und zerrissen.

Die Zeit ist still - ist Duft - ist still. Der Sommer ist reich.

Gelassen gießt er Gold zwischen die Bäume. Sommer, du grünbegabter! Gießt Gold zwischen die Wolken.

Ich steige in eine Wolke hinein. Die Wolke wird aschenfarben.

An einer Wegbiegung über dem Tal steht ein Baum, der schon länger hier steht, und weist mit wissenden Gebärden in die entsprechenden Richtungen.

Es ist das Wesen, das sich äußert; es ist das Wesen, das sich verschließt.

Meine sich kaum noch aufrecht haltenden Augen hängen am Fenster in der Erwartung von etwas, was mir hilft.

Morgens ein Blatt im Fenster, klein, hell, rund, rot, mit hellgrünen und hellgelben Tupfen.

Die Seele wirft sich für mich ins Feuer, wo immer ich hinkomme; kleidet sich in meine Kleider, wo immer ich hinkomme; hegt Glut und Asche in der kleinen Muschel, die mir in Herzhöhe vorausfliegt, wo immer ich hinkomme.

Erde und Tannennadeln in den Falten meiner Schuhe. Friedliches Bild. Mittagsruhe.

Ich sah in dämmernde Schneegärten, in denen, wie ich glaubte, du wohntest.

Ich stand gottverlassen im Garten. Am Himmel turtelte ein Kohlrabimond.

Was ich liebe, kann ich nicht lassen, in jeder Regung an goldene Träume geknüpft.

Vieles fehlt mir. Zum Beispiel eine Tante, die mir Socken strickt.

Freudenflüstern der Blätter. Freudenstimme: Herbst, Herbst, dein kühles langsames Kommen!

Wenn abends der Wind durch den Wald geht, grün, tief, grau,

kühl: im Rauschen, im friedlichen Atmen zeichnet sich dann etwas Goldenes ab.

Als ich endlich überzeugt war, daß es wirklich so schlimm war, wie ich von Anfang an dachte, nahm ich die Kinder auf den Arm und sagte: Wir haben alles gesehen, und wir gehen jetzt! Der Mann schrie mir nach: Und warum haben die Zeugen so lange gewartet, bis ich meine Frau umgebracht habe?

Ganz leise atmen die Winde. Die Sonne hat sich versteckt, gutmütig, leicht zu finden.

Ich bade im Grünen, noch Grünen, im Wald.

Die letzte Verjüngung einer Rosenranke bewegt sich vor dem Fenster.

Die Sterne verschlingen die schwarze Nacht und werden davon immer heller und blasser.

Die Bäume halten ihre Blätter noch ganz gut fest.

Die knallen so schön, sagte die Frau, Blumen zerschmetternd.

In der Musik zählt auch die Prim zu den Intervallen.

Diese Mindestenszweistimmigkeit gehört zur Natur der Sprache.

Wenn nicht alles zusammenhinge, könnte nichts einfach sein, was es ist.

Ich erschrecke, wenn ich an meine unerschrockenen Worte versehentlich denke.

Ich kann nicht mehr von einer Antwort träumen, weil ich auf Antwort warten muß.

Moosgrüner Edelsteinschein an den Bäumen. Ein braunes Blatt, zwischen Gräsern hängend, ganz allein anders gestimmt.

Das Buchenlaub über dem Wasser spielt schon in allen Farben.

Wenn sie fragten: Kind, wie stellst du dir deine Zukunft vor? – Ich liege nieder, als wäre es mein Tod.

Gelbe Blätter beginnen auf den Wegen zu liegen. Verkrüppeltes Holz steht gerechtfertigt. Tannen triumphieren leise, aber unaufhörlich.

Eine Wolke geht durch den Wald. Süßes Leben kreuzt ihren Weg und verschwindet im Dickicht.

Aus den Tälern steigt Nebel. Ein Schaf grunzt im Schlaf. Oben sind Sterne.

Die Birnbaumblätter, jedes für sich, sind klarfarbig wie Kirschen. Fallen sie ab, werden sie schwarz.

Der See liegt ruhig und glatt. Ganz in der Mitte treibt der Wind kleine Kräuselwellen zusammen.

Ein Birnchen fällt vom Baum. Eine Frau sagt zu ihrem Hund: Bitte, gehen wir nach Hause.

Treuediamanten bitte hier einkleben.

Je ähnlicher Wahrheit und Schein einander werden, desto gefährlicher für die Seele.

Zweifeln heißt, sich verwunden zu lassen und kein Stein zu sein und sich heilen zu lassen.

Die Spinne schlief, aber nicht in ihrem Netz. Ganz klein ist das Flieglein, das sie jetzt erwürgt.

Die Farben gehören zur Zeichensprache zwischen Erde und Himmel.

Die Wiederholung entscheidet, welcher Kreis es ist: der der Sinnlosigkeit, oder der des Gelingens.

Jetzt etwas, was es offenbar nicht gibt. Das ist ganz unmöglich. Der wahre Mensch will mit der stummen Meerjungfrau sprechen.

Umeinandergekrümmt im Gras fahle tote Blätter.

Wenn das Leben so werden soll, wie man es sich erträumt, muß man sich ziemlich anstrengen beim Träumen.

Eine Mücke legt sterbend die Hinterbeine zusammen.

Die Ordnungszahl geht der Grundzahl voraus, wie die Ordnung der Zeit der Ordnung des Raums.

Mit der Wahrheit, sagte Huldbrand, umgehen wie der Indianer mit dem Pfeil im Rucksack: er trifft immer, aber er schießt nicht immer.

Undine küßte ein Buch. – Was, rief der Ritter, bist du schon wieder verliebt? – Das ist der Sinn der Schönheit, daß sie Liebe erweckt, erwiderte Undine.

Die Kinder sangen, ohne es zu verstehen: Oh, Champs Elysées.

Eine frostige Nacht genügt. Knallbunt, hartbunt stoßen die Blätter im Wind aneinander, in sich gekehrt, nach innen gebogen. Der schmelzende, zart übergehende Sinn der Jugendschönheit ist verschwunden. Auch Menschengesichter werden manchmal über Nacht so.

Der Himmel abblühende Rosenglut.

Ich lebe schwankend dahin. Ich höre den Wind kommen. Gelbe Blätter fliegen. Grüne warten noch.

Mich immer wieder zusammenschlagen lassen, bis ich die Schmerzen so artikulieren kann, daß sie innehalten.

Daraus, daß einmal ein Mensch dich auffing, folgere nichts.

Ich möchte mich in die Erde eingraben und nicht wieder geweckt werden außer von dir oder vom Briefträger mit einem Brief von dir.

Der Wald bereitet mich vor auf den Winter.

Auch die Müdigkeit muß eine Form finden.

Die wirklichen Begegungen sind sehr schwer. Bald fange ich wieder an, Bäume zu umarmen.

Der Ritter sagte: Du kannst ruhig mit dem Satan Hand in Hand ein Stück durch den Wald gehen. Du mußt dich nur jederzeit verabschieden können.

Graues Flackern der Blätter.

Es wäre ein geeigneter Tag, um irgendwo hinunterzustürzen.

Den letzten Atem verwenden, um seinem Mörder zu sagen: Ich wollte dir nicht wehtun.

Und ich sage dir, uns fehlt nichts als eine glückliche Beziehung zu Grenzen.

Die Sonne taucht aus dem Dunstmeer. Die Sinne tauchen auch irgendwoher. Zeit, du mein schöner Mörder!

Stirbt man, wenn die Geduld ausgeht? Oder wenn sie so groß wird, daß sie nicht mehr wächst?

Manche sterben mit geschlossenen, manche mit ausgebreiteten Flügeln.

Der Himmel ist ganz hellblaue Seide.

Sie gingen barfuß im nassen Gras. Der Ritter bestaunte Undines Füßchen.

Laß diese kleine Mittagstrauer vorüber.

Feuer und Wasser, golden und silbern, pulsieren einträchtig. Uhrenvergleich.

Gehen ist nicht Metapher des Seins, sondern das Sein, wie es ist.

Soll ich mich an die Erde schmiegen, soll ich mich unters Laub legen, soll ich mich zwischen Binsen verrascheln?

Die goldenen Blätter haben, wie Früchte, die Wärme des Jahres aufbewahrt. Aus dem Tal weht Wind herauf und bewegt die Schatten.

Es gab eine Zeit, da konnten die Menschen miteinander sprechen. Da haben sie das alles erfunden, was wir heute so mühsam nachäffen.

Dann gehe ich jetzt, sagte Huldbrand gereizt.

Ganz vorsichtig, irgendwo im Blau, höre ich einen Vogel singen. Ich blicke verstört irgendwohin. Ich finde das Leben nicht so leicht, wie manche es hinstellen.

Bin ich dein Traum, so bist du meine Wirklichkeit.

Schwimmendes Entenpaar. Ruhig vertrauender Umgang, ideale Distanz.

Der Mehlbeerbaum trägt noch sein Sommersilber. Am Waldrand fliegt Gold durch die Luft.

Deine Stimme sprach zu meiner Stimme. Es gab viele Pausen.

Man lernt nicht, was man wie einen Ohrwurm immer im Ohr hat. Sprechen lernt man besser aus der Stille heraus.

Es wird immer Menschen geben, die in allem Schönen, Bewegten und Bewegenden nur einen Unsicherheitsfaktor sehen.

Der Herbst wird für meinen Geschmack schon zu rechthaberisch.

Einander begrenzen kann einander befreien sein.

Weißt du irgendeine Stelle, wo die Welt nicht Sprache ist? Ich nicht.

Mittagsfeuer brennen in allen Farben der Bäume.

Ich möchte nichts lieber, als jede Liebheit der Welt erwidern, und kann es nicht.

Was uns trennt, was uns bindet, atmen lassen, zur Sprache kommen lassen, zur Sprache werden lassen: eine glückliche Beziehung zu Grenzen: das ist alles.

Blattgoldbänke am Flußgrund. Der Zug steht still. Eine Schranke bimmelt.

Ich schere mich um nichts, höre ich. Jeder lebt für sich. Wenn einer Ideale hat, zählt das heute nicht. Einer allein kann gar nichts machen, außer sich umbringen.

Huldbrand trug ein Krokodil auf dem Arm. Mit der schon ganz blutigen Hand versuchte er, ihm das Maul zuzuhalten. Im Supermarkt hatten sie keinen passenden Käfig, aber der Verkäufer sagte, für hundert Mark kaufen wir Ihnen das Tier ab. Huldbrand ließ die Vernunft walten.

Die Frau fragte den Mann, warum er keinen Schirm dabeihabe. Weil die Sonne geschienen hat, weil strahlend blauer Himmel war!, schrie der Mann.

Werbegeschenke wollte ich wegwerfen, aber alle Abfallkörbe waren überfüllt.

Aber es gibt im Leben gestillte Sehnsucht.

Ein Kind sprang im Winter ins Wasser zum allgemeinen Entsetzen. Sie zogen es heraus und hüllten es in Decken, hielten es warm und sprachen mit ihm (es schien einen Schock zu haben), um es abzulenken. – Aber das Kind wußte, daß es bald wieder ganz allein in den Fluß springen mußte, und versuchte, seine Gedanken nicht laut werden zu lassen, um die mit den Decken nicht zu erschrecken.

Ein Kind, das nicht schlafen kann, nicht leben und nicht sterben kann, versucht, sich in den Schlaf zu singen, helle singende Verzweiflungsschreie ausstoßend.

Daß einer umso verlorener ist, je reiner und berührender seine Stimme wird.

Ich hatte es mir schon gedacht, sagte der wahre Mensch.

Ich gehe an das Wasser und möchte unter das Wasser. Als wüßte ich nie mehr, wohin ich gehe auf diesem Schiff, an dessen Reling ich gebunden bin ... Das Meer liegt wie ein Alptraum still, der über mir zusammenschlagen will.

Mein Bett ist mir als Grab nicht tief genug. Ich trete hinter einem Lastwagen hervor, will die Straße überqueren, und während ich sage, nein, ich will nicht sterben, überrollt es mich.

Ich habe wieder Scherben gemacht. Laß mich noch mehr Geduld haben.

Nach dem ersten Schritt, den ich einem Menschen entgegen ging, während er mir entgegen ging, stand ich furchtlos vor den Augen, vor denen ich immer geflohen bin.

Hinter hellen Blattgoldbäumen ein heller Blattgoldmond.

Wenn es auch nur ein einziger Schritt war – diesen Schritt bin ich im richtigen Augenblick entgegen gekommen gegangen.

Die Zeit löst den Knoten. Ich bin sicher, daß sie es tut. Ich meine nicht die alexandrinische Lösung.

Der Birnbaum ein Sternenbaum. Blutgeschmack im Mund.

Es wäre noch viel, fast alles zu sagen. Aber es muß für alles eine Zeit sein.

Es ist aber Zeit für eine Antwort.

Ich weiß nicht, zu welcher Form der Gesundheit ich diesmal aufwachen werde.

Mir fällt alles aus den Händen. Vielleicht leben wir noch, um die Früchte zu sehen.

Ich kann aber nicht anders, als mich berühren lassen. Und ich will die Berührung erwidern, weil ich nicht anders kann nach einer Berührung. Aber die Antwort verfängt sich, bevor sie nach außen dringt, im inneren Labyrinth und zerstört mich.

Ich weiß nichts, weil ich alles vergesse. Aber jeder Satz, den ich schreibe oder lese, schützt mich vor einer zukünftigen Verhärtung.

Die Menschen fürchten um ihre Sicherheit. Ich fürchte um meine Unsicherheit.

Ich verstehe die Flammen nicht mehr, warum sie brennen. Ich möchte eine Weile tot sein.

Ich habe ein Herz berührt! Ich! Mörder!

Ich bin ein Alptraum. Ich will nicht Wirklichkeit werden.

Alles fiel zwischen ihnen zu Boden. Der eine hat alles geben, der andere nichts nehmen wollen.

Ich will, daß mein Mörder kein Rachegott, sondern ein sterblicher Mensch ist.

Der Ritter sagte, sie saßen im Dunkeln, der Mond war noch nicht aufgegangen, unter den Buchen am See: Manchmal glaube ich, daß du ein guter Geist bist. Wie der gute Geist, von dem die Indianer reden.

Kühe wandern schlaflos läutend. Morgen ist Vollmond.

Worte, bei denen ich nicht erröten muß, gibt es solche Worte? Die Buchen brennen ja auch in allen Farben des Feuers. – Dann gibt es eben keine anderen Worte.

Heute abend kann man eine Mondfinsternis beobachten. Wir werfen jetzt wirklich diesen langsamen Schatten! Ich sehe mir alle fünf Minuten den Fortschritt an. Er ist unübersehbar. Unser Schatten ist braun, nicht schwarz. Richtige Finsternis können wir nicht machen. Oben rechts hat der Mond noch ein Mützchen. Er wehrt sich, er will es nicht abnehmen. Jetzt ist es weg, wir haben es geschafft! Das dauert über eine Stunde, so groß sind wir! Ein Mützchenschatten ist aber geblieben. Er zieht sich immer weiter nach links ... Ganz hell scheint jetzt das Lichtmützchen wieder!

Leidest du mit dem wahren Menschen?, fragte Huldbrand. Da Undine schwieg, fuhr er fort: Das wäre dein Untergang.

Es ist nicht wahr, daß zu wenig geschieht, wenn man einander nicht umbringt. Im Frieden beginnt, nach dem Scheintheater, erst das wirkliche Drama.

Gehend leugnen sie ihr Vergehen. Darum sind ihre Bewegungen tot.

Die Menschen lieben die Wahrheit nicht, und die Schönheit macht ihnen Angst: weil sie es ist, die zur Liebe der Wahrheit bewegen kann.

Nichts zwischen Himmel und Erde ist so mannigfaltig wie die Formen der Zweiheit.

Wie wichtig ist von Tag zu Tag die mühsame Erhaltung des Lebens in Anbetracht der Notwendigkeit einer langen Geduld! Da der zweite Schritt nicht leichter als der erste ist. Da kein Schritt den nächsten zwingt. Da die Folge Freiheit ist.

Ein ruhendes Wolkenmeer macht die Berge zu Inseln. Ich will doch nicht viel; nur die Kraft für ein paar wahre Sätze.

Eins tröstet mich: falsche Bewegungen brauchen keine Zeit, sind außerhalb der Zeit.

Klarheit über den Wolken, unter den Wolken, inmitten der Wolken. Das Laub, das am Boden brennt, lebt noch.

Botin der Wahrheit – das Herz tut weh, getroffen von Sehnsucht.

Die Sprache unserer Zeit, sagte Huldbrand, ist Beihilfe zum Selbstmord.

Es ist ein Verhängnis, daß Kinder Erwachsenen alles glauben. Aber wenn ihnen nicht manchmal jemand alles glaubte, würden sie sich ihrer Lügen gar nicht mehr schämen.

Die Schmerzen zeigen den richtigen Weg, wenn wir uns ihnen anvertrauen. Aber wer will das schon? Daher überall diese unmotivierten Bewegungen.

Wenn einer mir folgt, führe ich ihn zum Ausgangspunkt zurück.

Wenn ich jetzt stürbe, müßte ich sagen: Ich habe die Liebe nicht gekannt. Wenn du jetzt kämst, ich hätte dir gar nichts zu geben.

Solange noch Licht war, blieb ich am Fenster. Es waren keine Sterne zu sehen. Ich suchte den ganzen Himmel ab. Es war kein Stern zu sehen. – Ich wartete, bis es dunkler war. Durch den grauen Schleier schienen blasse Sterne. Ich konnte mich nicht satt sehen.

Ich mache Feuer im Ofen, damit etwas anderes für mich brennt.

Sehr sanfter Regen; Wort für Wort ein sanftes, anstrengungsloses Sich-ergeben.

Es wird dunkler. Der Schnee wirbelt deutlicher. Woran hättest du mich erkannt, wie ich dich erkannt habe an deiner Stimme, da ich doch stumm bin?

Die Enten ziehen Kreise im Schnee, schnatternd, lichtgöttergelb. Die Hühner warten im Stall auf besseres Wetter.

Wir werden ja sehen, ob uns etwas über die Trennung trägt.

Treue altert in goldener Stille, einsam vor der verfallenden Hütte, verborgen vor der Welt, die an ihrer Abwesenheit krankt. Sie wartet, wie sie es versprach.

Du hast ja alle lieb, sagte Huldbrand. Da bedeutet es nichts, wenn du mich auch ein bißchen liebhast.

Böhmen und Mähren hieß das Land. Das Kind verstand, daß Böhmen am Meer lag.

Es rührt sich jetzt überhaupt kein Blatt an den Bäumen. Die

Sonne lastet schwer. Die Dämmerung glänzt grau. Möcht wissen, was da so kämpft in meinem Herzen.

Ein Kind, auf einer Insel in der Finsternis liegend, träumte von Blumen, die es umarmte, in die es sich wie in Kissen schmiegte. Die ersten Träume waren so dunkel, daß ich sie kaum erkennen konnte. Dann kamen Blumen, bestickt mit Blumen, golden auf kostbaren dunklen Stoffen. Die dritte Art war wie Segelboote, oder wie Windräder. Die Träume vor Morgengrauen waren die schönsten: aus geäderten Steinen geschnitten, einander das Blut aus den Adern stillend, kühle bunte singende Steine, wie Sterne, jeder eine Welt für sich. – Das Kind war wie du gewesen.

Es wäre leichter, sterben zu können, ohne füreinander geboren zu sein.

Die Blätter hängen nicht mehr in Trauben. Die dem Sturm noch trotzen, sind einzeln.

Das Zeitmaß ist die Erfüllung der Stille.

Die Vollkommenheit sehnt sich kaputt nach Unvollkommenheit.

Was man liebt, mißbraucht man nicht als Dekoration für die eigene Fassade.

In Nachbars Blechdach spiegelt sich der Himmel.

Todesangst, die sich selbst nachahmt, aus Angst, sich selbst zu erkennen.

Der graue Berg trägt stumm das blaue Schweigen.

Das Wesen des Ganzen ist Teilhaftigkeit.

Um den Hals fallen einander, leicht, wie Herbstblätter.

Welch ein Tod, in diese Stadt einzufahren, in diese geballte Geradlinigkeit! Von weitem, meine ich. Aus der Nähe ist ja das meiste schon ein bißchen angeknabbert. Es gibt doch nichts Lieberes als den Zahn der Zeit.

Experten äußern Bedenken gegen anerkannte Schmerzstiller.

Wie lange war ich schon nicht mehr so ruhig armeausbreitend einfach froh.

Ich fahre auf hohe Berge zu, die ich noch nie gesehen habe. Ich lasse dir deine Dunkelheiten und höre sie; und höre auch du und laß mir meine Dunkelheiten.

Der Ritter sitzt stumm am kalten Ofen. Undine wischt Tränen ab. Die Tränen sind weich und warm. Der Nebel und das fahle Gelb lassen sich nicht wegwischen. Die Tränen kommen auch immer wieder. Der Ritter steht leise auf. Servus, sagt er, es ist kaum zu verstehen. Undine sieht ihn durch weiche warme Tränen, durch fahles gelbes Gras hinuntergehen, am Zaun vorbei, unter grauen Bäumen. Sie sieht ihn fortgehen und sich nicht mehr umdrehen.

In der Philosophie der Geschichte ist der Abschnitt über die Neger und die Sklaverei aufgeschlagen. Auch das Menschenfressen ist abgehandelt. Der Sieger frißt das Herz des getöteten Feindes, steht da schwarz auf weiß.

Ich teile einen Apfel und muß das Messer stöhnend weglegen. Ich kann jetzt kein Messer sehen.

Ich blicke in Wolken, verwischte Grenzen; auf ein Stück See, verwischte Grenzen.

Es ist totenstill. Meine Schritte höre ich, und Tropfen auf Blättern.

Ist was? Lach nicht. Warum lachst du? – Weil ich mich freue. – Warum freust du dich? – Weil du da bist. – Hm. Ich habe dir was mitgebracht. Hier, ein Stück Apfelstrudel – Danke – und ein Stück Brot, du brauchst doch Brot – Danke, danke! – Manchmal gehe ich unter, sagte er, aber dann tauche ich wieder auf. War ich böse zu dir? Ich bin verrückt, sagte Huldbrand und ritt davon, blühend wie ein Siebzehnjähriger.

Tun, was immer, möglichst nicht aus Furcht vor der Liebe.

Du meinst, fragte Huldbrand, ich muß das Leiden lernen?

Der Wald liegt schneeverwoben, wüst und verwunschen, der See in fahler Finsternis. Über den Wolken strahlt der Abendhimmel rötlich.

Ich sollte nicht so finster schauen, schlug der Kontrolleur vor. Ich meinte, es sei angeboren.

Weicher Flügelschlag einer Krähe. Misteln thronen in den Bäumen am Fluß. Ein Schulkind geht über eine Brücke. Die Schneefallgrenze ist gesunken – bis zu den Füßen des Geliebten – mich zu Boden werfend.

Der Himmel wird höher und höher.

Stimmt es, daß im Tod die Schmerzen enden?

Sirenen im Nebel. Werbende Schiffe, oder ein werbendes Schiff.

Morgendämmerung. Hügelwellen. Der Zug stolpert über die Schwellen. Schon verrauscht der Orangennachmittag, der Rosenabend.

Huldbrand sagte, er glaube, er müsse ein bißchen großherziger werden.

Ich steige der sinkenden Sonne nach, überblicke das Schattenland. Gehe, bevor sie untergeht, ihr entgegen – ihr nach.

Es gibt ewigen Schmerz, wie es ewige Liebe gibt. So gibt es auch ewige Geduld.

Huldbrand fragte Undine, ob sie ihn auch wirklich liebe, und sie sagte: Ja. Und er wollte ihr das endgültig letzte Wesen des Schönen erklären, und sie duldete es.

Wirklich ist nur dieses leichte süße Einanderaufschließen der Seelen.

Ich finde es seltsam, daß ich noch lebe. Ich falle ins tote Laub, in den grauen Staub, auf mein Angesicht vor dem inneren Gesicht. Wenn ich wüßte, daß du es verstehst.

Wie behutsam sich tote Blätter umeinander schmiegen, von denen keins mehr um das andere weiß. Aber jede dieser zerschlissenen Hüllen trägt die Spuren eines Gewesenen, eines Wissenden.

So sehr glauben sie an die Liebe, daß sie glauben, wenn sie an ihr nicht sterben, sterben sie vielleicht überhaupt nicht.

Alles ist Sprache und Schrift, Paradies und Nekropolis.

Ich lag im Gras. Der Horizont spann mein Stroh zu Gold. Ich dachte, glühend: Du verzeihst mir. Dann, erblassend: Du verzeihst mir nicht. Zuletzt: Dann verzeihe ich mir auch nicht.

Ein Schritt gilt mehr auf gefrorener Erde.

Ich blieb stehen. Aber wenn du mich liebst, dachte ich, wollte weitergehen und stolperte. Ein Fieberschub schob mich.

Braune Blätter liegen im Schnee. Der Wind, wenn es Wind noch gäbe, könnte mit ihnen spielen. Ich könnte, wenn es mich noch gäbe, mich eingraben unter ihnen. Sie liegen wie etwas ganz Vergessenes – wie unbeantwortete Briefe.

Zwischen Eisklingen suchen meine Füße den Weg.

Meine Schuld ist größer, als daß sie mir vergeben werden könnte. Es muß auch so gehen.

Auch wenn sie mich nicht bescheint, kann ich mir die Sonne denken.

Der Wind flüstert wie ich.

Die Liebe ist nicht blind.

Kein Mensch liebt in Wirklichkeit kandierte Kitschparadiese.

Die Glocken werden still. Blechbläser blasen. Langsame tiefe

Tragödientöne erleuchten das Quadrat zwischen Elektrizitätswerk und Skisprungschanze. Sie entringen sich und versinken.

Jetzt gehst du dort, und ich gehe hier. Hat jeder Mensch zwei Heimaten, wie jeder zwei Eltern hat, und was wir Heimat nennen, bildet deren Zusammenhang?

Geschiedene sterben früher. Ungeschiedene haben öfter Magengeschwüre.

Der Himmel schweigt wie im tiefsten Winter.

Schritte wie auf Meeresgrund. Oben ist kein Nebel mehr, er verbirgt nur die grauen Täler. Hoch in zarten Wolken dämmert der Mond.

Die Dominante war festgenagelt. Mutterseelenallein und verlassen lebte in einem Erdenwinkel die kleine Tonika. Warten ist auch schön.

Der Tag geht hin. Ich sehe ihn gehen und werde niemals der Meinung sein, ich hätte damit zu wenig getan.

Frei sein will ich, weil keinem gedient ist mit erzwungener Liebe.

Mein Herz bewegt sich in seiner Grube.

Die braunen Blätter sind zugedeckt. Mit den Füßen decke ich manche wieder auf.

Ich singe, also höre ich.

Mondhelle Wolken quellen sehr schnell von Norden über die Berge. Mond, Sterne, Baumkronen stürzen auf mich zu. Der Mond durchpflügt Wolkenfelder. Die Nacht geht mir nah, während ich warte.

Warum ist frischer Schnee so schön? Es ist noch nichts zerbrochen durch ihn. Zarte Ästchen drücken ihr Bild wie in weißen körnigen Marmor. Nichts zerbricht. Feuchtes Weiß liegt auf gelben Beeren, auf rotschwarzen Hagebutten. Nichts zerbricht. Ich schreibe im Schnee einen Namen, lösche ihn behutsam. Nichts zerbricht.

Ich lasse mich von niemandem auf ein Podest stellen. Aber auf die Füße.

Der Schneepflug kommt und leuchtet wie ein Weihnachtsbaum.

Huldbrand freute sich, daß Undine so viel Humor hatte, und ritt schnell davon, weil wieder ein Sturm kam.

Du darfst mit keinem reden, das ist nicht drin. Früher ist auch gearbeitet worden, so ist das nicht. Die Leute gehen alle kaputt untereinander, sagt der Mann auf dem Weg zur Frühschicht. Meine Enkelkinder streicheln mich nie, sagt seine Kollegin. Nur wenn ich diesen Pullover anhabe, streicheln sie mich.

Dunkelblaue Wolken laufen schräg über den Himmel. Der Morgenstern wird blaß. Die Wolken werden auch blaß, und die blauen Schatten in den grünen Wiesen.

Die Mutter meinte, verachten zu müssen, aus pädagogischen Gründen, was ihr Kind liebte.

Nachdem der Mann in der Nacht von einem Gespenst geweckt worden war, erlebte er am Morgen einen Raubüberfall, und als er zum Fluß ging, um sich zu erholen, blies ihm der Wind den Hut vom Kopf, und der Hut ging unter.

Schienen im Schnee. Goldenes Gras.

Die Nacht fährt an mir vorbei wie eine schwarze Wand.

IV

Little boys making sand castles.
Each is weathertight and gives shelter to the occupant.
But I am the sea which demolishes these castles.
(Virginia Woolf, *Diary*)

Neukörniger Schnee in den Straßen, gelbe Lichter im Wasser. Die Brücken sind schwarz.

Im Winter wächst die Poesie der Städte, Müllhalden und Häfen.

Das wenige, das man geben kann, niemandem geben zu können, ist schwer.

Der Schnee in den Zweigen hatte ruhende Sturmfolgenform angenommen.

Das Leben ist in allen Anfängen schön; auch in denen der Nachahmung; auch wenn sie zum Tod führen.

Heller Schneewinterwind weht. Mondnachtblau treibt Wolken gegen die Sterne.

Einheit gibt es nicht von Dingen, nur von Bewegungen.

Es ist schöner, sich zu erinnern, als wenn man es nicht tut.

Die Seele des wahren Menschen, rein wie die eines Kindes, bei hellem Bewußtsein der dunkelsten Dinge, von denen Erwachsene wissen.

Die hellsten Sterne bohren Löcher in den Vollmondschleier und leuchten spitz und einzeln. Hinter dem Schleier könnte eine große zusammenhängende Helligkeit sein; ein Goldgrund, in dem die Welt schlummert. Ich denke an deine nichtsterbenkönnende Freundlichkeit, die mich mitumfängt; und daß Mitumfangenwerden von dir genug ist.

Ich kann nichts aus dem Ärmel schütteln. Manchmal stecke ich vorsichtshalber ein paar Messersätze hinein. Fürchte mich aber immer weniger.

Ein langsamer, rosiggrau die Schneeberge streifender Himmel.

Schwäne flußabwärts, grauer als Schnee.

Jetzt werde ich diese Schönheit wochenlang nicht sehen.

Ich sammle meinen Mut in einer ganz kleinen Flamme.

Auf einem Plakat wird ein Kleinkind gewickelt, weit und breit das einzige vernünftige Gesicht.

Eine Frau schob lachend ihr Fahrrad über die Straße und rief: Wenn ich die Glocken höre, muß ich immer ans Sterben denken!

Der Hörsaal war leer. Der Hausmeister hatte eine Zeitung über zwei Stühle gebreitet und sich lesend darübergebeugt und verbreitete in der Stille den Geist des Wortes.

Die Reinheit der Schönheit ist die Freiheit der Liebheit.

Man verfehlt in der Eile den Weg und kommt auf Umwegen wieder dahin, von wo man ausging. Ist das der schlimmste denkbare Ausgang? Woher dann die Angst?

Ein Dach wie ein Wiegemesser, geschwungen gegen den Himmel.

Noch zu Lebzeiten meines Mannes, sagt hinter mir eine scharfe Stimme.

Du mußt nichts tun, um mich dir warmzuhalten. Du umgibst mich immer.

Schneestimmen. Arten und Weisen, aus dem Himmel zu fallen.

Den Schnee umarmen, der so wohnlich wird in der Sonne am Nachmittag.

Der schwere weißblühende Himmel der vergangenen Nacht.

Der Wald war tintenschwarz um den Berg gegossen. Ich ging in einer Baumschleifspur. Sie duftete nach Sommer.

Das Gebirge ist plötzlich wie schaumgeboren.

Das Zeitwort seligsein konjugieren.

Lichtgrauer Regen wird zu Schneewirbeln, die sich vor dem Wald drehen.

Was für ein Rosenhimmel hängt da im Wald und zieht Streifen über die Berge, und schwarze Vögel fliegen ihm nach!

Tauwetter tropft. Die Luft ist wie Nahrung. Vögel singen, siegesgewiß.

Frischgeschlachtete Bäume im Schnee mit vom Wild benagten Ästen.

Die Frau redete mit Menschen im gleichen Tonfall wie mit ihrer Kuh. Es klang gut.

Es geht eigentlich nur darum, daß der Atem überall hinkommt.

Bergwälder blauen sanft in der Sonne.

Haifischzähne ragen aus weißen Wolken.

Der Ritter fragte, welches Volk das denn war? Als Undine erzählte, daß es die Griechen waren, die die Wahrheit zur Schönheit und die Schönheit zur Wahrheit machten, war Huldbrand sanft schnarchend eingeschlafen; wie bei einem von der Mutter erzählten wunderschönen Märchen, sagte er, als er wieder aufwachte.

Morgens um den Birnbaum viele hundert Katzenpfötchen, schneeweiß und blumengleich.

Frischbestäubte Tannen steigen fordernd aus ihren eisgrauen Höhlen.

Auf dem Grunde des Meeres, in das der Schnee geduldig hineinflockt, liegen Häuser, Wälder und Seen. Ich liebe den Winter. Ich liebe dieses Warten. Ich liebe diese Geduld.

Schnee fällt mir um den Hals, übers Schlüsselbein, wie gekommen, so zerronnen.

Die Erde ist blaß in den Himmel geschwommen.

Die Erde ist durch ein Netz aus Zweigen in den Himmel geschwommen.

Der reine Boden schwebt, auf dem ich in der Dämmerung gehe mit unsichtbaren Füßen.

Die Schönheit, die man erlebt, dachte ich, erzählen will man von ihr; und während man nicht erzählen kann, will man Bäume umarmen, dachte ich, während ich Bäume umarmte. Und indem ich dahinging mit nach außen gekehrten Händen und fragte, wer ich bin, sammelten sich außen die Stimmen und sagten mir, wer du bist.

Es ist schön, Spuren zu ziehen, die gleich wieder verweht werden.

Der Schnee verbrennt, verwest.

Alles ist ursprünglich ursprünglich. Alles andere ist nicht ganz wahr.

Es regnet kalten Rasierschaum. Bäume stehen beschämt in ihrem Abwasser.

Du sagtest, du würdest, so lange du lebtest.

Undine hörte die giftigen Worte ruhig an und sagte: Erstens kennst du ihn nicht, zweitens kennst du mich nicht, drittens kennst du die Liebe nicht, viertens … Sie wollte die Gegnerin schonen und sagte nicht, viertens kennst du das Leben nicht;

schon bei der Liebe hatte sie gezögert. Trotzdem zog die andere ein Messer und schleuderte es. Es blieb in Undines Brust stecken. Huldbrand lag schon vergiftet im Schnee.

Plötzlich wird aus furchtbarem Wetter ein herrlicher Tag, schalkhaft gönnerhaft, Buchenzweige rauschen, Meisenflügel stauben. Weiße Lichtungen liegen im Tal, wo alles ruht und sich sammelt. Die Bäume sehen mich schweigend vorübersteigen. Ob sie neidisch sind? Sie müssen ja stehen bleiben.

Die schmale Mondsichel durchdrang den Wald. Und du willst, rief der Ritter, diese Götterseelen zusammenführen?

Eisflächen. Gläserne Bäume. Baggerschaufeln, festgefroren in ihren Erdhaufen.

Ich schäme mich nicht, geglaubt zu haben, dich verstanden zu haben. Mein tiefstes Tal, meine tiefste Stille, mein tiefster Frieden liebt dich.

Die Stadt ist nicht von der Welt abgeschnitten. Große Passagiermaschinen fliegen über den Himmel herein.

Weil, wenn die Sonne untergeht, eine Lichtbahn von allem zu allem führt, ein goldenes Wegegewebe. Darum ist diese Stille. Darum dieser leise Wind.

Amseln singen, oh Frühling.

Sie sah das Bild, das dem Prinzen glich, und wußte, daß sie die Welt dort oben und die Menschen, die auf ihr wohnten, recht lieben würde. Sie deckte Meerschaum auf ihr Gesicht. Er lächelte alle ringsum an. Zu ihr hinaus lächelte er nicht. Er wußte ja auch nicht, daß sie ihn gerettet hatte. Sie trank den scharfen brennenden Trank. Es ging ein zweischneidiges Schwert durch sie. Aber vor ihr stand der junge Prinz und heftete seine schwarzen Augen auf sie.

Übergangsreisende.

Junger Mann mit Soldatenmütze, Vorwärtswahn in den hellen Augen, Rücken zur Wand, beweglich nur nach vorn in seiner schnellen Stromlinienspur. Alles andere ist für ihn nichts.

Weil die Wunde der Entfernung in jeder Nähe gilt: daher die Ruhe der Musik bei den Sehnsuchtsworten: daher bei den Erfüllungsworten die Sehnsuchtsmusik.

Wessen Ruhe ist nicht die eines Sterbenden?

Die nicht wissen, daß sie sterben müssen, leben in Wahrheit wie Unsterbliche. Aber mit denen, die in der Lüge leben (wissen, daß sie sterben müssen, und nichts davon wissen möchten), kann niemand sprechen.

Die Meerjungfrau war stumm.

Schnee fällt herunter in weichen Lappen. Im Wald knietief in Schlagsahne waten! Ferne Berge erinnern an den Geruch blauer Tinte.

Sterbenmüssen ist keine menschenunwürdige Lebensbedingung.

Wie reich der Schnee in allen Zweigen spielt! Mutig, anmutig, reinen Herzens immer dieselben Melodien nachspielt, ohne einen Hauch von Scheinheiligkeit!

Die graue Welt sieht atemlos zu, wie die Weißröckchen tanzen.

Am frühen Morgen ist Reinheit nicht Sprödigkeit.

Ich habe dich nicht verstanden: darum kommst du zurück. Ich habe dich verstanden: darum kommst du zurück.

Eiszapfen, vom Märzwind waagerecht geweht.

Schnee wirft seine langsamen Schatten von Wegrand zu Wegrand.

Das Netz einer Dunstwolke zieht sich vor die schwimmende Sonne.

Wenn ich sterbe, bin ich dann noch niemand? Trete ich dir dann schon zu nahe?

Mehr als es kostet, etwas zu tun, kann der Entschluß kosten, es nicht zu tun.

Die Bäume sind warm geworden; am wärmsten die abgestorbenen; mit Händen und Herzen kann man sich daran geben.

Manche streuen ihr Gold erst dem erwachenden Frühling hin.

Die langsamen Dinge geschehen, daß es eine Lust ist.

Die Freude, die ich empfinde bei bestimmten Sätzen, ist mein Kriterium für die Wahrheit dieser Sätze.

Den bunten Schorf der Bäume streichelt der Wind.

Schwarze Zweige schneiden tief in den grauen Himmel, bis unter ihnen Nacht wird.

Schnee liegt noch in Ackerrillen. Meine Blicke säen dich. Jeder Schritt kann jeden Wunsch erfüllen. Darum gehe ich.

Regen wäscht hell heraus, was an Gold übrig ist.

Absatzeinbrüche in Blechwalzwerken. Sauge Staatsbürgertrost daraus, daß man auch anderen nicht alles abnimmt.

Ich möchte noch lange, lange vor deinen Fenstern singen, während du mich noch lange, lange erhörst!

Das dunkle Warten läßt sich lächelnd wieder einschneien. Eine Wolkenwand reißt. Berge spielen friedlich sonntägliche Weite. Graue Fetzen hüllen sie gleich wieder ein.

Der Ritter schrie wie ein wütendes Tier, als sein Pferd im Schnee stecken blieb.

Manche gehen in der Natur auf, und sie macht seltsame kleine Seppelhosentypen aus ihnen.

Der Waldsaum zerfließt vor dem Himmel in öligen Regenbogenfarben. Bäume entledigen sich ihrer Lasten; sie zerschmettern krachend. Tannen strahlen angreifend grün. Das Zwerchfell der Welt ist verspannt.

Die Nacht kam still und schön. Erde und Himmel wollten gar nicht aufhören zu leuchten.

Der See liegt bedeckt mit Meerschaum da. Am Ufer ein einsamer Schwan, ein einsames Wasserhuhn, ein einsames Entenpaar.

Huldbrand war bei guter Gelegenheit einmal nicht eifersüchtig.

Ein Engel steigt im Steinmetzgarten aus seinem frisch geöffneten Schneegrab.

Schneerosen stehen mit faulenden Stengeln mit immer weißeren Blüten in immer dunklerem Wasser.

Gestern waren die schmelzenden Farben hart und klar, schwer zu ertragen. Heute wird die Welt von aquarellierenden Winden schonend mit dem Munde gemalt.

Weinen bei Gelegenheiten, bei denen andere nicht mal einen Lackkratzer kriegen.

Dem ist schwer zu begegnen: diesem warmen Sturmwind, dieser rauhen Sanftheit, diesen unter Sternkronen schwankenden Tannen. Der Himmel ist mein Zeuge.

Der Schnee gibt seine Implikationen schichtweise frei. Die Schichten durchdringen einander. Ich empfinde es in Fis-Dur.

Aprilblau, über die Berge lockend. Es dreht sich schnell über uns hinweg. Es ist leicht, es ist nicht warm, es ist luftig, aber nicht kalt. Man möchte es trinken, lieber noch schlürfen, darin schwimmen wie in Süßwasserflüssen, möchte sich von ihm tragen lassen, möchte mit ihm durchs Nachtland reisen, mit ihm kreisen, kreisen …

Auf überfluteten Wiesen blicken Blumen dem Schmelzstrom nach, der durch schwarzgrauen Schnee sein warmes Bett gräbt.

Wie uns der Frühling hinwirft und aufhebt und wieder hinwirft und aufhebt! Die Toten haben gewartet wie die Lebenden, blikken stolz aus ihren Höhlen, mustern den fortgehenden Schnee.

Ein Schwan schwingt sich mit langem Hals über die Stromschnellen.

Spiegel greifen ineinander. Die Kläranlage steht still.

Ein Kind mit einem Bumerang. Ein Kind mit einem Holzhammer.

Luft ist überall. Auch die jämmerlichste Luft kann ich ja atmen.

Ich muß etwas teilen, um leben zu können; und teile lieber eine wahre Verzweiflung als eine falsche Freude.

In dunklen Höhlen sitzen Stühle auf Tischen. Frauen mit dunklen Gesichtern gehen zwischen ihnen umher. An dunklen Wänden hängen dunkle Bilder.

Die hilfreichen Berge warten. Das Gras ist seit gestern gewachsen. Der Mond schwebt im Blauen herum, fährt vor und zurück, taucht auf und unter.

Der Himmel ist nicht der Himmel allein. Die Wolken erzählen von der Erde. Ich bin ein Bild in diesem Bild, du bist ein Bild in diesem Bild, wenn wir einander begegnen und von der Erde erzählen.

Mich heilt das große warme Licht. Vogelstimmen beatmen mich.

Der Pflaumenbaum steht nackt im Schatten.

Ich zünde frierend, erinnerungslos, ein neues Feuer an. Jetzt sehe ich im Ausglühen die Erinnerung.

Silberne Spuren von Nägeln, von Sternen, von Tränen.

Als mein Herz dich stolpern hörte, ist etwas Auffangenwollendes in ihm ausgebrochen, das entzündet um Zäune streicht und sie in Asche legt und in der Asche liegt und wartet.

Und ich seufzte, komm doch zu mir, damit du mir hilfst, damit ich dir helfen kann! Und warum komme ich nicht zu dir und träume, wie es gewesen wäre, wenn die Angst nicht gewesen wäre – welche Angst? Die Angst, dir einen Traum zu stören, du meine Wirklichkeit?

Ich liege auf dem Tannenhügel, geblendet vom bitteren Schlund, der mich ausspie, zwischen warmen Stücken Strandgut, zwischen wolligen Distelsamen, gerettet bis zum Sonnenuntergang.

Der Bach rauscht unter dem Schmelzwasser stark. Zunehmender Halbmond leuchtet stark. Nur ich bin schwach.

Nachts aufstehen und irgendwo nachsehen, welche die Passionsblume ist.

An der Kirchhofmauer ein roter Zettel mit schwarzen Worten: Vorsicht Rattengift!

Es gibt solche Schatten und solche. Vogelgeschrei wie am Meer erhebt sich. Wieder fällt Schnee.

Ich möchte wissen, auf wessen Kosten alle diese Menschen leben.

Ich springe jetzt, sagte sie. Spring doch, sagte er, und sie sprang sich tot.

Der Schnee hat etwas Verwunschenes, Zauberzeichenbesticktes, mit all den Nadeln und Blättern und Ästchen. Und die Erde darunter ist so rein und schwarz. Und der Schnee ist so schön geformt. Und ich gehe so herum, als gäbe es auf der ganzen Welt nur ein einziges Andante.

Wie die Welt im Mond liegt, dem Mond entgegenfliegt mit zehntausend Wolkenflügeln! Schwarzes Geäder im blauen Dunkel. Mondgenährter Erdkristall.

Im Winterfell der Erde, vom Aprilwind gelockert, übt ein bleicher Schmetterling den pfauenblauen Augenaufschlag.

Gleichgültig liegen beieinander die noch blinden Neugeborenen und die augenlosen Toten, warten stumm und kalt und traurig auf den gleichgültigen Abschied, hierhin, dorthin. (Dabei wissen wir nicht, ob sie einander nichts sagen. Wir würden einander nichts sagen.) Der Frühling hält fröstelnd inne.

Manche Schmerzen gehen vorbei; sie beruhen auf Mißverständnissen. Andere gehen nicht vorbei; sie beruhen auf Verständnis. Diese bleibenden Schmerzen möchte ich auch nicht missen.

Ich wundere mich über meine frischen Worte. Aber man hat immer frische Worte. Ein länger anhaltendes Gefühl aus der Tiefe zu schöpfen ist schwer.

Die schwarzen Schattenkurven zeigen wieder ihre Unschuldswangen. Es schneit und taut und wartet. Rotgrüne Brombeerranke am Zaun in veilchengrauer Dämmerung. Die Erde wächst schwarz mit schwarzen Zungen im Grauen herauf. Singend warten – wir können nur singend warten. Warum zerbeiße ich mir jetzt die Lippen, Mitternacht?

Gefährlich diese frustrierten Schildkröten, die ihr Leben lang nicht begreifen, daß Achill sie überholt.

Die alten Marmorhaufen schrumpfen, ohne ihre Form zu ändern.

Wie der Frühlingslump die Schleier blitzschnell hinwirft und wegzieht über immer vollkommeneren Formen! Was hier für schmale Brücken sind! Aus der Tiefe steigt die Tiefseekönigin, feuchte Flechten schmiegen sich eng um die schönen Wölbungen, jeder Tod hat seinen Ort gefunden, die bunten Schleier triefen.

Eitles bewegt sich vorbei, ohne auf Antwort zu warten. Schönes bleibt und wird schöner im Warten, bis man es begreift.

Strandgut, kostbar und lesbar. Übergangskleid der Gezeiten.

Ausweglosigkeit ist Folge von Nachahmung.

Schwacher Störungseinfluß aus Nordost. Bäume noch nackt, aber schon goldenknospig.

Blauschwarzes Laub sonnt sich silberbraun.

Eine Mutter hat vor Jahren ihre Kinder mit einer Hacke erschlagen. Jetzt hat sie sich im Gefängnis in einem Wassereimer ertränkt. Jetzt atme ich noch, und dann eines Tages atme ich nicht mehr.

Seit gestern abend tropft es nicht mehr. Bäume und Dächer sind leer. Aber der Schmelzbach rauscht. Die Erde tauscht ihr ertrunkenes Kleid gegen ein frisches lebendiges aus.

Der Winter verbrennt, in Haufen verstaut.

Wäre die Ironie nicht echt, wäre der Enthusiasmus es auch nicht.

Man kann sich natürlich auch umgekehrt auf den Standpunkt stellen.

Hasenschwänze liegen im Wald mit blutigen Wirbelsäulenstükken. Es hat geregnet. Es riecht nach Rauch. Es ist ziemlich kalt.

Viele alte Plattgedrücktheiten haben sich wieder aufgerollt. Es könnte fast wieder November sein. Aber da stehen die Huflattiche, die Pestwurzen, die Leberblümchen, ganz weit offen! Und so süß der Wind, das Licht, der Himmel – man macht die Augen zu, um sich zu erinnern, und macht die Augen auf, und der Traum ist noch da und brennt kühl auf der Wange.

Die in der letzten Pose erstarrten, immer wieder durchnäßten, durchtrockneten, durchgefältelten Rokokolocken der jungen Buchen knistern im Wind.

Können die heutigen mehr? Fallensteller waren die früheren Menschen auch.

Wie beschreibe ich diesen Schnee? Seine Schmutzigkeit ist von goldener Reinheit. Sein zernarbter Faltenwurf zeigt ein Gesicht makellosester Schönheit. Seine zerbrechlichen Brücken sind Himmelsfesten gleich. Die schmalen Knospen, die im Freien schweben, golden, vom Wind berührt, tanzen an ihren Fäden.

Eine Schafmutter ruft ihr geschlachtetes Lamm.

Begrenzt ist der Raum. Die Zeit ist die Grenze. Darum ist Zeit Unendlichkeit, ewige Übergangsmöglichkeit von einem Raum in den anderen.

Die grünen Flecken schlagen inzwischen die grauen, goldenen, silbernen tot. Sie schlagen den Schnee mit Schmutzigkeit. Sie schlagen den Frieden mit Erwartung.

Hörst du, wie der Wind kommt? Siehst du, wie er jetzt da ist? Muß ich mich jetzt etwa beeilen, ihr hellen Werdeformen der Lärchen, du schwarzer Spiegel, du Blütenhang? Der Birnbaum hat einen Schuppenleib. Auch ich habe einen Schuppenleib. Tropfen nicken an den Zweigen, Wimpern schließen und öffnen sich wieder, weil immer neue Tropfen nachfließen. Eine Saite spannt sich im Fensterrahmen, eine Melodie wie ein Rosengarten, ein Flöten, ein Trillern, ein Rosengarten, ein Reigen aus Rosendreiern ... Die Osterfestspiele rauschen.

Man muß nicht das am Ende Gott nennen, was man ein Leben lang nicht gefunden hat. Sondern man nennt es Gott, weil man es findet.

Viele fangen zu finden erst an, wenn sie zu suchen aufgehört haben.

Die Grenze ist die Brücke.

Keusche Kniebeuge eines schmalen unverzweigten Stammes, alle Zweige silbern und golden vor Aufbrechenserwartung.

Weichholz hält nicht viel aus und muß darum immer grün bleiben.

Nun, ihr roten Zweiglein und Knospen! Solveigs Lied ist lang.

Ich trage schwer an mir und suche einen Weg, um reif aus mir herauszufallen.

Plötzlich ist alles wieder da! Ich begrüße jeden einzelnen Felsen, möchte alle toten Bäume umarmen, alle lebendigen streicheln, besonders die rauhen Wetterseiten. Der Schnee bildet schmelzende Inseln. Die Bäume bilden einen Zusammenhang. Wir können unsere fußbreite Fußspur wieder verlassen.

Am Anfang war das Zeitwort.

Die Nonne rannte. Ihr Kreuz tanzte. Unter ihrer spitzen Nase schwebte ein breites Kinderlächeln auf und ab, auf und ab.

Graues Gras vergleichgültigt sich, legt sich leise aufgelöst dem ungeduldigen Grün zu Füßen, ein zerfasernder Film.

Das Warten ist in die Ewigkeit übergegangen.

Du kannst alles erdichten. Aber nicht in jeder Reihenfolge.

Keine Beine habend, mit ihnen balancierend, tauche ich in mein Element ein.

Manchmal genügt es nicht, das Falsche zu erkennen, sondern es ist nötig, daß man es auch tut.

Feierlicher Sonntagsregen regnet die lieben Restformen der Schneeberge einfach weg. Ein dunkler Tag, wie in einem Vorzimmer. Der erste Kuckuck!

Erkenne Metaphern als Metaphern, bevor du weißt, Metaphern für was.

Falsche Grenzen ziehen die Menschen, um unter den wahren nicht zu leiden.

Liebe ist etwas, was sich hinsetzt und weint; nicht etwas, was aufsteht und um sich schlägt. So kann sie sein, weil sie frei ist. Andere fallen, wenn sie so zurücksinken, in ihr Gefängnis zurück; und das wollen sie vernichten; und können es nicht, weil sie es selbst sind.

Ob jemand durch ein Mittel zum Zweck oder zu einer Gewohnheit gelangt, hängt von seinem inneren Gleichgewicht ab.

Eine Welt, die vom Beschuldigen lebt, nach dem Gesetz der Kausalität, produziert Alibiexistenzen.

Ich will dir ja die schlechte Laune nicht verderben. Aber einige Goldknospen schimmern schon grün.

Reisighaufen, leicht über die Erde verteilt. Die ersten Flammen entfalten sich langsam.

Kurzes einsames schrilles Piepsen, schrille Mittagsklagerufe kommen abgerissen vom Wald. Musik wälzt sich aus dem Fenster, simuliert einen Hüpfer, stampft Freiheit spielend um den Pflock im Kreis. Sphärentöne suchen Terzverbindungen über einem Abgrund. Dann ein kleines Schweigen vor dem großen Sturm.

Geradbrecht Wort. Dem Erdboden gleich. Ein Messer fällt mir in die Tasche.

Ich sehe Sträucher und Bäume und denke: Wie oft werdet ihr noch brennen, bis ihr Steinkohle werdet! Und auch die Vögel, die über mir singen! Und auch ich!

Dies ist die Zeit, die vieles von selbst löst.

Die Täler klirren mit Sonntagsgeschirr, mit Trommeln und Rauch. Ein Motorflugzeug fliegt. Die Vögel, bis auf einen, abwartend, lauschen. Einer antwortet ihm.

Liebe ist nichts ohne Tod, Einheit nichts ohne Zweiheit, Einigung nichts ohne Trennung. Daher kommt er, der Nihilismus.

Die Schönheit ist so schön beinahe still, daß ich hinaussegeln möchte in der warmen Sänftigung, im sanften Nachen.

Stark geprüfte Völker zählen die Jahre nach Sommern. Ich verstehe das.

Je grüner die Welt, desto unentbehrlicher scheinen die Straßen.

Über grünen Wiesen rauscht der Wald anders.

Lärchengrün bricht durch Tannengrün seine helle Bahn.

Der erste Blitz des Jahres klingt mir schneidend über den Hals. Ich trinke die Milch, bevor sie gerinnt. Der Regen rauscht mächtig. Hörst du, wie alles aufatmet? Das Große, das Kleine, das Kommende, das Sterbende – und alle singen.

Die Berge ragen als Vorhut der Blumen in die blaue Luft.

Manche von den grünen Flammen hat das Unwetter heruntergeschlagen. Ich trage sie nach Hause und ernähre sie mit Wasser.

Das stumpfe Maiblau hat die Bestimmung, von dir durchschnitzt zu werden, helle Klinge Maigrün! Gerecht verteilen die Bäume den Klang über Erde und Himmel.

Grüne Flügel, kupferne Schiffchen, am selben Zweig, im selben Gebüsch.

Weiß reinigt meine Augen.

Später gewöhnt man sich und schämt sich, Welterschütterndes gefunden zu haben in einer menschlichen Stimme.

Wenn zwei zusammensitzen – wer weiß, manchmal geht es. Aber wenn drei zusammensitzen, lachen sie über abwesende Vierte.

Daß nichts einen Sinn hat, wenn man nicht glücklich ist, weiß jedes Kind. Jeder Erwachsene allerdings nicht.

Gestern waren schon zwei kurze Sonnenblicke. Nun streckt sich die durchtränkte Erde, die Kältefalten lockern sich, die jungen krummen Buchen ganz unten brechen zuletzt aus den eifrigen Zweigen, mutig dehnt sich im Tal der Hügel, Schmetterlinge halten den Bügel, fort stürmt der Gott mit den Wolkenpferden, hell mit den dunklen Flammen. Die Wolken strecken sich ganz flach, Wellen laufen nach oben, Welle um Welle zieht Grenzen nach, Schnee von Krokussen geschoben, Himmelschlüssel von Veilchenkränzen, Buschwindrosen von Kirschenblüten! Die glühende Form durch den Winter ging; hier lag ich, und jetzt ist Frühling.

Man hält alles für Namen als Kind, bis man merkt, daß es Wörter sind.

Buchen malen sich scharf und spröde unter die Tannen. Schwärzender Lichtriß.

Am bedrohlichsten war das Zifferblatt, das aus keinem denkbaren Winkel einsehbar war. Der Turm schien abendsonnenhaft rötlich. Er würde bald einstürzen.

Im Zentrum mündeten alle Gassen an einer schwarzen Linie von keinerlei Ausdehnung. Hier wurden drei Dinge als heilig verehrt und in allen Schaufenstern feilgeboten, drei Dinge mit Mündungen in die Farbe Rot: eine Rose, ein Puppenmund und ein menschlicher Nabel mit einer dünn vernarbten Wunde.

Unter den Trümmern fand die Bergungsmannschaft eine Notiz in kindlicher Handschrift, die mit den Worten *Liebste Mami* begann.

Die Erde zerreißt und glättet sich wieder.

Moos an Bäumen, Brokat unter Perlen.

Ich beginne, Intervalle zu begreifen. Nichts ist trauriger als Terzen.

Es schneit und schneit, wieder und wieder, für die kleinen Blüten so traurig.

Der Schnee blüht zwischen den Blüten. Die Wolken fallen über den Bach.

Frucht einer Liebe ist kein Ding, sondern eine neue Liebe.

Der Ritter war manchmal eifersüchtig auf das Glück in Undines Augen, das er selbst darin erzeugt hatte.

Ich habe dem Grün einen Vorsprung gelassen, den ich nie wieder einholen kann und vielleicht trotzdem einholen werde. So läuft unter verständigen Kindern das größere vor dem kleineren her und läßt sich von ihm fangen.

Der Schnee tändelt eisweiß dort oben vor dem noch sich zierenden Grünglanz.

Im Sommer kommt man an Lichtungen nicht so leicht heran.

Wann kommst du? Du kommst nicht. Du kommst in der Nacht, wenn der Schnee von den Bergen scheint. Aber gehen, atmen, verbrennen muß ich doch in allen Momenten. Ich will das Zeitgestein schön gestalten; will, wenn du kommst, dir ähnlich sein. Ich bin dein Wurf meiner Falten.

Gewitter fegt ins Wiesenauge. Es blitzt über den Blüten. Dächer trommeln, Regenstaub wolkt. Schweigend dulden die Blüten.

Hängende Tannenäste; Buchen, die aufwärts streben. Durchkreuzter Wald.

In den Spuren geschleifter Bäume hüpfen Bachstelzen.

Der die Erde bestrickende Frühling (überall diese Schlaufen und Schlingen!) erweist den Vorteil der Schlankheit. Es ist leichter, einen Schlanken als einen Dicken zu umstricken.

Der Sturm steht schwarzgrau hinter den Bäumen.

Schon purzeln Worte über meine Lippen.

Der Termin tötet, der Grenzstein in der Zeit.

Abendschönheit ist merkwürdig unausweichlich.

Behutsame Stimmen, klebrig wie Spinnen. Bewußtloser Charme der Maschinen.

Es riecht nach Sommer. Schönheit, jetzt wächst du, Wärme brauchst du! Wolken kurven umeinander. Meine Liebe ist groß genug, um sich nicht zu überschlagen.

Tief im Brunnen sitzend, nage ich an meiner Unterlippe.

Starkgeprüfte Wolken zählen die Falten des Sommers.

Ich möchte bei dir begraben sein, sagte Huldbrand als Antwort auf eine ganz andere Frage.

Wenn ein hohler Mensch eine expressive Technik hat, kann er nichts glaubwürdig aus sich herauspressen als den Ausdruck der Angst.

Das Schriftbild zum Logbuch machen. Jeder Knoten eine Zeitangabe.

Ein Mensch ist von weitem gesehen doch immer ein Mensch.

Die Welt ist gut; man benimmt sich nur nicht entsprechend.

Adlerfarn entrollt seine Krallen.

Regen berauscht zweifarbiges Laub in beiden Tonarten.

Der junge zerbrochene Baum schaut glänzend zu Boden.

Am Boden dreiblättrige Buchen. Daneben dreiblättriger Sauerklee.

Leidenkönnen verträgt sich nicht mit Hassenkönnen.

Bis du merkst, es war von den Lehrern gar nicht so lieb gemeint. Sondern sie locken dich mit Mozart und Goethe in ihre Vernichtungsmaschinen.

Nachbars Blechdach singt. Löwenzahnkronen erinnern am Brunnen.

Man braucht nicht viel Kraft. Man balanciert mit der Schwerkraft.

In früheren Büchern sind die Zeilen kürzer gewesen.

Prosa ist versförmig. Bei jedem Schritt geht ein zweischneidiges Schwert durch mich.

Oft enden süße Vogelstimmen in einem scheinbar rauhen Schlußton. Sie schlagen die Wunde und lassen sie offen.

Suche Menschen, die nicht Gespenster ihrer Einbildung sind.

Sattes Rot unter sattem Grün – durch den Wald geht ein Riß. Er wird sich immer weiter verzweigen, an immer verschwiegeneren Stellen zu finden sein. Der Hochsommer wird reines Schweigen sein.

Schuldige Freiheit – die so frei war und sich zum Mißbrauch freigab.

Die Bewegung dauert, und ihr Dauern bewegt sich.

Die Zeit schläft im Tempel, einmal auf diese, einmal auf jene Schläfe sich bettend.

Wolkenkapuzen verbergen die Gipfel. In riesigen fliegenden Quarten schreit der Kuckuck.

Junge Bäume halten sich nicht so lange auf mit dem Frühling wie erwachsene.

Manche Kreiswege sind so lang, daß sie scheinbar geradeaus führen.

Seltsam sind die Apfelbäume. Erst sind sie rot, dann werden sie weiß. Wo ist die schönste Stelle beim Lächeln, wie weit soll man die Lippen biegen? Nicht jede ist gleich schön zum Verweilen. Dein antwortender Blick wird mir die Stelle zeigen.

Ballast abwerfen. Nur die Liebe nicht, die bei jedem Schritt schwerer wiegt.

Wenn Einigung da ist: dann singt die Trennung.

Weil es dunkel war, durften wir bleiben. Irgendwo stand ein Fenster offen. Wir durften bleiben, weil es dunkel war, und sprachen am offenen Fenster träumend nachdenkend davon, wie es sein würde, wenn es hell war.

Untreue Freiheit ist leicht; unfreie Treue ist auch leicht.

Leichtfüßig gehe ich; meine Spur ziehend, deine Spur erfindend. Wolkenhände streicheln steinerne Häupter. Bergrücken sind noch mit Schnee gesattelt. Der Wind weht verschwörerisch, meißelt den See in der Tiefe mit kreisenden Strichen. Ich reibe mir Salz aus den Augen, die tränen von der Erinnerung an die Sonne. Schön ist die Frau, die dort unten tanzt. Sonne und Wind spielen in ihren Haaren.

Welche Form soll es denn sein? Aus allen Splittern ein Spitzenhäufchen?

Meine Pläne verschwimmen. Pudel hängen wohlig am Himmel.

Zur Feier der heiteren Nacht geht nun der Mond – rund, rot, gelb, groß – über dem Tal auf.

Einmal sah ich etwas und sagte: Hier, da wachsen mir Augen, siehst du?

Du bist einer der wenigen antwortenden Menschen.

Ich bin hier. Die Tür ist offen.

Seit Tagen knien die Blumenchöre. Manche beugen sich schon.

Als brauchte ich sie nur zu pflücken, reifen überall Schönheiten.

Die abgebrochenen Buchenstümpfe grünen als letzte. Ich streichle sie.

Dunkelheit drängt sich dem Himmel entgegen, Dunkelheit, Flügel der Erde.

Dich aussprechen – das ist es, was ich von der Sprache möchte.

Mir sind die fertigen Menschen unheimlich.

Ich sitze im Wind unter raschelnden Blättern. Die Blätter schatten ein Getrappel auf den Weg. Fieber durchrätselt mich. Du grauer Tag, wo ist dein goldener Deckel? Ihr armen Menschen, singen die Vögel abschiednehmend leiser werdend, ihr armen Menschen ...

Es regnete hinter geschlossenen Augen. Viel Wasser fiel.

Wenn meine Grenze nicht mein Tod ist, sondern du bist es: bin ich dann unsterblich?

Die lieben Berührungen, wie sie von selbst entstehen; knien möchte man vor der Freiheit dieser Seite des Diesseits.

Plötzlich schlägt der Blitz aus den Augen des Himmels. Die Erdstirn errötet, ihre Wimpern zittern. In wirren Gedanken fährt Wind blindlings über die Lichtungen.

Helfende Berührungen hinterlassen Brandmale.

Wenn ich an dich denke, vergeht jeder Wunsch. Ein atembares Schlaraffenland springt dann um mich herum. Hungern und Essen sind dann dasselbe.

Eine Gesetzesnovelle zielt darauf ab, eine Bewußtseinsveränderung des Bürgers in seiner Einstellung zur Kunst zu bewirken.

Wolken ziehen nach Osten, während die Nacht ihnen Tiefe, Offenheit, Richtungslosigkeit wachend entgegenbreitet.

Wenn die Kraft der Kinder verzehrt war, brachte man sie in die Keller zurück, wo sie die Zukunft des Traums, in dem sie versammelt waren, mit leisen Stimmen besprachen. Ich hörte einige Töne von dieser Zukunftsmusik.

Das Mähen mit der Sense ist eine schöne Bewegung.

Ich lachte nicht mit, sondern sah nur zu Boden. Da wurde ich aus der Herberge verstoßen. Draußen war helle Morgendämmerung. Ein durchsichtiges Wesen war mit mir gekommen und ging mit mir der inneren Stadt zu. Wir fanden keinen Ort zum Bleiben. Aber wir blieben, solange ich träumte, bis die Sonne aufging und durch den Nebel leuchtete, gehend und suchend uns leise besprechend beisammen.

Ich möchte mich in Stücke runzeln. Am Wasser denke ich unzerbrechlicher. Ich schmiege mich unter das Sonnenpendel, das warm und weich und langsam golden zurückschwingt.

Das Leben verbirgt sich im Tod, wie im Kirschkern.

Der See, dunkelblau, rotgeädert, ruht in grüngelben Mysterien.

Ein zerbrochener Spiegel. Ich kniee zerbrochen im Bild.

In der sich schwärzenden Nacht halten Heumacher und Erntemaschinen abendliche Zwiesprache.

Ich verstand jedes Wort, nachdem ich den Schrei erkannt hatte.

Wenn du mich fragtest: kein Wort wüßten meine Lippen. (Wenn du nicht fragtest: kein Wort wüßten meine Lippen.)

Es war auf der Bahnhofspromenade. Grün und grau rauschte der Fluß. Das Kind saß allein im Kinderwagen. Ich drehte mich um und nahm seinen dunklen vertrauenden Blick mit.

Stunden schrumpfen. Ich suche Sicherheit im Nichtgewachsensein.

Je näher ich komme, desto mehr fliegen mir alle Worte davon.

Die Schritte hören auf. Es ist ganz still. Kerzen brennen ohne einen Laut.

Zur Schlachtbank, unwertes Stücklein Vieh.

Roter Mohn blüht am Ufer.

Andere sprechen von ihrer Zusatzversicherung.

Huldbrand stirbt und wird immer tot sein!, seufzte der Ritter und schlief ein.

Zwei voneinander wegfliegende Blitzaugenblicke. Eine Flugberührung, eine brennende. Ein verzerrtes Gesicht. Sonst geschah nichts.

Eine kanariengelbe Dame flog durch die letzte Szene, übertrieben trippelnd.

Gute Nacht, sagten sie zueinander. Etwas war zwischen die Menschen gespannt; ein Trapez, das trug mich.

Von Kindern und Narren kann man die Wahrheit erfahren.

Damen sagen verzweifelt: Aber es muß doch ins Ohr gehen!

Fließbänder arbeiten ineinander. Wäre der Rhythmus wirklicher Rhythmus, wären die Teile nicht Fertigteile, wäre alles anders, gäbe es gemeinsame Sprache.

Dies ist keine öffentliche Probe.

Mit den Abendvögeln, der Abendsonne, den atmenden Blättern in der Farbe Grün ertönte eine Art Tempellied, das viele Arten von Unvermögen aussöhnte und einwiegte.

Huldbrand nahm, um Undine freundlich zu strafen, ein paar Gabeln von ihrem Gurkensalat.

Nicht schlafen können vor Freude über ein Wiegenlied – einem Kind wäre das nicht passiert.

Gott loben heißt, sich als Menschen zeigen: durch Polyphonie.

Jenseits des Flusses küssen sich zwei Liebende. Es scheint zu gelingen.

Mit großen Namen schmücken sie einander, mißbrauchen einander zur Verhüllung ihrer eigenen inneren Maschinenmäßigkeit.

Ein Kind übte eine schwankende Übung. Es war mir lieb.

Der Heilige besiegte den Ohrwurm. Aber das Publikum hielt auch den Heiligen für einen Ohrwurm.

Es gibt so viele Formen, sich um die Wahrheit zu drücken, wie die Wahrheit vielförmig ist.

Sie mögen es, wenn einer wirklich stirbt und nicht nur simuliert. Es liefert ihnen den Vorwand für ihren eigenen Firlefanz.

Alle benutzen die gleichen Worte. Es ist unvermeidlich. Trotzdem streue ich gleich meine Asche in irgendeinen Teich.

Hunde liegen treu im Schatten, so herzverstörend.

Ich kenne mich nicht aus. Aber es ist ja alles so schön beschriftet.

Die Lilien verlöschen. Ein Vogel schwingt sich aus voller Brust singend über sie hin.

Vielleicht schlafe ich mit abgehauener Herzwurzel besser.

Nimmt die Ruhe die Wünsche zurück, hat die Hoffnung wieder freie Bahn.

Die erinnernde Ordnung ist eine andere.

Ich fange an zu lernen, einige kleine Worte zu beantworten. Guten Abend ... Wenigstens flüsternd.

Wie glühend grün der Wald schweigt.

Der Prinz war am Ende. Alles war umsonst. Seine schönen sauberen Füße waren schmutzig geworden. Sein Gesicht war dümmer geworden. Er hätte auch gleich zu Anfang sterben können. Von Dornröschen war gar nicht die Rede gewesen.

Mit ein bißchen Gekicher hält man sich über Wasser. Die schönen Wolken haben das nicht nötig.

Die Schmerzen sind unendlich, weil wir endlich sind. So sind wir unendlich.

Er lief dem Mörder nach, warf ihn zu Boden, riß ihm die Maske ab und erkannte ihn. Das war das Schrecklichste.

Nachtstück für Knebel, schreienden Mund und in Herzhöhe gebrochene Rippen: Ich sehe immer diese Schmerzaugen! Und kann nicht froh werden, wenn ich nichts tun kann, damit sie selig werden.

Schwalben kreisen tief, jagen sich, mehlbäuchige Fische, über niedrig stehenden Blumen, schwingen sich höher, von Flut zu Flut.

Über das Zeitmaß gibt es Vorschriften, aber keine Verständigung.

Was sich sucht, ist geduldig. Was geduldig ist, wird sich finden.

Aber ich kann nicht einmal eine Lichtung überqueren.

Trotzdem mußte ich auf dem Heimweg singen.

Ich trat in die Lichtung, und der Blitz schlug in mich ein.

Die Phrasierung muß noch deutlicher werden.

Wind bewegt Blätter und wirft Türen zu. Aber die Tür war offen. Und ich war hier. Und sie kann sich wieder auftun.

Bogen von Stille zu Stille, von Wiegenlied zu Wiegenlied; unzerstörbarer Frieden, von dem ich ein Leben lang, glaube ich, ausgehen kann.

Hört sofort mit Weinen auf!, schreit die Mutter, und die Kinder sind ruhig.

Der Geist ist jung, der Buchstabe alt. Ein Wiegenlied ist eine Versöhnung.

Wann werde ich wieder Herzwurzeln schlagen? Sind die Wunden schon tief genug?

Wie Holzpuppen zappeln sie schrill an ihren Militärtrillern. Was verwandelt an Hauptverkehrskreuzungen Menschen in Uniformierte? Nichterwiderte Liebe?

Der Wirbel vereinsamt.

Jeder Aussagesatz ist auch ein Fragesatz.

Kleine himmelspiegelnde Wellen schwammen auf uns zu wie Lichtseelenboote.

Finden ist schwerer als Suchen. Und nichts ist schwerer als Finden und Gefundenwerden.

Huldbrand lächelte, löschte Undines Tränen mit dem Zeigefinger und übertrug sie auf seine Augen.

Ein bißchen Beifall: und ein Mensch wird zum Aufschneider. Ein bißchen Beifall: und ein Mensch wird zum Selbstzweifler. Metamorphosen.

Alle Worte tun mir weh. Denn immer fühle ich, daß alle Worte dir gehören.

Ich wache immer auf, wenn ich von dir träume.

Hinter dem Schein die Wahrheit hervorholen oder den Schein mit Wahrheit bepflastern – der eine Weg und der andere.

Wenn der Maschinenrhythmus aufhört, kommt unbeholfenes Schwanken auf überweichen Gelenken zum Vorschein; und da hindurch staunen Kinderaugen.

Die Worte kommen von weit her, haben ganz verschiedene Geschichten. Wenn sie einander so schön beim Erzählen helfen, glaube ich, so könnten Menschen einander auch helfen.

Kein Mensch hat eine unsterbliche Seele allein.

Ich spreche den Namen, das erste Wort, und alle Worte weinen vor Erlösung.

Wir sind unter der Erde, sagt das Kind. Müssen wir hier aussteigen?

Ein Motorboot schneidet den Spiegel. Die Schnitte rauschen ungesäumt an Land.

Vertrauensmißbrauch ist Kindesmißhandlung.

Sie betrachten schmollend ihre Hände, ihre Hüte, ihre Füße. Ihr Vertrauen ist schon gebrochen. Sie wollen nicht mehr zur Welt kommen.

Man wird vom Himmel auf die Erde geworfen – und es tut jedesmal weh – und man möchte diese Vertrauensseligkeit abwerfen, die jedesmal daran schuld ist – und man ist jedesmal froh, sie nicht abgeworfen zu haben, um des Menschen willen, auf dessen Ankunft man immer noch wartet.

Worauf kommt's an? – Das Ziel zu treffen. – Wann? – Beim ersten Schuß. – Warum? – Weil ich vielleicht keinen zweiten mehr habe. – Weshalb? – Sie vergeht wie Rauch im Wind. – Wer? – Die Schönheit.

Und wir sind ungeboren, weil wir ungestorben sind.

Unter der Schnellbahnbrücke dröhnt Pferdegetrappel.

Musik verteidigt den Frieden, ohne Krieg zu führen. Kinder können sich ja nicht wehren, und die Ironie der Natur ist oft gnadenlos fürchterlich.

Worte finden, gering, wie ich bin – am liebsten am Strand unter all dem Schiffbruch.

Mein Gesicht war nicht immer so. Es ist aus Sehnsucht nach dir so geworden.

Unsere Befreiungsformen sind ineinandergebunden. Wir sind einer des anderen Kreuz.

Sprechen hat etwas Zukunftweisendes, Wirkenwollendes. Aber wenn wir schreiben, streuen wir leuchtende Steine hinter uns auf den Weg, damit Hänsel und Gretel den Weg nach Hause finden.

Die Turmuhr ist voller Abendrot. Es tut mir leid, daß ich langsam bin. Aber ich wachse. Du wirst es sehen.

Einer fährt vorbei, ein Lied auf den Lippen. Weiterpfeifend bleibe ich zurück.

Sterne – die vielen im Blau schwimmenden Erden.

Glauben heißt, einander nicht ohne Not versuchen. Ich stürze mich nicht von hohen Mauern, um zu sehen, ob du mich auffängst.

Der Hund der Dame mit der Brille mit der Scheltstimme heißt Cicero.

Du kannst andere Stimmen nicht hören, wenn du zu stark aufdrückst.

Hier die kleine sich selbst begrenzende Bewegung, die die folgende freigibt. Dort immer größerer Lärm um ein immer gähnenderes Nichts.

Eintauchen in Wolken, auftauchen aus Wolken.

Jede Bewegung reißt und trennt und webt die Herzfasern kreuzweise wieder zusammen. Aber wahrlich, ich sterbe lieber von deinen als von meinen Händen.

Zartgebaute bleierne Wolken beleben den Horizont. Boote stehen an den Wind genagelt zwischen blauen Streifenwolken und blauen Streifen Land.

Kinder gehen einfach aufeinander zu.

Steine, meergeformt. Schmerzen, tränengeformt.

Warum machst du das Radio nicht an, fragte das Kind, als die Mutter schwieg.

Ich erschieße mich!, sagte er. Sie sagte: Tu's doch! So kam sie ins Hospital, und er kam in Gewahrsam.

Ich muß vergessen, daß ich zu dir gehe; da ich sonst schon bei dir bin, und nicht mehr gehe.

Meine Seele eine glühende Zwinge; ein Brandmal mein Aschenleib.

Es ist die Jahreszeit, die mir entspricht. Die Blätter werden faltig.

Ich sei egoistisch, sagen sie und fragen höhnisch: Um Mensch zu werden, oder wie?

Ich liebe dich. Aber es folgt nichts Zwingendes daraus.

Eifersucht opfert die wirkliche Schönheit, um ihr Bild rein zu halten.

Die traurigen Augen der Liebenden in der Untergrundbahn.

An allen Wänden steht geschrieben: Wer das liest, ist doof. Wir hören trotzdem nicht auf zu lesen. An Fenstern und Türen steht geschrieben: Wer hier liebt, ist doof. Wir hören trotzdem nicht auf zu lieben.

Zwischen hier und heute fließt ein Lethestrom.

Undine träumte, Huldbrand wäre wieder ihr Freund.

Monde stürzen aufeinander zu.

Man erinnert mich an meine Bezugspflicht.

Versteinerter Blitz, mitten auf der Lichtung.

Wir werden geboren. Die Fahrkarte gilt nur mit Entwerteraufdruck. Das Leben kostet den Tod. Schwarzfahren würde noch teurer. Das ist ein Trost.

Braune Felder, fallende Blätter. Auch andere Menschen sind schon abgenutzt. Soll ich da nicht sammeln in mir die Liebe, die mich tötet?

Wenn du mich verlierst, sagte Huldbrand, ist das keine Katastrophe. Aber wenn du deine Gedanken verlierst – ja, da lachst du!

Auf der Brust der schreienden Fliege hockt stumm die Spinne. Bald zappeln die Beinchen der Fliege nur noch im Wind. O Gott im Kreuzhimmel!

Prosaiker denken, Poeten arbeiten nicht. Sie erzeugen nur Wärme.

Himbeeren rufen, Tollkirschen schweigen.

Wir stärkten einander mit Berührungen und Blicken, ohne daß wir aufeinander zugingen. Zwischen uns war nichts Brennendes,

Trunkenes, sondern vollkommene Ruhe. Ich stand in einer Reihe von Wassernymphen. Du umarmtest mich, dann die übrigen. Während du weitergingst und ich zurückblieb, war der Frieden unendlich.

Die Tage schaffen sich selbst ihren Rhythmus. Immer mehr Messer fallen aus einem immer längeren Buch.

Es war nicht schön genug, wenn es zu schön war. Schönheit ist ja das Maß.

Das verflixte siebente Jahr ist, wenn die Kinder in die Schule verkommen.

Der Herbst beruhigt, wenn er nicht tötet.

Götterbilder, diese paar Bäume zwischen Himmel und Scheune, ihr tief getragenes Glänzen. Tiefe ist eine Funktion der Zeit.

Was immer ich sage – es ist preisgegeben. Ich muß die Verantwortung tragen.

Schüsse knallen. Ein Karussell kreist. Schaukeln schaukeln, bitte einsteigen, Küssende am Fahrbahnrand, bitte rasch zusteigen! Zwischen Autos und Hubschraubern wiegt sich das einzige Kind auf dem einzigen Pferdchen.

Morgens fallen im Nebel formlose Früchte ab. Nachmittags sehe ich, wie sie gemeint waren.

Hier hinab pflügte der Sturzbach – trennte Erde und Steine, Schwarzes und Weißes, farbige Schleier, holprige Milchstraßen – fügte Gleiches zu Gleichem.

Seit es vom Wasser aufs Land kroch, ist das Leben viel schneller geworden.

Den langsamen Sprung in den Herbst habe ich versäumt. Die Früchte verwandeln sich schon in Diamanten.

Meine Kreise schließe nicht ich. Ich muß warten auf dich.

Schließe beruhigt die Augen. Der Milchstraße nach zu urteilen scheint alles in Ordnung zu sein.

Ihr Buchen! Rührend ist euer neues Kräuseln.

Blätter legen sich ins Fenster. Schön zueinander legen sie sich. Sie schaukeln wie Schiffchen.

Verzeih mir; verzeih meinen Göttern.

Dunstige Bergwellen werfen Schatten und Licht umeinander; vor allem Schatten.

Einmal sagtest du, als ich deine Hand nahm und über mein Haar führte: Du bist ja liebebedürftig! Ich kann aber nicht ein Leben lang deine Hand führen.

Noch ist das Grün vom Herbst erst leise angefärbelt.

Deine und meine Augen – dies Augenzelt aufschlagen – ohne großes Theater.

Wespen suchen Honig im Gras, klare todgeweihte Schatten.

Bäume schrauben sich langsam der Sonne nach.

Krähen landen im Birnbaum. Die Zeit der Stille ist wiedergekommen.

Wir sitzen und warten auf Himmelsboten mit neuer Botschaft.

Der wahre Mensch trägt die Maske zur Schonung der anderen.

Ferne. Waldrauschen. Das ist alles in mir; geht von mir zu dir, von dir zu mir. Dafür muß es doch irgendeinen göttlichen Grund geben?

Die Gräser, die schönen, weißgoldenen, reifen, stehen inmitten der grün Zurückbleibenden, vorwurfslos leuchtend. Ich liege im grünen Dickicht dazwischen, oktoberblau glänzend, im Spiegel des Himmels, der Erde, der Wege inmitten.

Wirst du je einen Menschen finden, der so wartet auf dich? Wie alt wir schon miteinander geworden sind!

Die Frau des Mannes schrie vor Schmerz, weil sie ungeliebt seinen Brei kochen sollte.

Der Wald wird immer verwunschener.

Wenn ich dein glückliches Lächeln sehe, möchte ich neugeboren sein, und dein glückliches Lächeln soll das erste sein, was dem Neugeborenen begegnet.

Glaubwürdig klang deine Frage, ob ich dich leiden mag. Schmerzgebeugt saßest du da.

Graugolden, grausilbern, Erde und Himmel. Ihre alten Wangen berühren einander.

Wenn ich dich nicht verstehe, geh doch da hin, wo man dich versteht!, sagte der Ritter und schwieg. Wie kann ein Liebender beleidigt sein? Undine verstand es zum hunderttausendsten Mal nicht.

Geplauder am Morgen nimmt den blitzenden Tau von den erwachenden Worten.

Was will ich? Ich sage es dir in zwei Worten. Dich lieben. Ich sein.

Zeit traf ein. Nichts war gekommen. Zeit ging vorbei. Die Möglichkeiten lagen langgestreckt über den Bergen, eine Spur möglicher geworden.

Der große bunte Eichelhäher flog in den Diamantenwald. Ihm folgte sein kleines Weib.

Die Sonne betritt den Raum, das Laub, das Gras. Die Sonne feixt. Was so schön leuchtet im Sterben, muß gut sein.

Den regsamsten, liebevollsten, schöpferischsten Zustand feiern durch Betrachtung.

Das seltsame Bild der Welt als Kuchen, der aufgeteilt werden muß.

Ein Blatt, in den Schoß geworfen, grüngelbschwarz. Jedes Jahr vergeht anders.

Zwei Wolken küssen sich. Eine saugt aus den Brüsten der anderen immer weißere Milch. Die helle Herde verfliegt und zieht den Himmel nach sich.

Die schwarzen staubigen Beete im Park – als wäre nie etwas gewesen, so frisch und schwarz – es tat wohl, sie zu sehen.

Kein Wind geht, sodaß die zarten vergehenden Wesen nur wenig schwanken.

Die alten Worte sind es wieder, die alten Bewegungen, das Niederfallenwollen, das Küssen der Erde, das Bäumeumarmen, das Flüstern (ich liebe dich, verzeih mir). So gehen Liebende durch die Welt, an allem schuldig.

Das enge Tal war bewohnt von Menschen, die im Leben etwas erreicht hatten. Aber sie suchten und warteten, alterten und warteten und hatten das Wichtigste noch nicht gefunden. Einer vermutete es bei mir. Ich ließ alles zurück und floh.

Regen nagt am Holz. Katzen betreten feierlich den Wald.

Wir sollen lieben, wo wir nicht können, und wo wir können, sollen wir nicht, weil die Eifersucht so konsequent verrückt ist.

Ich weiß nicht, wie lange ich noch zu sterben habe.

Mut wirft sich dem Tod in die Arme. Tapferkeit stirbt langsam, schmerzhaft, ohne daß sie die Arme ausstrecken kann.

Plötzlich ist der Weg bedeckt mit jungen sterbenden Blättern.

Warum geht man der Wahrheit aus dem Weg? Aus ihr folgt ja nichts Zwingendes.

Von gebogenen Rändern her schmiegt sich die Goldenheit ins Verschwinden.

Plötzlich fliegen Blätter zu Hunderten. Es ist unter grauem

Himmel ein richtiger Blattgoldsturm.

Mein Tod ist einer; aber ich kann ihn unter verschiedenen Masken suchen.

Mein herbstliches Gesicht. Wunden um den Mund herum, tief eingebissen.

Am Waldrand zur Nacht gebettet, rausche ich daher, fahre ich dahin. Braune Blitze fallen langsam.

Aufgegebene Hoffnungen bilden Humus für neue Zeiten.

Engel schlagen die Flügel, flechten gebrochene Worte in unsichtbare Himmel.

Ein Mann, ein Kind, drei welkende Frauen. Von weitem sahen alle wie Kinder aus.

Die gelbsten Blätter zappeln am Zweig, wild schwankende Schatten.

Göttersonnen am Nachthimmel.

Im Tal liegt Nebel. Weiße Wolken bauen Scheinbrücken zwischen den verhangenen Gipfeln. In den Spuren der Kühe steht Milchkaffee. Ich möchte mich in einen duftenden Rührkuchen eingraben, zwischen die vielen Rosinen.

Das erste Kind kam mit leeren Händen von seiner magischen Wanderung. Das zweite übte erfolglos Begraben und Auferstehenlassen. Das dritte schlief am Strand einen magischen Schlaf. Wir setzten uns zu ihm, um seinen Schlaf zu bewachen.

Es gibt Dinge, die genügen für ein ganzes Leben, man braucht nicht mehr und mehr davon; zum Beispiel irgendeine Form der Beantwortung einer Liebe.

Wie alles erst wirklich wichtig wird, wenn es nicht mehr zu wichtig genommen wird – so soll jeder Schlag mich treffen.

Fordernd blickt schwarze Erde. Blätter rollen sich zusammen, aufgeplusterte frierende Adler. Braun wird zum gebündelten Zeitlicht, das den Farbenkreis stolz um sich her auseinanderlegt.

Sie umarmten einander im Dunkeln, in Erwartung des aufsteigenden Mondes. Der Mond ging aber nicht auf, sondern unter.

Das Rad dreht sich nicht zurück. Es dreht sich. Das genügt.

Feuermeere fallen in meine Bestürzung.

Am Waldrand steigt Rauch auf.

Der Mond glitt ins Pflaumenbaumlaub und wohnte, es versilbernd, darin.

Jedes Blatt hat seine eigene Farbe; seinen eigenen Tod, würde ein anderer sagen. Da aber meine Augen durchbohrt sind durch jene Weißdornaugen, sehe ich deinen Tod überall.

Wir gelangten so weit in die Nähe einer Einigung, daß ich bewegt aufwachte.

Der Morgen war grau, die Straßen waren leer; ich erregte kein Aufsehen. Am Ziel würde es anders werden. So kehrte ich um, Kleider zu suchen.

Hab keine Angst, sagte ich beschwörend zu meinem Engel. Bist du warm genug?, wollte er wissen. Ich meinte, ich sei warm genug, konnte aber das Zittern des Engels nicht beschwichtigen.

Neben der Sonne der halbe Mond, die schiefe Wiege.

Grashälmchen atmen, die schwarzen liegenden Blätter kopfschüttelnd betrachtend.

Gegen die Wahrheit spricht nur Bequemlichkeit.

Mit Wahrscheinlichkeit kann man alles niederbeweisen.

Warten auf den Todesboten, der die stummen Grenzen der Sprache umschreibt.

Der Ritter fragte Undine nach der Ursache des Besitztriebs. Sie meinte, es sei die Todesangst, die Wurzel jeder Mechanik.

Lastend schweigend fällt das Grau vom Himmel. Es wird in Ballen gestaut als Streu für das Vieh.

Liebe verwandelt die Seele des Menschen bis ins Unbewußte hinab. Das ist so wahr, daß Gott mir helfen kann.

Der Mond war vollkommen rund und schön. Bleiche Schäfchen beschatteten ihn. Vorher waren die Schäfchen golden gewesen.

Die Freude, nicht unendlich zu sein, habe ich auf vielen Wegen erfahren; auf diesem noch nicht. Wenn der Schmerz zu groß wird, wird man ohnmächtig.

Ich verstehe die bösen Worte nicht. Herr, verhilf mir zu einem Verständnis!

Die Farben stürzen zur Erde. Im Nebel stehen Lärchenlampen. Der See drückt sein blaues Schwert ins Tal. Die letzten Blätter winken am Himmel, wie Sterntaler.

Die Menschen sterben nicht. Dank der rettenden Herzmittel ist das möglich. Doch werden die Stimmen leiser, und auf der Stirn der Frau mit dem schwarzen Hut vertieft sich eine Falte.

Nichts gegen den Schein. Wenn es ihn nicht gäbe, müßte die Wahrheit ihn erfinden.

Zuerst blüht der Ast; dann blüht die Blüte; zuletzt blüht das Blatt. Die zweite Blüte ist die Frucht, die dritte der Tod.

Zurück in die Gegenwart.

Am Himmel schmilzt ein Buttersee auf langsamer Flamme.

Sie spielen mit ihren vergänglichen Reizen und töten sie dabei.

Die elendesten Lehrer stürzen sich auf die begabtesten Kinder, zerstören sie, weisen hin auf die Bilder, die dabei entstehen, und verkünden stolz: Mein Werk!

Keiner ist selbst sein Schicksal.

Mir schwebt ein bestimmtes morgenrotschimmerndes Bild vor.

Ich wollte sprechen lernen und verbrannte und erwachte und hatte noch nicht sprechen gelernt. Aber alles sprach plötzlich meine Sprache. Ich wagte kaum zuzuhören, so selig war das Verstehen. Ich brauchte all meinen Mut. Verstehst du?

Unsere Kinder, melden Zeitungen, werden immer klüger und größer und schöner.

Bei jedem Satz setzen sich Himmel und Hölle in Bewegung.

Die Sicherheit der Unterstimme, ihr unbewußtes Sprachvertrauen, dem offenbar nichts geschehen kann: es zerreißt, indem es tröstet.

Die Rosenwolke gliedert sich. Sie wird fünfteilig.

Der Himmel ist morgens so zutraulich.

Das Innere wächst zuweilen ohne äußere Zeichen.

Schade, dachte ich, an Felsen vorbeifliegend. Dann flog ich auf Felsen zu, den Kopf voran wie ein Embryo. Sie fingen mich auf in einer weichen Höhlung.

Krähen drehen lautlos im Grau ihre Runden.

Der erste Schnee, rührend wie der letzte; das letzte Laub, brennend wie das erste; plötzlich schutzlos.

Der Winter ist gut für Unterscheidungen.

Das letzte Paar sprang nach wenigen Schritten an den Rand der Manege vor das nachtblaue Weltall hin, der Verfolger hielt die Verfolgte im Arm, und beide sangen gemeinsam das Lied: Der Mond ist aufgegangen. Dieses Paar trug den Sieg davon.

Reisen ist leichter für mich. Zuhause warte ich zu sehr auf dich.

Der Tag war schön, das Meer blaugrün. Die Wellen wurden

gelber, goldener und höher, legten den Meeresgrund bloß, rissen ihn hoch und schlugen ihn nieder. Sich aufbäumend, sich überschlagend, rasten die Wurzeln der Erde auf uns zu.

Plötzlich erwache ich aus der Blindheit und habe schon alle Seligkeit erfahren, die ein Mensch erfahren kann.

Zeit ist die sicherste Befestigung.

Als säße ich im finsteren Turm, und man würfe mir Kuchen herunter.

Man glaubt, man kann es im Leben nicht schaffen, das Wesentliche zu sagen, und trifft eine alte Frau auf der Straße, und sie sagt es in wenigen Worten – offen wie die Welt; vollkommen offen.

Gilt eine Antwort für alle Zeiten; auch wenn Zeiten kommen, die die Frage zurücknehmen?

Der Winter verstärkt das Brennen der Zeit.

Der Kleiber rennt den Baum hinauf und sieht mich an durch die schwarze Schlitzaugenmaske.

Plötzlich ein Schmerz. Und noch eben so glücklich. Und noch ebenso glücklich.

Schwarz und Weiß formen einander.

Katzen purzeln durch den Schnee, den ersten und reinsten.

Nachtträume sind realistischer. Tagsüber werden die Träume zensiert.

Der rechte Rockzipfel des Orion, von ihm aus gesehen, hängt noch hinter dem Berg, von mir aus gesehen.

Die Frau wurde gebeten, die Augen zu schließen, sie wieder zu öffnen und ihre Hände zu betrachten. Beim Erzählen davon weinte sie nochmals.

Undine erzählte, wie sie einmal einen Menschen von innen

erkannt hatte. Was, was, was, schrie Huldbrand; du sollst nicht andere erkennen; du sollst mich liebhaben!

Meine Schrift versagte und floß blau abwärts.

Ich nehme mir meine Freiheit so zweifelnd wie möglich.

Der Schnee wird zugrunde geregnet.

Bäume und Steine verschwistern sich diesseits unter der Herrschaft der Bäume. Jenseits verschwistern sie sich unter der Herrschaft der Steine.

Ruhig wachen, ruhig warten ist leicht. Viel schwerer ist ruhig schlafen.

Die Ewigkeit, das Ruhen der Wünsche, erfüllt mit der Zeit die Wünsche.

Verzweiflung ist ein im Grunde unhaltbarer Zustand.

Ich höre, also singe ich.

Es ist alles so herrlich schwarzgrau verborgen und offen.

Erbaue einen Popanz aus ihren Worten und gib ihm deine Worte. Dann werden sie geglaubt.

Mit mehrfach durchstochenem Herzen wandere ich am Zaun entlang, achtend auf alles Entgegenkommende. Denn alles Entgegenkommende hilft beim Umgehen der inneren Ohnmacht.

Der Atemreichtum der grauen Trümmer, mit denen die Flut spielt.

Blaue Landschaft. Entzündete Farben. Haben Fieber bekommen unter dem Schnee und blicken mit glänzenden Augen in den tödlichen Regen.

Ich kann einen Menschen nicht innerlich umwandeln. Das muß er sich selbst angedeihen lassen.

Das erste, was das Kind von der Mutter sah, war die Maske, die sie sich zum Schimpfen aufgesetzt hatte.

Die Sonne bewegt sich mit uns hinter einen Schleier.

Die Nachahmung ist der Tod der Musik, mit Ausnahme der Marschmusik.

Der Kontrolleur nahm es nicht so genau, wie alle befürchtet hatten. Er beugte sich über die Fahrkarten wie ein gütiger Weihnachtsmann. Alle schämten sich plötzlich der sinnlosen Bemühung, ihre Fahrscheine gefälscht zu haben.

Die Erde hat Wasserwurzeln.

Das Wort Mitleidenschaft trifft die Sache ziemlich gut.

Ein Kind ruft dem Meer zu: Komm doch!, und stemmt den kleinen Fuß gegen die auslaufende Brandung.

Dein Leben ist mir heilig; auch die Hölle darin.

Entenpaare schwimmen im untergehenden Meer im untergehenden Himmel.

V

Ich will mir der schmerzlichen Seele zurück,
wenn du dich vor mir scheust.
(F. de la Motte-Fouqué, Libretto zu E.T.A.Hoffmanns *Undine*)

Als ich aufwachte, waren außer mir alle Fahrgäste ausgestiegen. Auf dem Platz, wo der Omnibus endlich hielt, herrschten unendlicher Staub, unendliche Weite, unendliche schattenlose Hitze. Kein Weg führte irgendwohin. Von überallher winkte grenzenlose Verlassenheit. Ich verließ den Bus, um dorthin zu gehen. Der Fahrer war mit sich selbst beschäftigt und sah mich nicht.

Ich werde ganz langsam gehen und vielleicht bald sterben. Weiterführende Pläne kann ich nicht machen.

Erinnerung an eine Umwendung, Zuwendung. Jetzt erst entsteht mein antwortendes Lächeln.

Wellen beißen in den Sand, kleine rasche flache Bisse.

Die Entscheidung, die der Angst recht gibt, kann die Angst bändigen.

Es ist furchtbar, wenn Blitze sich kreuzen. – Dann wurden aber die Blicke so sanft wie die Sonne.

Alte Menschen, die keinen Schlaf finden. Hunde, die in Pfützen spielen. Schlaftrunkene Berufstätige, die sich blind in den Tag stürzen, frei von sinnlosen Bewegungen, behütet in ihrer Müdigkeit vor der andrängenden Flut des Irrsinns.

Ich fiel in einen verschneiten Wald, ließ mich von Lawinen um die Bäume spülen. Sie verebbten hinter mir im Grünen. Es war Frühling.

Liebe, wurde verkündet, sei ein zutiefst bewegtes Gefühl. Darum hättest du nicht auf mich warten können. Du warst traurig darüber.

Meine Schrift ist blau. Dagegen bin ich ohnmächtig.

Der Glaube formt die Seele. Unglaube macht sie unkenntlich.

Der alte Mann erzählte von den Bäumen im Sommer, deren Samenstaub wie Rauchwolken am Rand seines Gartens dahinzog.

Sie wechselten das Lokal, dann noch einmal den Tisch im Lokal. Als sie endlich richtig saßen, kam ein Kellner und fragte nach ihren Wünschen. Eine Suppe, sagte der Ritter. Undine dachte im Stillen: Wenn er jetzt nur eine bringt, statt eine für jeden! Huldbrand würde sie dann essen, und sie bekäme nichts. Da sah sie, daß vor ihr ein Teller stand, aus dem sie schon die ganze Zeit aß. Merkwürdig. Wie auch immer: Huldbrand würde seine Suppe auslöffeln, und sie ihre.

Die Frau trug wochenlang Schwarz. Alle lobten ihre Eleganz, bis sie erfuhren, daß die Frau Witwe geworden war. Verrückt!, sagten sie und lachten vielsagend.

Man folgt einfachen Anweisungen, geht mit einer Handvoll Geld davon und fühlt sich als wertvolles Glied der menschlichen Gesellschaft. Man ist bestechlich.

Das innere und das äußere Feuer schützen einander. Man verwechselt sie miteinander. So stehen sie füreinander ein.

Das Gras ergrünte vor Freude, als es freigeharkt wurde.

Arbeit und Freizeit kompensieren einander, bis die Vergifteten tot umfallen.

Lebensverlust an der Arbeitsfront führt dazu, an den Sinn des

Krieges, an einen möglichen Sieg zu glauben. Denn die Opfer dürfen nicht umsonst gewesen sein.

Kein Gedanke ist übrig. Auf wundersame Weise ist alles egal. Der Morgenwind in den Taxushecken. Die vom Staub entzündeten Augenlider der Packerin.

Von einer hoch über mir zusammenstürzenden Lagerhallenwand regneten eiserne Gabelstapler auf mich herab.

Sie beteuern einander, jeder vor sich hin in den Staub der Straße, der ihnen zwischen den Zähnen knirscht, sie würden weiter zum Jahrmarkt gehen, komme was wolle, Jahr für Jahr, Tag für Tag.

Verzichten ist auch Geben; und eine sehr reine Form.

Das ist das Morgenlied!, sagt die Frau mit dem Staubsauger.

Gelöste Knoten. Bunter Unrat. Schleppende Wellen im Sand.

Die Stimme zerbrach an der Angst, das kleinste Stück Raum vielleicht zu erfüllen.

Daß man aus der Gnade herausfallen und wieder in sie hineinfinden kann, ist das Wunderbare.

Dir zuviel schenken, hieße dich auskernen, träumte ich; und das wollte ich natürlich nicht.

Alle warteten gespannt. Welcher Terrorist würde es sein? Wohin würde er die Bombe werfen? Abschiedsstimmung war überall. Wir umarmten einander.

Hauptbahnhof, morgens. Geschmückte Opfertiere warten auf den Transport.

Die Stadt stand dem Unwetter offen. Grünes Licht wogte. Ein Blitz traf den Kirchturm, der bog sich zur Seite, pendelte schwankend und brach in der Mitte ab.

Das leere Lächeln der Schulkinder.

Es gebe keine Liebe ohne Eifersucht, behaupten Frauen im Chor.

Die Monde sicheln den Herbst herunter. Hoch oben schwebt der Himmel. Die Abenderde ist umbrafarben. Die Wolken sind durchsichtig.

Der wahre Paradiestraum: wenn wir den kleinen Tod begriffen hätten, hätten wir den großen nicht nötig.

Etwas ist wund in mir. Hilf mir. - Schon hilfst du mir.

Herren streicheln abschiednehmend die Hundchen ihrer Frauen, die Frauchen ihrer Hunde.

Zanksüchtige graue Kinder folgen schwanenweißen Eltern.

Die Sonne schießt einen roten Blitz durch den schmalen sinkenden Spalt. Die Berge heben die Brauen. Einige schöne Stellen im Himmel erröten.

Huldbrand wußte nicht, daß Undine ihn liebhatte. Ich glaube es dir ja, warum soll ich es nicht glauben, aber du mußt es mir doch auch zeigen!, forderte er. Aber sie wußte, daß er sie liebhatte (Das weißt du nicht, das kannst du nicht wissen, du hast keine Ahnung, wie lieb ich dich habe, darauf beharrte er), mochte er ihr auch das Gegenteil zeigen. Wie konnte Undine es aber wissen, und Huldbrand nicht?

Die Ruder ruhen im Boot, überformt von Kristallen, auf der Fahrt auf den Wassern im Meer des Weinens. Wellen wiegen das Boot.

Mir müssen erst wieder die Augen aufgehen. Ich sehe nur noch Dekorationen.

Das schwarze Tuch sehe ich, wie der wahre Mensch es küßt.

In die Luft geschmiegt wie in sonnenfarbige Kissen.

Die Rosenwolken versinken. Der Himmel wird immer grauer und schöner.

Nicht verwirklichte Möglichkeiten werden erfüllte Wirklichkeiten, wenn ihnen eine wirkliche Entscheidung vorausging.

Den unvollendeten Himmel sägte die Witwe des Malers ab.

Nachts, zwischen Schlafen und Wachen, umflog mich die Seele dessen, den ich mit Worten berührt hatte, umgrenzte mich in ihrer Jenseitigkeit von allen Seiten.

Zu still ist es plötzlich. Wenn ich den Atem einziehe, klingt es wie Heulen.

Harzverklebte Wunden. Schneeschatten, grün und rot.

Alles ist blau im Tal. Ganz zart liegt dort ein Berg, zarter als Wolken.

Ich habe nicht immer die Kraft, zu denken, daß vielleicht die anderen verrückt sind.

Bäume geleiten mich. Ich löse mich auf in Wind, in Luftschwingungen, in Töne.

Fallgeräusche, Schnee auf Schnee.

Sterne liegen im Schnee und strahlen.

Liebespaaren wurden schwarze Kapuzen bis zu den Füßen heruntergezogen. Eine verhüllte Figur stieß ihr Messer zuerst in den Mann, dann in die Frau, zog es heraus und stach wieder zu, bis das Schreien und Stöhnen verstummte. Nach dem letzten Paar erstach sie sich selbst. Ein kleiner Stich, der nicht tief ging, genügte.

Ich liebe den wahren Menschen wie meine eigene Seele. Das mußt du verstehen. Wenn ich es nicht täte, wäre ich nicht ich, wäre ich nicht du, wäre alles sinnlos.

Du kamst im Traum, selig lächelnd, wie nur das tiefste Einverständnis lächelt. Ein Kind wurde überfahren. Es starb. Du spieltest auf einem eisernen Gitter den Unsterblichen ein Lied, das den unauslöschlichen Mut der sterblichen Menschen pries. Auf einem nicht so stark tönenden Gitter spielte ich mit.

Du hast mich nicht lieb, das ist die Wahrheit, stöhnte Huldbrand mit furchtbaren Augen. Ich muß damit leben, sagte er dann ganz ruhig.

Der Bach blinkte so freundlich, daß er Gold zu führen schien. Andere ließen sich an anderen Staustufen nieder. Während wir bergauf wanderten, wallten immer höhere Flutwellen uns entgegen bergab. Die letzte Flut überschwemmte alles.

Plötzlich nahmen die Erwachsenen ihre Versprechungen zurück. Der enttäuschte Halbwüchsige begann, mit einem Messer auf sie einzustechen. Wir flüchteten Wendeltreppen hinauf, aber es gab keine Rettung, die Treppen endeten im Nichts.

Der Ritter sagte, er habe sich geprüft, er leide nicht unter falschem Besitzdenken. Undine sah einen blutigen Schnitt auf seiner Brust über der Herzgegend.

Es ist ein Irrtum, zu glauben, daß die Liebe stirbt; obwohl sie ohne diesen Irrtum nicht leben würde.

Sinkende Eisenbahnschranke im sinkenden Abend.

Gut ist es, im Tal die Lichter zu sehen; den Schneepflug, der mit gelbem Licht pflügt; zu fühlen, wie die Menschen füreinander sorgen.

Der Schnee genügt sich, indem er fällt. Ich falle mir oft schwerer als nötig.

Es klingt vielleicht lächerlich, sagte der Ritter. Aber ich liebe dich wie meine erste Liebe.

Der Schleier bewegt sich in großer Höhe.

An der Vortäuschung von Gefühlen wäre keine Sünde wider irgendeinen Geist, gäbe es keine wahren Gefühle.

Die Frau streichelte ihr Kind und verbarg dabei ihren Weltschmerzblick hinter dem Windschutz des Kinderwagens.

Wie war es möglich, daß Huldbrand Undine nicht erkannte und doch liebhatte?

Was hülfe dem wahren Menschen? Öffentliche Fürsprache?

Ich weiß wieder, wohin ich gehe. Ich weiß es immer beim Abschied.

Ach Gott – die sind ja alle im Robinsonalter geblieben.

Das Ideal ist keine Fiktion, sondern deren Ende; mühsamer Umgang mit immer neuen schmerzlich beweglichen Formen der Wahrheit.

Die Schuld ist die Schönheit, die allbewegende. Urschuld ist Unschuld, reine Schönheit. Und doch träumt das hohe Gericht vom Freispruch der Unschuld.

Wie berühren sich zwei Flammen? Einander beruhigend?

Manchmal wache ich auf, sagte Huldbrand, liege wach und denke daran, wie lieb du bist.

Wir arbeiten am Zusammenhang unserer Träume.

Grün und grau rauschte der Fluß. Ich ging voran, du folgtest mit anderen. Du warfst einen Ball, ich sollte ihn fangen. Er flog an mir vorbei in den Fluß. Ich sah ihm nach und sah dich an.

Schreiben – merkwürdigste Todesart, die die Menschheit erfunden hat.

Der Blitz verbrennt sich in Scheingefechten, während die Wettereichen vermodern.

Schreibschrift. Klingklang. Singsang.

Die Gerechtigkeit lügt an den Füßen mit den Flügeln der Siegesgöttin.

Der Schnee wuchs feucht über das Dach. Die Sonne schien nicht (es war auch Nacht). Aber der Schnee fiel fein und still …

Undine folgte dem Ritter durch einen Urwald aus Riesennarzissen.

Die Engel fallen in den Himmel. Die Menschen verkennen die Verhältnisse.

Da ich alle Grenzen anerkennen wollte, nur nicht die des Leidens, nur nicht die der Geduld: erkenne ich nun den Wert des Zorns, des Reißens der Geduld?

Das Verhör endete mit der Frage: Welchen Beruf streben Sie an? Es wurde still; die geflüsterte Antwort war deutlich zu hören. Undine strebte keinen Beruf an. Sie wollte nur soviel Geld verdienen, daß sie gerade durchkam. Sie wollte Zeit haben. Die Mitschüler saßen wie erstarrt. Der Lehrer meinte verständnisvoll, auf diese Weise könnte sie sich vielleicht einen reichen Mann angeln.

Wohin führt Mut? Zu Vertrautheit mit Träumen.

Zierliche Rosensäume; kristallisch gezackte, von Blitzen durchwucherte Wolken.

Huldbrand wartete schon zehn Minuten, war aber nicht ungeduldig. Da konnten die Augen ineinander ruhen.

Wir hetzen die Engel gegen den Himmel. Es ist unsere Schuld, wenn sie fallen.

Der Ritter erzählte von Wegen, die zuwüchsen, wenn sie nicht mehr begangen würden. So sollte es werden zwischen ihm und Undine. Ich werde aber immer den Weg zu dir suchen!, sagte sie schluchzend.

Ausweglosigkeit ist Funktion der Fiktion der Unmöglichkeit der Umkehr.

Jede Sünde läßt sich abarbeiten, nur nicht die der Bequemlichkeit.

Die Weißen freuten sich, als die Roten wegsackten unter ihren Schüssen; aber ein ganz kleiner (ein ganz kleiner!, lachten die Weißen) glutroter Punkt entwickelte sich und wuchs und zerstörte alles, auch das Raumschiff der Weißen.

Jetzt in die Traumwerkstatt.

Die Erde, die liebe, verwandelt sich wieder! Dieselbe Schwelle, dieselbe Stille, dieselbe Sonne, dieselbe Stimme …

Der Geduldige läßt sich leiten; sogar verleiten; sogar zur Ungeduld.

Sie wollen über die Zeit triumphieren. So wahnsinnig sind sie.

Die blassen bekümmerten Vorstadtmenschen hatten sich an den Zimtwecken längst übergessen. Aber aus der Wahlkampfküche kam immer neuer brauner fettiger Nachschub.

Man fragt sich selbst einen Traum ab, wie ein Richter dem einzigen Zeugen einen Tathergang: will nichts als die Wahrheit hören und sagen, Erinnerung knüpfend an Erinnerung. Aus dunklen Splittern schießt irgendwann das taghelle Bild zusammen.

Schwüler Hauch von Treibhauspflanzen an diesem schneegesichtigen Tag.

Der Mond schwimmt frei auf dem Rücken im wilden arktischen Frühling.

Warum hatte Huldbrand Undine so hart in sich zurückgetrieben?

Der Zeuge mag sein Gedächtnis verlieren. Aber er träumt noch immer.

In kurzen trockenen Schlägen flog das Herz dahin. Jemand kam mir entgegen. Es gab keinen Ausweg. Dunkelheit rührte an Dunkelheit, mein Herz an deines.

Das ist Sonne, das sehe ich genau. Die Tannen werden grün, da gibt es keinen Zweifel.

Ferne Berge klären sich eher als benachbarte Bäume im Nebel.

Wieso, fragte Huldbrand, was soll mir weh tun? Ich leide nicht mehr! Ja, da staunst du! – Da senkte Undine die Augen. Wirklich erstaunt.

Das Wort geht mir nicht aus dem Sinn: Großgottbesitzer.

Viel scheint blau aus verdrängter Nähe. Aber diese Blume ist kein ferner Berg, kein Lampenentwurf in die Dämmerung, ist klarste, bewußteste Nähe: und blau.

Aufstehen mit dem Gedanken: Aufstehen und Hinunterstürzen sind eins.

Wer meint, alles könnte falsch sein, möchte im Zweifel lieber Unrecht tun als betrogen sein. Wer es anders meint, möchte das Gegenteil.

Undine und Huldbrand, ans Geländer gelehnt, in den Bach hinabsehend, im freundlichen Gespräch. Nur einmal schüttelte Undine den Kopf. Das war, als Huldbrand behauptete, er hätte viel mehr Geduld als sie.

Kinder drücken Marschmusik aus ihren Mündern. Ich fühle einen Durst in mir, mich auf die Schienen zu werfen und zermalmt zu sein.

Strohballen. Verschlepptwerden. Kreuzwege. Rinnsale im Schnee. Dort entlang könnte ich ruhig werden.

Sie stellen da solche Brücken hin ... Du hast doch im Traum schon Brücken gesehen. Sähe ich solche Brücken im Traum, würde ich sagen: Wahnsinn!

Wasser des Lebens!, forderte Huldbrand. Die heilige Frau gab ihm ein Glas. Er nahm es und pries die Güte des Wassers, bevor er noch getrunken hatte. Sonst hätte er das Leben gepriesen und nicht das Wasser.

Tötung ist ein erfolgsqualifiziertes Delikt.

Goldene Knospen sind anders verteilt als goldene Blätter. Jene verteilt noch der Baum an sich; mit diesen hat schon der Wind gespielt, und das Schicksal.

Jeder ist mit Augen begabt und mit anderen Augen. Jeder kann jedes mit Augen sehen, und jedes jederzeit zum ersten Mal mit anderen Augen.

Um sich totzustellen, ist es schon zu spät.

Regen funkelt, Licht fällt herein, von Morgen gegen Abend, schwer zu ertragen.

Bitterkeit, die Undine manchmal Huldbrand gegenüber empfand, kaute sie wie eine Arznei. War die Bitterkeit verschwunden, war das Herz gesund.

Ich gehe, wo ich gehe, langsam, zu vielem unfähig.

Manchmal in der Schwäche könnte ich wünschen, daß ich nur ein Traum bin; damit ich es nicht so schwer habe; damit ich dir leichter begegnen kann. Aber nie kann ich wünschen, daß du nur ein Traum bist.

Wie tröstlich, wenn die Worte alle gestorben sind, das Singen von Namen.

Zeitbojen ticken im Strom. Das helle Licht, der Tod, ragt in den Horizont. In der letzten Szene stießen Menschen die Mauer um. Da lag sie nun.

Ich drücke den Dornen zum Abschied die Hand. Bis zum Sommer!

Zurück ins Blaue.

Die Wolken haben ein Schiebedach, weiß gegen blau, grau ausgefranst.

Ein Raubvogel, mit den Flügeln rüttelnd, pfeilgerade herunterstürzend.

Betäubender Duft von Veilchen.

Undine wollte den Bildschirm einschlagen, hinter dem der wahre Mensch saß, aber der Schirm war aus Panzerglas. Etwas anderes zerbrach, eine unschuldige Vase.

Wir bildeten den versprengten Rest einer verbotenen Reisegesellschaft. Wir fuhren immer nur wenig weiter, um gleich wieder stehenzubleiben und auszusteigen. Je weiter wir kamen, desto kopfschüttelnder wurden wir betrachtet.

In der höchstmöglichen Blüte ein grauer kühler Tag. Schuldvolle Ruhe.

Manches, was in den Städten tröstet, wirkt im Wald lächerlich.

Ich war versunken. Du sankst auch immer tiefer. Da sahst du mich. Wie der Erkenntnisblitz in deinem Gesicht strahlend aufging! Ich wachte aber nicht auf vor Freude, und dein Lächeln hörte auch gar nicht mehr auf.

Warum schlägst du nicht zurück?, wollte Huldbrand wissen. Aber Undine konnte es nicht.

Geräusch des Wassers am Friedhofseingang abends beim Füllen der Gießkannen.

Sonnige Vorhänge trippeln über dem schattigen Fließen.

Der Sonnenvorhang hebt sich, die Schattenbühne spricht. Meine heißen Augen saugen die Tränen nach innen.

Kompost aus fünf Jahren, verteilt im Garten. Jetzt weiß ich, was sie ist (den Büchern glaubte ich nicht wirklich), die schwarze Erde.

Kein Zweifel, sagte Huldbrand, Undine anblickend.

Leises Geblätter. Der Wind wird stiller. Vielleicht wird er sich drehen. Dann wird es regnen. Ich kann die Worte auch nicht aus dem Boden stampfen.

Vor der Tür steht die schwarze Nacht. Staub, Staub, Sandmann.

Aus Ruhe und Dankbarkeit möchte man eine Antwort schöpfen.

Wie erschrecke ich, wenn die Seele meiner Seele sich auf mich zubewegt!

Was ich suche, ist in schwer zugänglichen Ablageformen begraben.

Über und über mit Schmutz bedeckt, fuhr ich zu Schiff in die Stadt ein, einen ebenfalls schmutzüberkrusteten bronzenen Gott im Schlepptau.

Der Mond ist kalt, zunehmend, schmal. Vorsicht, ihr Worte. Laub flüstert im Bergwald. Und so gedankenverloren setzt du mir den Speer auf die Brust, und ich laufe fragend hinein.

Ich kann allein sein, mich an einen Baum lehnen und an alles denken, und du kannst es nicht. Was ist die Frage zwischen uns, die so schwer zu lösen ist?

Da wetzt einer ein Messer. Hast du mich lieb? Ich sterbe auch allein, wenn du willst.

Was Leute als die Leute bezeichnen, ist noch mehr das ganz andere, als ein Gott es je sein kann.

Ein Strauß Wolken am Horizont. Wälder ruhen schwerelos, Wiesen fliegen den Bergen zu. In feuchten Waldwinkeln tagen helle Sonnenversammlungen.

Wir drehen die Zeit nicht zurück. Wir leben in Kreisen, die sich schließen.

Tatsache ist, daß ich nicht einsam bin.

In einer möblierten Grabkammer fand die Enthüllung statt. Das Bild hatte unter Entführungen und Übermalungen gelitten. Es stellte zur Zeit ein Getreidefeld in einem Rosenhag dar. Ein Spruchband, das über den Himmel lief, verkündete in goldenen

Lettern die neuen Besitzer des alten Paradieses.

Hahnenfuß blüht im tiefen Abend unter Tannenreisig.

So ins menschliche Herz treffen, daß aus der verborgenen Quelle eine Wahrheit ans Licht kommt.

Ich lerne viel, während du mir nicht antwortest. Schön, so zweifelnd sich zu entwickeln. Aber, Engel – übertreibe mich nicht.

Die Prüfung war abgeschlossen. Prüflinge und Juroren eilten mit Einkaufsnetzen fort. Mit einem einzigen Prüfer blieb ich zurück.

Pfingstrosen; was für ein Fleck in der Landschaft.

Ein Wurm erschrak vor meinem Schatten und kroch ins Laub.

Ein Eichelhäher saß im Baum, sah mich und warnte niemanden.

Schwere Tropfen aus ganz unscheinbaren Wolken. Dann steht die Sonne siegreich in der Pfütze.

Mit flach gehaltenem Atem ging ich Höhlengänge entlang; tastete mich durch alle Winkel, bis ich mit allen Tränengründen verwoben war.

Der Duft von Schwefelhölzchen versetzt mich in den Advent.

Der Sommer bleibt der große Unbekannte.

Alle Gedächtnislücken und Bildungslücken zusammenfassen, um zu verstehen.

Engel auf dem Gewissen haben.

Goldene Tropfen fliegen hoch. Die Juniwiese steht noch. Wolken ziehen das Tal entlang, überziehen das Land mit blauen Schatten. Die Erde fliegt ihnen nach.

Der Rundgesang heißt: Noch einmal. Die Sonne lacht.

Die Berge versinken im Sommerdunst. Die Nacht bricht an, die

Nacht bricht auf. Fledermäuse funkeln.

Tief im Unerwarteten ist noch viel verborgen.

Wind fliegt umher im Meer der Gräser. Das Grün glüht rein und rauchlos.

Der Regen rauscht, der helle, stürzende.

Das grüne Laub soll sich nicht zu sehr erheben über den roten Teppich.

Das Abendland dämmert. Noch lange nicht; die Welt ist noch lange nicht zerstört genug, sagt wohl der jammernde Abgrund.

Bäume flüstern. Man hört sie nicht, weil das Wasser so laut über die Stufen stürzt.

Auf der anderen Seite des Berges ist der Wind.

Von den dreizehn Bildern, die Huldbrand besaß, war nur das letzte echt: die Kreuzabnahme.

Staub in den Regenfeldern; Samenstaub überreifer Gräser.

Unberechenbar schwankender Boden, Hindernis bin ich – so hassen sie mich.

Die Trübheit läßt sich, als solche erkannt, abgeklärt betrachten. Aber sie will nicht erkannt werden. So vergeht viel trübe Zeit, bis es unerträglich wird (hier liegt ein Nachteil darin, daß ich immer geduldiger werde), bis zur endlichen Klärung.

Wolken werfen den Widerschein der versunkenen Sonne ins Zimmer.

Wir lagerten in einer Halle, in Kisten übereinandergestapelt. Wir liebten uns trotzdem, aber es war doch ein Unglück.

Nackt und arm ist ein Gipfel. Nicht von weitem oder von unten; aber Auge in Auge mit ihm und allem, worauf er hinzielt. Dürftiges Gras, armselige Steine, ungeformte ärmliche Kahlheit,

Einzelheiten, verirrt in der Wüste, schmachten nach ihren fernen Brüdern, überforderte arme Sünder. So ein Gipfel ist wie der Papst.

Schräg unter geschlossenen Wolken die letzten Strahlen der Sonne.

Nebel in blassen Tälern, abends herrlicher als am Morgen, aufsteigend wie ein Gebet. Ein Gebet ist am Abend reiner als am Morgen.

Mikrokosmen halten sich die Waage mit ebenso vielen Makrokosmen.

Schäfchen, von Tal zu Tal, vom Himmel heruntergemalt.

Huldbrand kam noch einmal, um Undine zu sagen, daß er es doch sehr gut mit ihr hatte. Ernst und schön schied er von ihr, mit schmalen Lippen aus dem Kampf gegen irgendeinen Betrüger.

Spinnweben, alte und neue, gut zu unterscheiden.

Ein Auge zudrücken. Nichts gesehen haben. Abweichler nicht verbrennen, sondern nicht erkennen.

Ich vergesse immer, was ich gedacht habe. Ich erinnere mich auch immer wieder; aber das ist so unwillkürlich wie das Denken selbst.

An das goldene Schweigen dachte ich, wie es mit Gold aufgewogen wird. Man kann auch von weitem einander gut sein.

Wenn die Erwartung so offen ist, daß sie nicht erfüllt werden kann, was geschieht dann mit ihr? Dann wird sie von allem erfüllt.

Durch die Maske siehst du mich an, gequält. Muß das sein? – Und doch ist ein Wiedersehen das Schönste auf Erden.

Die Maske ist manchmal der wahrste Ausdruck.

Ein leerer Sack bauscht sich mit aufgeflickten Gefühlen.

Die Schönheit ging unbemerkt vorbei, schön, wie sie immer ist, wenn sie allein ist.

Manches spricht allen aus dem Herzen. Bedeutungsschwanger sehen sie einander an, als hätten sie es selbst hervorgebracht.

Im trockenen sommerlichen Bergwald stand ein Narr als Weiser am Wegrand. Wir gingen an ihm vorbei in den Talgrund. Wir hätten sicher Wasser gefunden.

Das Brüllen der Leute ist immer interessant.

Ein Schmetterling fliegt über den Fluß, eine Schwalbe durch Walddämmerung.

Man glaubt, wenn ein Traum erfüllt ist, alle Träume seien erfüllt. So wohltuend sind alle vergessen; so wenig drängt vorwärts aus ihnen.

Es ist zu lächerlich mit dieser blöden Technik, sagt eine Dame mit Umgang mit Göttlichem.

Ich fange an zu ahnen, wie es am Anfang war.

Dies ist kein stehendes Gewässer.

An den Treibriemen des Getriebes geschnallt, hoffte der Ritter Kuß um Kuß, Umarmung um Umarmung von der Liebsten zu empfangen. Was aber über die traurige Gestalt des Gefesselten hinlief, war die Walze einer Druckerpresse. Die Betreiber lehnten es ab, das Werk anzuhalten und den Betrogenen freizulassen. Er war nicht nur Opfer des Getriebes, sondern auch dessen innerster Antrieb.

Hallo, guten Tag. – Hallo. – Wird schon. Wird schon … Ich habe hallo gesagt, wenn auch unhörbar. Irgendwann wachse ich. Glücklich schlage ich mit der Faust auf das Brückengeländer. O Blütenduft! O neuer Klang! Hallo! Guten Tag!

Die Seele hat einen Quellgrund, wo sich von überall her Tränen sammeln, die ich weinen muß. Tränen, an denen niemand schuld ist, nur mein Schicksal (also ich selbst), warten auf den Augenblick, der sie ohne Zerreißen von irgendetwas löst.

Meine Arme waren frei, meine Füße gefesselt. Bei dir war es umgekehrt. Ich konnte nur deine Füße umarmen. Du jammertest: Mehr, mehr!

Vielleicht könnte diese Geschichte mit diesem Weinen zu Ende sein.

Die kürzesten Augenblicke genügen am meisten. Sie haben es auch am leichtesten.

Der Krieg stürbe ohne den Frieden, von dem er zehrt wie ein Parasit. Mit unserem Besten helfen wir dem Schlimmsten.

Träume von der Forderung, anwesender zu werden.

Gepreßter Klang, Ausdrucksversuch trotz Knebel im Mund.

Gräser schwanken. Bedeckter Himmel hält den Blumenduft in Grenzen.

Vielleicht geschieht aber das Gegenteil dessen, womit man sich abgefunden hat, eben dadurch.

Es wäre traurig, sterben zu müssen, ohne es dir gesagt zu haben, nur gestärkt durch den Glauben, ich wüßte, daß du es wüßtest – daß ich dich liebe.

Aneinandervorbeitauchen zweier Paare tieftrauriger Augen.

Wenig Grund besteht, solange es Zeit gibt, zur Verzweiflung.

Tiefes heimliches Auskeuchen still auf der Rennbahn.

Oben glüht die Stimme des wahren Menschen. Darunter kocht brav ein Suppentopf.

Eine vergoldete Muschel schaukelt an einem Damenohr.

Nur aus einem Grund wünschte sie, noch einmal jung zu sein: um es mit der Musik diesmal anders zu machen.

Tiefes, von zwei Seiten warm und freundlich getragenes Eintauchen von Blicken.

Ja, sagte ich, vor Kälte zitternd. Zu Ende war die Schlittenfahrt, zu Ende war das Peitschenknallen. Da saß ich, alle Zeit der Welt plötzlich übrig habend.

Ich brauche keine Zeit mehr. Alles gebe ich an die Welt ab. Alle Last ist von mir genommen. Alles Unheil der Welt darf kommen.

Da sitzt du ja. Hab keine Angst, ich sehe dich nicht an! Aber meine Augen, die unfolgsamen, folgen dir und erschrecken, erstarren, versiegen.

Eines Tages findet alles sein Strombett. Jetzt vollführt der kalte Kristall eine kleine linksseitige Lähmung.

Zeit, viel Zeit ist jetzt wieder mein Leben. Die Zeit vergeht schnell.

Du lachtest aber nicht über mich, sondern über den Irrsinn.

Ich kann jeden Tag mein Leben ändern; aber nicht jeden Tag auf eine andere Art.

Wiedergeweckte Erinnerungen, bleich von neugeborenen Schmerzen, mit noch schlafroten Wangen.

Ich kehre heim. Die Rosen blühen. Ein kühler grauer Morgen, und ganz still. Der Himmel ist wieder ganz nah auf der Erde.

Wieder kommt Herbst. Ich neige mich unter die rauschenden Blätter.

Ich muß ganz still und leise von vorn anfangen.

Als sie sahen, daß sie voreinander aufeinander zu geflohen waren, flohen sie wieder auseinander. Sie wußten aber jetzt, wohin.

So etwas geschieht in einem einzigen Augenblick. Und ein Leben lang denkt man daran.

Ich bin gelähmt von deinem Leid.

Leid zu tragen ist schön.

Die treueste Liebe findet sich zuletzt. Sie ist die ewige Reserve. Sie verliert sich, wenn sie sich vordrängt. Sie kann jede Bestimmung annehmen.

Ein Sommerabend, sein atmendes Grün tröstet über alles.

Die Wolken lösen sich von der Erde in den Himmel hinauf, in den tief nachtblauen.

Große weiße Blumen blühen vor den Schaumkronen am Ufer.

Störungsreste machen den Himmel klar.

Huldbrand sagte: Liebe ist es, wenn sie durch das Leid nicht weniger wird. Seufzend, wie mit einer Krankheit sich endlich abgefunden habend, sagte er das.

Das schwarze Quadrat besagte, daß alles Folgende unter dem Vorzeichen *Vorwärts!* zu lesen war. Den Sinn der Anweisung verstand niemand, und die Schule hatte sich in ein Krankenhaus verwandelt.

Diese Musik schüttelt Staub von den Füßen zum Zeugnis gegen uns. Wenn der Staub sich gesenkt hat, können wir vielleicht darin lesen, wie im Kaffeesatz.

Mir tun die Menschenaugen weh.

Die berauschte Frau mit dem Unglücksgesicht redet mit den vier Winden.

Je mehr einer gibt, sagte Undine, desto mehr wird er gekreuzigt. Das sagst du so ruhig, sagte Huldbrand, als hättest du schon mindestens zweitausend Jahre gelebt.

Über dem See hing noch Sonne. Dann wurde das Wasser schwarz wie Marmor.

Nachdem ein überfüllter Bus vorbeigefahren war, kam ein leerer Bus und hielt an. Lieber mit einem leeren Bus warten, als einem vollen nachlaufen, sagte der den Motor abstellende Fahrer.

Wolken ziehen weiß und windförmig umeinander.

Die Menschlichkeit der Engel wäre zum Verzweifeln, wenn man nicht versuchte, dieselbe warme Menschlichkeit in sich zu befreien.

Ein Sohn küßt den Vater. Der Vater schämt sich.

Die Sonne schwimmt im Wolkenlicht.

An manchen Sommerabenden sehen die Menschen so fröhlich aus, als wüßten sie Bescheid für die Zukunft.

Einer unterbricht sein Stöhnen und sagt: Hier ist alles so provisorisch!

Ein Kunde kam. Die Verkäufer zogen weiße Kittel an, Kronleuchter wurden eingeschaltet, Querulanten hinausgekarrt.

Da ist der Fluß. Vielleicht trägt er mich gegen etwas Untragbares.

Man macht manchmal einen Witz, damit man sich nicht fühlt wie im Grab.

Ich habe Angst und brauche Mut und suche nach und finde ihn, seltsamerweise.

Der Geschäftsführer telefoniert zärtlich mit seiner Mutter. Vielleicht hält ihn die Vorstellung aufrecht, daß er alles für sie tut.

Mitleidlos saugen die Mitleidlosen die Mitleidigen aus. Die ganze Welt hungert und durstet anscheinend nach Mitleid.

Jeder muß seine eigene Sprache finden. Alles andere ist Raubbau.

Der Sommerwind in den Bäumen. Das Gebläse zur Kühlung der Leichenhalle.

Träume von Kontrollen in Erste-Klasse-Abteilen.

Ich fände es schade, jetzt schon zu sterben, weil ich noch viel Gutes tun könnte.

Vorbei sind die Zeiten, in denen Geduld zu den Spießbürgertugenden zählte.

Trübe begann der Tag, sammelte sich zur Güte, sammelte sich sogar in einen guten Schlaf.

Ältere sprechen von Toten wie von Lebenden; kein Wunder angesichts der Lebenden.

Wie die Buchstaben der Gesetze den Geist der Gesetze auf den Kopf stellen.

Die Schmerzen Gottes, die seines Sohnes, die seiner Mutter, die Schmerzen Abrahams und seines Sohnes – Stationen der Menschwerdung.

Die Puppe des Kindes blickt auch schon ganz zerrüttet.

Endlich zu Hause! - Das warst du doch immer. – Ich war es. Aber jetzt bin ich es.

Abnehmende Sommererde.

Die Unschuld des Kindes, nachgeahmt vom Kitsch, nachgeahmt vom Kind.

Weiterbildung statt Ellenbogen. Das wirft ja ein schreckliches Licht auf die Bildung.

Sind denn die Felder schon leer? Nein, jetzt kommt die zweite Frucht.

Frühling, schüchterner Frühling; Frühling des Herbstes.

Eine viel überspiegelnde Decke wellte sich über den See. Huldbrand war so tief in Gedanken versunken, daß er glatt an Undine vorbeifuhr. Wo bist du gewesen? Er sagte es ihr. Das verstehst du nicht!, schloß er glücklich, und sie erwiderte glücklich: Wir verstehen uns von Tag zu Tag besser, wirklich!

Dunkel von Regen tönt der Hintergrund; darin einzelne goldene Blätter.

Der Wald öffnet sich wieder dem Blick ohne lange Einführung.

Im Tal wohnen immer noch Menschen.

An welchem Scheitelpunkt der Drehung ich einmal sterbe, ist nicht so wichtig.

Es wird mild blau hinter den Bäumen. Milde blaue Nacht kommt.

Wo immer ich zur Ruhe komme, kommen die Dinge zurück, die zählen.

Die Götter sind in den Himmel gewandert, die Höhen hinauf und hinab gewandert und haben nicht gefunden, was sie suchten.

Lügen erschöpfen und erschüttern mich fast zu Tode.

Da wachsen Totentrompeten. Und Tintlinge mit schwarzen Krempen. Und Tritte von Rehen. Nein, fallende Blätter. Und Steine warten am Weg.

Weiche honigblonde Gräser mit schlanken Köpfen durchatmen einander.

Ich bin ein gehlustig vergangenes Faktum.

Viel flieht weg und läßt mich zurück, wenn ich mich nicht selbst zurücklasse und ein Gleichgewicht wiederfinde in gehender Bewegung.

Ich reinige mich vom toten Gewicht; ich erinnere mich.

Goldrutenstreifen über dem Zaun. Grauer Tag sonst.

Die Pyramide, auf der Spitze stehend, bröckelt in ihre natürliche Lage zurück.

Das Jahr fällt. Ich auch. Manches dauert eben. Und was brauche ich noch, was habe ich unten auf den Einkaufszettel geschrieben? Liebeliebe?

Ein Tropfen Blut färbt viel Wasser.

Abschiednehmende Blicke saugen sich voll bis zur Sättigung, bis zum Grund.

Die Wellen werden immer verborgener sanft. Das Licht wird weniger, wird schwarz. Aus Erschöpfung fließt Leben, kühl und kristallen, stärkend wie Honig.

Huldbrand wurde erwachsen, obwohl er es nicht wahrhaben wollte.

Daß ich die Zeit nicht verlieren muß – welke Blätter reden mir zu.

Die freien Augen füllen sich bei jedem Blick in die freie Zukunft.

Nonnen begrüßen einander, freundlich vor sich hin strahlend, nehmen einander die Koffer ab, sehen einander nicht an.

Undine war ein Hoffnungsschimmer für manche Menschen.

Bahnhofsmissionare mit wehenden Mänteln.

Sie lernen nicht, zusammen zu leben. Ihr Trachten und Forschen dient dem Gegenteil: damit sie nicht gemeinsam altern, sondern im Schein der Zeitenthobenheit.

Huldbrand fand, daß Undine alles zu ernst nahm.

Abendrauch, sanfte Schattierungen. Herbstes Mittsommer.

Rache ist plump und kennt nichts außerhalb ihrer Festung.

Daß sich die Welt in Kulissen auflöst, gibt dem Einzelnen, der da umherirrt, scheinbar tiefere Bedeutung.

Wenn ich das Wasser berühren könnte, käme ich aus der Wolke heraus.

Laß uns arbeiten an der Zweiheit, bis wir umfallen!, sagte Huldbrand. Undine dachte gerade über Menschenwürde nach und fand, das wäre ein würdiger Tod.

Alles ist schön. Und doch ist Schönheit schwer zu begreifen.

Der Geschäftsführer floh mit langen Stechschritten über die Kreuzung und stieß dabei einen alten Mann um. Dieses Umwerfen geschah so schnell und hart und gekonnt, daß man sah, der Geschäftsführer mußte es lange geübt haben.

Manchmal scheint mir das Hausfrauendasein einzig erstrebbar.

Wer schreibt, fixiert, auch wenn er im Leben nichts so sorgfältig vermeidet wie vorsätzliche Freiheitsberaubung.

Ich habe die Vorstellung abgelegt, ich könnte frei von Verschuldung durchs Leben gehen.

Glauben wollen, glauben müssen – und immer wieder auch sagen müssen: Die Scharlatane, die kenne ich!

Samtenes, goldenes, knöchernes Gras im Herbst des Herbstes.

Heimatliche Häuser, zum Zurückdenken.

Lieblich liegt der Herbst im Abend im Tal. Ich sitze am Abgrund und warte.

Auch wer alt ist, ist nicht immer selbst schuld, wenn er stirbt.

Ich liebe den Herbst vor allen Zeiten. Solche Erfrischung geht von ihm aus.

Meine Augen flogen flüchtig hin von der Seite – da waren deine. Von Schritt zu Schritt entfaltete sich dein wahres Gesicht. Deine Augen waren verachtend, deine Stirn gerunzelt. Ich hörte dich mir nachrufen: Selig sind die Sauertöpfischen! Die nicht wissen, was sie wollen, denen die Sterne in die Augen gewachsen sind … Wäre Eigenliebe im Spiel, wäre ich geflohen für immer.

Gladiolen im Regen. Birnen im gelben Laub.

Hinter gelbgrünen Bäumen leuchtet der Winter mit blauweißen Augen.

Schatten verdichten die Dämmerung. Nebel verdichten die Lichter.

Jetzt ist die Zeit, in der vieles heimkommt.

Ich kann schon beinahe wieder mit beiden Mundwinkeln lächeln.

Im Apfel stirbt einsam der Wurm.

Die Zeit ist so golden, daß dem wenig hinzuzufügen ist.

Manche Bäume kann ich mit bloßen Händen fällen. Ihre Wurzeln sind morsch, und sie halten sich nur durch die fremden Zacken in ihrer Krone.

Ein Weg, gesäumt von Blättern. Ein Weg, übersät mit Blättern.

Die Zweige rühren sich wie ein Lied.

Zeit wird durch Erinnerung zur endlich unendlichen irdischen Wohnung.

Wenn ich mich frage, was gilt in meinem Leben, kann ich nur antworten: Alles.

Der letzte Schimmer am Horizont genügt für den Heimweg.

Alte Menschen arbeiten nicht, produzieren nur Wärme. Wie du und ich.

Vergeblich wurde für den neuen Menschen gekämpft. Würde für den alten gekämpft, käme das Neue in die Welt: eine Versöhnung der Generationen.

Für jedes Jahr eine Million Schmerzensgeld, sagte Huldbrand, wäre gerecht.

Was wirbelt der Wind da für Staub auf? Sind es Insekten, die sterbend im Wind taumeln?

Es ist Schnee.

Wild bewogt vom Wind sind die Berge in der Nachmittagssonne.

Die Hände bluten vor Kälte.

Innerhalb eines Tages ging der Winter des Herbstes über in den Winter des Jahres.

Der Gekreuzigte hing in der Höhe der Kanzel. Höher strebte nicht einmal der Pfarrer. Jeder wußte, was mit diesem Scheitern gemeint war.

Hast du mich etwa doch lieb?, fragte Huldbrand, warm und gläubig.

Es wird dunkler. Ich fahre dahin, in den Augen Horizonte sammelnd. Erinnerungen treten vor die Seele und reifen in ihren warmen Strahlen. Die Träume von dir und von deiner Maske bringen mich nicht mehr durcheinander.

Der Albdruck senkt sich. Geld in der Tasche hilft nicht. In der Getrenntheit weiß ich dich, und es muß nicht helfen, so gut ist es.

Schäfchenherden rasen stumm in den flächigen Horizont. Die Sonne malt einen Deckel auf Gottes Guckkasten. Die andere Seite der Welt jagt hellblau heran.

Die Wolken fächern sich ruhend auf im Himmel.

Die Liebe geht immer im Witwenschleier, weil sie immer treu ist.

Der Waldrand ist schwarz von der Nachmittagssonne.

Triumph, ruft das malerische Knöpfchen, mit dem der Zwiebelturm in den Himmel geknüpft ist.

Die Wälder haben Frieden, das sehe ich.

Ich kann ein Verständnis heraufbeschwören, im Einverständnis der Worte mit mir, mit der Welt, mit sich.

Ein Vogelzug, der sich träge sammelt.

Es ist schön, Glockenschläge zu zählen.

Man könnte die ganze Welt mit Erdbeeren bepflanzen.

Ist der Wald im Herbst so heimisch, oder der Herbst im Wald?

Kerzenlicht und Dämmerung bekämpfen einander, bis das Licht scheinbar gesiegt hat. In Wahrheit ist es Nacht.

Gibt es Wohlstand? Es gibt Wohlergehen. Nichts ist wirklich ohne Bewegung.

Ich habe Berg und Tal zwischen uns gedichtet. Schnee liegt auf den Brücken.

Braunes Laub auf dämmernden Wegen im rosig gelblichen Licht.

Die Erde arbeitet geruhsam in diesem Regnen und Schneien und Schmelzen und Liebhaben.

Ich nehme Gestalt außer mir an.

Oben Schnee, unten Grün. Herauf und herunter herrlicher Herbstwind.

Wenn auch alles verwirrt ist; die Flußform stellt sich von selbst wieder her.

Der Winter kann lange mein Zuhause bleiben.

Ein dürres Zweiglein mit Eistränen dran. Die Seele zittert.

Ich kann meine Bestimmung erfüllen durch Erfüllen oder durch Nichterfüllen.

Hier werden Hasen geschlachtet. Das bedeutet das grausame Lachen. Die Bäuerin leert Eimer voll Blut. Pro Hase brauchen sie eine Viertelstunde.

Ein Kind läuft zum Baum, zieht am Zweig, läuft davon. Zurück bleibt der zappelnde Baum.

Der Himmel staut sich auf der Erde.

Die harten gebogenen Spanten der schneetragenden Himmelsbarken.

Ich atme auf. Du erlaubst es.

Im Tal lagen Wolken, über die man in ein anderes Land hinwegsehen konnte.

Hallo heißt: Hol über.

Der Jäger kam mir entgegen, auf dem Rücken die Gams. Ganz ruhig mit offenen Augen schlief sie, und der Jäger trug sie ins Tal.

Der du mich erfüllst von Kindheit an, von dem mir alle Freude kommt der Welt, was bleibt von dir, wenn du die Stille tötest? Es bleibt nichts.

Schund gibt es. Es kommt von Schinden.

Eine Rose hatte ich gepflanzt. Sie blühte; aber welche Enttäuschung! An Stielen ohne Dornen hingen Teppichmuster; bunt, geheimnislos, ohne Entfaltung.

Ich öffne die Tür ganz leise. Ich bin heute Niemand-Zuhause.

Sie übermalen sich selbst mit sich selbst, um den Anschein von Schund zu erwecken.

Die Krippe macht einen Kniefall und schüttet das Kind mit dem Stroh aus.

Das Kind suchte am Nachthimmel Gott. Der Himmel war nicht anders als sonst. Das Bett war anders, die Lampe war anders, das Buch war anders, über dem es geweint hatte. Das Schrecklichste unter dem Himmel schien plötzlich möglich: nicht, weil der Gott gestorben war, sondern weil alle ihn verlassen hatten; weil er allein gestorben war.

Der Sturm legte sich nur, um weiterzutoben.

Die Stimme des Sportreporters klang wie eine historische Aufnahme vom großen Diktator. (Beifall, Brüllen im Hintergrund.) Eine Direktübertragung.

Wer wirklich unbeteiligt, ohne Absicht Zeuge wird, sieht und erschrickt.

Im Namen des Volkes. Im Gespensternamen. Ich erzittere.

Schnee, Bäume, Wolken – abschiednehmend wiederhole ich den sanften Dreiklang. Er ist so lösend.

Blau aufreißender Himmel.

Jahrelang währt die Annäherung. Plötzlich kommt sie an und ist da. Kein Wunder, daß man davor Angst hat.

Die schnellen Bewegungen, die kein Morgen kennen – totgeträumt sind sie.

Schnee, Bäume, Wolken.

Plötzlich kommt jemand, der kann dein ganzes Wesen umfassen; und du umfaßt wieder seines, wenn du irgend kannst.

Was ich nur Einem geben konnte: diesem, mit diesen Augen und Händen: das verblutet jetzt.

Erst der Schmerz, dann die Schuld. Ich bin schuld.

Ich möchte pausenlos stöhnen. Aber ich bin pausenlos unter Menschen.

Wenn man zu werden versucht, was in der Welt fehlt, fehlt man plötzlich an allen Ecken und Enden. Je mehr man wird, was man werden wollte, desto größer wird die Verfehlung. Nur eine Zeitlang wachsen die Kräfte noch.

Es gibt eine harte Freude und eine weiche. Bei der weichen weint man.

Viel ist Verrat, was wie Freundschaft aussieht.

Trauern muß ich allein.

Morgens waren die Berge golden. Das Tal war grau, ich ging hindurch. Anfangs hörte ich mich schluchzen.

Daß ich ein Leben zum Tod befördert habe – das muß ich tragen, das muß ich tragen … Wie einem störrischen Esel rede ich mir zu.

Solange ich liebe, trage ich es.

Aber erst jenseits des Scheins des Zwangs der Vergeblichkeit beginnt das wirkliche Weinen.

VI

Ich kann nur in den unteren Regionen atmen.
(Robert Walser, *Jakob von Gunten*)

Mit viel zu vielen Worten bandagiere ich mich. Blute ich denn so stark?

Nicht geboren zu sein: davon kann keine Rede sein. Aber vom zweiten: heimzukehren zum Ursprung, der nicht Nichts ist, sondern Gegenstand reiner Erkenntnis und eins mit dieser.

Schneefreie Flächen wie im März und April. Schwachen Menschen sehr zuträglich ist dieser Samthimmel.

Wir sind alle Soldaten, verdienen alle am Krieg. Wenn der Krieg aus wäre, würden wir alle auf Halbsold gesetzt.

Ein Sternenbaum der Himmel. Ob irgendein Stern so schön ist wie dieser?

Gefrorene Wellen spielen im Schnee, spielen und bleiben seit vielen Tagen.

Du kannst den Irrsinn von so vielen Seiten beleuchten, bis du blind wirst.

Altes Haus, neue Mülltonnen.

Manchen Menschen muß man die einfachsten Herzensregungen vorbuchstabieren.

Skrupellosigkeit ist auch eine Form von Dummheit.

Ein himmelhoher Schleier, darunter ein Land. Ich kenne das Land.

Die einfachsten Gesetze sind die schwersten, denn sie fordern den ganzen Menschen.

Wie der Sturm heult, ächzt das Haus. Frühling des Frühlings und Winter des Winters werfen einander sich in die Arme und ringen miteinander.

Der Sturm legt weichen Schnee, wie es ihm gefällt, ums Haus. Die Erde staunt über diese Formen, die nicht ihre sind – und doch.

Schiebe den weißen Schleier von den grauen schrundigen Formen und streichle sie.

Mareterre.

Es ist etwas Ungelöstes in mir. Die Lösung war gekommen und wird wieder kommen. Wenn ich einmal zu müde bin, wird sie vielleicht für immer kommen.

Die Trauer muß einen Ort haben.

Ich habe heute das Haus nicht verlassen. Regen hat nahe klare Formen in die Fenster gemalt. Ehe die Nacht fällt, wird der Nebel weiß wie die Erde.

Über mich ergehen lasse ich die Zeit.

Außen Gold und innen Schokolade.

Und Sterbenwollen vor Trauer und Scham.

Würde ich meine Krankengeschichte nicht mitgeschrieben haben, hätte ich nur die seitdem gewachsenen grauen Haare.

Der wahre Mensch wollte später kommen. Er mußte sich erst kreuzigen lassen. Die anderen stiegen auf die höchste Warte. Undine blieb im mittleren Stockwerk an einem steinernen Tisch und las.

Huldbrand wurde ernst, als er daran dachte, wie das Unglück ihn gereinigt hatte.

Man steht fast schon als Staatsfeind da, wenn man den menschlichen Grenzen nicht nur das Allerübelste abzugewinnen vermag.

Der Mond wiegt sich in die Rückenlage.

Wer nicht versteht, daß die Musik aus der Tiefe der Sprache aufblüht, sagte der Ritter am Ufer des Sees zu Beginn der sternfunkelnden Nacht und ließ offen, was mit denen war, die davon nichts verstanden, seiner Meinung nach.

Der Theorie, daß Geld nicht stinkt, widerspricht die Praxis der Geldwäsche.

Einander bekämpfende Ahnungen. Windrauschen, Motorengeräusch, tropfende Dachrinnen. Und ich atme und kann die Luft trinken.

Über der Schneewüste rot sich übertürmende Wolken.

Jede Fußspur ist eine Fußangel.

Die Pausen müssen sein, weil so viel zu verschweigen ist, damit ein einziger Satz möglich wird.

Leerlaufmusik schmeichelt denen, die nicht zuhören.

Der See wächst zu von den Ufern her.

Die rosigen Wolken da oben ziehen für Wolkenverhältnisse gar nicht so langsam; beschwichtigen über den Bäumen mich unter den Bäumen, aufsteigend in die andere Richtung, denkend an meinen Tod, der so sicher ist wie sonst nichts, und doch ein Wunder ist, wenn er kommt.

Stille Tage. Gangbarer Schnee. Zerklüftete Pfade.

Horizonte sind Götternahrung.

Ich möchte leiser gehen, als der knirschende Schnee es gestattet.

Wie um mich zu beruhigen, bellt im Dorf ein Hund in seinem Wahnsinn.

Der Gesetzgeber läßt wenig Spielraum zur Selbstherausbildung Andersdenkender.

Öffentlichkeit ist etwas Gutes. Aber sie ist eine völlige Ohnmacht, Wort für Wort zum Vergessen bestimmt.

Das Himmelsmeer – wie die Berge darin schwimmen!

Die undurchdringlichen eisigen Wellen, auf die ich mich werfen wollte, lagen so bitter und lieblich unter dem rosigen Horizont, daß ich sie nicht stören wollte.

Sie sind mit allem vollgestopft. Lieber an Hunger sterben, als so.

Wenn Huldbrand stirbt, dachte Undine, bleibt mir nur die Zelle im Kloster.

Was ich gebe, weiß ich nicht. Aber was mir gegeben wird, weiß ich, und danke dem die Gewißheit, daß es etwas wie Geben überhaupt gibt.

Aus blauer Entfernung setzt das Jahr zum Sprung an.

So reich wie die Erde soll meine Schrift sein; sei es auch nur wie ein einziger Hügel, und sei der auch klein und winterlich kahl oder voller Gestrüpp.

Gott schuf die Welt nicht an einem Tag. Wie lieb das von ihm war!

Christliches Abendland? Hat seine Chance gehabt, sagt der Seelsorger der Armen.

Wie fein die Sonne auf die breiten Schultern der Berge herablächelt.

Nicht die Bläue des Himmels, sondern das Blau der Berge weitet mein Zwerchfell.

Der Himmel ist bleich und schwach. Eine Maus liegt tot im Schnee mit spitzer Nase.

Irgendein Himmelsrand ist immer da.

Der aufgehende Mond schickt einen Rosenschimmer vor sich her wie die Sonne.

Menschen sprechen wie ihre eigenen Synchronisatoren.

Schneegepeitscht, schneehegend, mit schneeweißer Haut – begeisternde Wolken.

Du sollst nicht töten. Und der das sagte, hat auch getötet, und damit etwas bedeutet. Es ist wohl wahr, was die Worte sagen. Aber auch sie sind Zeichen.

Einmal wird einer von uns tot sein, während der andere noch lebt. Was wird das für eine Zeit sein? Die allerfremdeste. Vielleicht erlebe ich sie.

Der weiche Himmel über den Wäldern im Schleier des Nachmittags.

Im Westen brennt der Wald. Im Osten ist alles ganz sanft.

Wie alle, wenn es zu spät ist, wissen, was gut ist! Wie sie sich dessen sogar noch rühmen! Wie sich keiner Mühe gibt für den richtigen Augenblick!

Der Epigonenschrei läßt mich kalt. Je mehr er schluchzt, desto kälter wird mir.

Früher hielt ich Menschen, die älter waren, für Dulder von heiliger Gelassenheit, mir unerreichbarer Menschlichkeit. Jetzt weiß ich, daß ich, soweit es an mir liegt, noch hundert Jahre aushalten kann. Aber die Menschen staune ich immer noch an.

Konsequenzloses schlechtes Gewissen biegt etwas um im Kopf und im Herzen.

Nie der Dumme sein zu wollen: dieses System ist narrensicher.

Föhnwolken kreuzen einander im rechten Winkel.

Wir saßen im Dunkeln und dachten nach. Sprachen vom Verschwinden der Zeugen und vom Rausch des Vergessenheit, nach dem die Opfer verlangten. Trotzdem: irgendwann käme die Wahrheit ans Licht, und der Prozeß würde stattfinden.

Ich möchte ganz golden werden, dachte ich, in der Sonne sitzend, und fühlte, ich würde es werden.

Kaum verstehe ich unseren Weg. Aber ich gehe. Und die Musik nimmt uns viel ab.

Wie verschieden die Menschen seufzen.

Mehrstimmigkeit, fern aller bornierten Beliebigkeit.

Ich sehe Menschen, Zeugen des Unmenschlichen, und sehe nichts. Und die Menschlichkeit ist vielleicht überhaupt nur ein Phantom.

Schneewellen, obwohl erstarrt, brechen und kämmen sich jeden Tag anders.

Gott liebt, und doch wird nicht geglaubt. Und ich liebe und bilde mir ein, man müßte mir glauben?

Das Erkennen eines Irrtums kann versöhnen mit dem Tod.

Wolken, Lichter. Himmelsbläue über dem Tumult.

Im offenen Fenster lehnend, sehe ich den Windsbräuten zu.

Um Gerechtigkeit ansuchen in der Erinnerung.

Schreiender Ungerechtigkeit gerecht werden durch Schweigen.

Tiefe Wurzeln faßt die Begeisterung, wo ich nur ganz wenige kleine Schritte tue.

Wie schwer, wirklich schlecht von jemandem zu denken.

Das Kulturerbe ist tot. Die Kultur, die es prahlerisch pflegt und hochhält, ist eine von Räubern und Mördern.

Betrug ist Mord, wenn Wahrheit Leben ist.

Ich brauche immer wieder Mut angesichts der Todesangst. Und alles stockt, wenn der Mut zu groß ist, weil er zu klein ist, weil er zu sehr gesiegt hat über die Angst.

Erinnerung als gefundenes Fressen, schnell aufgetischt, um weiterzurennen.

Wenn ein Mensch seinen Weg nicht geht, wird er gemeingefährlich.

Maschinen können um Gnade winseln, glaubwürdig wie vielleicht kein Mensch.

Er glaubt, das Gesicht zu verlieren, wenn er die Maske verliert.

An einer Angst läßt sich vieles ablesen. (Ein Betrug. Eine Wahrheit also.)

Es war heilige Kommunion. Zum Altar zog ein Menschenstrom. Da Undine nicht getauft war, nahm der Pfarrer sie bei der Hand und führte sie eine Treppe hinunter. Dort stand die Untergrundbahn, die Türen waren offen, Undine stieg in einen leeren Wagen, der Pfarrer reichte ihr eine brennende Kerze, die Türen schlossen sich, und die Bahn setzte sich in Bewegung.

Es gibt kein Leben, sagt der Betrunkene. Jedenfalls nicht für uns Menschen. Hören Sie endlich auf zu lesen! Sie müssen ein alberner Mensch sein.

Der kleine Mann mit dem kleinen Hund am Arm der großen Pelzmantelfrau knurrt: Wir hätten den Krieg gewinnen müssen. Dann wäre alles besser gewesen.

Keiner fragt nach den wichtigen Dingen. So kann ich nicht antworten.

Was ist es, was mich unterscheidet, sobald irgendein In-Betrachtziehen über den ersten Blick hinausgeht? Es tut mir weh.

Eintauchen im Stundenzählen.

Die vollkommenen Augenblicke warten irgendwo, alle Zeit bereit.

Wie es einem ging, der seine Seele nicht beizeiten asphaltierte.

Treppen der Stadt, wie Schiffe gebunden an die Glockenspiele der Umgebung.

Der Zuschauer kehrt die Hände nach außen mit dem starren Blick der Unschuld. Tote und Schlächter haben ruhige Hände. Die verfügbare Schuld gleitet unsichtbar von den Schultern des Schlächters ab. Die des Professors sind schmal wie Messer. Der Himmel gehäckseltes Stroh. Wo er blau durch die Blüten scheint, hat er gewiß geweint. Bäume sind Sklaven, die den Himmel halten. Reife gebiert die verwüstenden Schnitter. Eine Wunde blickt rot durch die Dekoration. Und Licht auf Licht. Und schnitt sich ein Ohr ab, nicht dem schwerhörigen anderen.

Dieses erbärmliche Leben. Dieses herrliche Museum. Das beste, das ich kenne.

Kleiner Junge hat Steine geworfen, ist identifiziert worden, muß sich verantworten. Wie ermutigend für die Menschheit, wenn sich einmal jemand verantwortet.

Das Übel erweckt oder hypnotisiert.

Jeder sitzt und geht und schläft und wartet auf das Wunder.

Ich sage es dir, wie es ist – auch, wenn es dich von mir wegführt – auch, wenn wir zusammengehören.

Die Grenzen – grau sind sie.

Überquerung. Süßes Kreuz. Tiefer Atemzug.

Wo goldene Brücken gebaut werden, gehe ich schnell meiner Wege.

Der Unterschied zwischen viel Geld und wenig erscheint besorgniserregend.

Gejagt werden alle, auch die Jäger. Die Reviere überschneiden sich.

Unter Umständen kann es angenehm scheinen, einen Wochenlohn zu vertrinken.

Freundlichkeit, eine Naturschönheit.

Es herrschen die, die wissen, wie man Furore macht; also genau die Falschen.

Mein schönes Land! Unversehrt wachsend liegt es da. Weil es das gibt, kann ich leben. Weil es das gibt, kann ich sterben.

Huldbrand war der Meinung, Undine wäre lieber als er. Warum denn?

Blauer Tag mit vielen runden eigenwilligen weißen Wolken.

Lichtgrüner Schnee. Irrsternwolken, von Bäumen in die Schwebe geworfen.

In vollkommener Ordnung schwärmen Knospensterne in hellen Haufen.

Eine Verschwommenheit klärt manchmal eine Trübheit.

Putzfrauen werden immer gesucht. Undine entschied sich für diesen ewigen Beruf.

Ich bin dir zu nahe getreten – bin dir zu sehr ausgewichen – bin irre gegangen, wieder und wieder.

Der Mond zeigt die Höhe des Himmels an, hoch über den Bäumen, hoch über den Bergen. Eine klare Stimme, singend oder klagend.

Blätter vom vergangenen Jahr, hingelagert über den Steinen, die den Weg pflastern aus der Tiefe herauf seit Ewigkeiten.

Wenn ein Mensch dich nicht kennt, wächst meine Verantwortung schrecklich; fühle ich ein Verlangen, das taube Ohr zu schlagen. Du würdest es schnell wieder heilen, wenn auch nicht von der Taubheit. Und das Mitleid mit dem, der den Gott tötet, weil er ihn nicht hört, und das Mitleid mit Gott: diese zwei sind eins.

Ich muß aber nicht zu viel verstehen wollen.

Treue Seele!, sagst du. Als ob nicht alle Seelen treu wären.

Die Sonne versinkt in düsteren Betrachtungen.

Gott, ich fühle mich nicht sehr groß. Das Leidende hier in mir ist das einzige, dem vielleicht eine gewisse Größe zukommt.

Es tut mir leid, wenn meine Gegenwart Unstimmigkeiten hervorruft.

Wie gut alles sein und bleiben kann, ohne daß alles anders wird – darin liegt unsere Freiheit, unsere ewige Reserve.

Dir wehzutun – das Schrecklichste auf Erden.

Ein sich verlaufen habender Hahn steht am Fluß und schreit um Hilfe.

Der See lächelt über meine Sorgen.

Suche Worte, die nichts verraten.

Hier spielten damals die Kinder Erlösen. Es setzte Vertrauen in die Regeln voraus.

Ein bildloses Buch. Ein Herr liest darin mit verbissenem Ausdruck, die Füße tändeln verdreht am Boden. Herren wie dieser bestimmen das Schicksal der Welt.

Ich möchte sein wie ein guter Geist – gegenwärtig, rein zugeneigt, nicht fordernd, nicht drohend, lösend wie Windhauch, stärkend durch Erinnerung.

Gänge, die sich in der Ferne verlieren. Menschen, zu denen ich nicht gehöre. Unerkennbar für den, zu dem ich gehöre, getrieben von etwas Weiserem als dem gefaßten Entschluß, stark wie eine Flamme, wende ich mich zur Flucht.

Selbstkreuzigung. Das Wort gefunden, den Sinn verloren im Nachtdschungel.

Die Vögel begannen. Aber erst die Motoren dröhnten mich in den Schlaf.

An der Entscheidung vorbei, lebe ich dennoch.

Wie Bilder einander berühren: so berühren wir einander.

Einander lange und ruhig betrachtend, einander ruhig an den Händen haltend, hielt mit wenigen einfachen Worten einer um des anderen Hand an. Alles war Antwort.

Es schneit immer noch.

Die Natur hat den Kasten besiegt, wird immer den Kasten besiegen.

Ich drücke meine Hand um das helle Glas.

Gestalt der Stille bist du geworden; Reichtum, den die Grenze entfaltet; springender Brunnen, der nicht überquillt, sondern bittend, einen Hauch auf den Lippen, an uns herantritt. – Engel – wie du dem entflogenen anderen nachblickst! Wer weiß, wovon du sprichst, weiß von einem Wunder.

Was die fertigen Menschen den Kindern abjagen wollen, ist, wenn sie es ergriffen haben, weniger als nichts. Und sie jagen nach immer wärmeren Sonnen.

Der Frieden war zum Greifen nah. Der Übergriff wurde nicht begangen.

So hell ist das werdende Grün, damit es nicht auf das blasse sterbende drückt.

Rehe verschwinden lautlos in der nachtblauen Lichtung.

Entsagen ist leichter als Verlieren.

Der Prinz schaukelte im Wartesaal sein ungeborenes Kind. Hätte die Prinzessin ihn früher gefunden, wäre das Kind, zu früh geboren, zu früh gestorben.

Weißgrüner Dom, lichtes Barock. Dünnes Licht durch verschleierte Kuppeln. Je freier sich ein Zweig der Sonne entgegenbreitete, umso schwerer trägt er nun.

Um sich nach langer Erfahrung zu bekennen zu einem, den alle lieben: dazu braucht es mehr Mut als Erfahrung.

Still fingen die Gräslein die Flocken auf. Verzauberte Dornröschengesellschaft.

Ich sah dich warten.

Ich wünsche mir nicht, unsterblich zu werden; aber mit dir möchte ich ewig leben.

Satz für Satz, Buchstabe für Buchstabe aus ineinander verschlungenen Initialen.

Wie machst du's nur immer? – Was denn? – Das Leben!, flüsterte der Herr Doktor.

Mit geschlossenen Augen hell in den Morgen hinein träumen.

Wenn ich sage, ich fahre nach Rom und dann bin ich bei Gott, sagte der Ritter, komme ich nicht hin.

Klarer Himmel, Atem vom Meer. Um einen Tag näher zu dir.

Ich kenne dich nicht und schreibe deinen Namen überallhin; kenne dich nicht und kenne sonst nichts. Wie ist sie möglich, diese dunkle helle klarsehende Liebe?

Wer anderen eine Grube gräbt, lebt selber drin.

Ein Schwan brütet schlafend in dicken Haufen grauen Laubes.

Ich will nicht mehr fürchten, mein Herz sei für dich nicht eng genug.

Das Keuchen der Ruderer.

Aus einer Schuld eine Schlinge knüpfen und aus ihr nie mehr frei kommen; oder aus ihr eine Freiheit knüpfen, beginnend mit diesem Augenblick.

Es donnert, während der Sturm zur Nacht ein wenig sich legt.

Der Schrei: *Ein Automat*! – wie ausgedehnt, um das Nichts zu fassen!

Wir saßen auf einer hellblauen Bank, beschworen den Tag, an dem wir einander zum ersten Mal gesehen hatten, küßten einander zum ersten Mal (Gemurmel im Publikum), versicherten einander, daß das lange Warten entsetzlich gewesen war. Dann gingen wir kopfschüttelnd auseinander. Es war ein Irrtum.

Zweige hängen gelassen im Wind. Sonne scheint kühl vom verschleierten Himmel. Bienen bestäuben die zukunftsträchtigen Wiesen.

Ein Herr kam, um anzumerken, ich spielte viel zu langsam; um dann aber, als er mein Gesicht sah, eine Entschuldigung murmelnd den Raum zu verlassen. Ich spielte weiter, genauso langsam.

Da wir langsam gehen, verlieren wir einander nicht aus den Augen.

Die dunklen Tannen haben ihre schwingenden Flügelspitzen neu zart befiedert.

An Felsen stürzt Maigrün entlang, als wollte der Absturz der Reinheit in Ewigkeit hier in der Schwebe bleiben.

Die Musik stößt zwei Schwerter ins Herz, Freude und Schmerz.

Senkrechte Wolken.

Große Fische sind schwer zu fangen. Kleine sind töricht zutraulich, ehe das Leben sie anders belehrt. So freut mich die liebe Natur beinahe noch mehr.

In so bedrängter Seelenlage sehne ich mich nach dem Ehestand.

Die Belegschaft rannte zum Zaun, versuchte mit Händen und Füßen, ihn zu überklettern, mit Hacken und Äxten, ihn zu durchbrechen. Vorgesetzte keuchten heran mit giftgefüllten Spritzen – aber ich stand schon draußen, jenseits des Zauns.

Das Leben wird immer schwerer. Es ist nicht getan allein mit Intensität.

Blüten glänzen, reden und schweigen. Nachmittagslicht verstärkt die hingebende Neigung. Der Atem hemmt die Bewegung, und der Mensch steht da, vom süßen Schlag getroffen, außerhalb der Zeit – froh, daß nur wenige Tage so golden flüssig, so warm pulsieren, so dröhnend mit der Erzstimme der Gottheit.

Leicht übertrumpft die Nacht die Starkstrommasten.

Während ich den Sommer empfange, während ich ihn fürchte und vor seiner Herrlichkeit erstarre, vor dieser Wärme, dieser Fülle der Zeit, auf die ich wartete – du bist es, denke ich und finde mich in tiefer Trauer.

Ein liegend ans Kreuz Genagelter versucht vergeblich, sich zu erheben.

Bienen fliegen durchs bunte Dickicht, von Vergißmeinnicht zu Vergißmeinnicht. Die Sense schwirrt im selben Augenblick.

Huldbrand hoffte, demnächst jugendlich erwachsen zu werden.

Das Weihnachtsbaumwesen des Mehlbeerbaums (silberne Flammenknospen, die zum Himmel tropfen) überblüht sich allmählich.

Ich finde meine Form. Das Glück füllt mich vom Scheitel bis zur Sohle.

Ist es noch Sommer des Frühlings, oder schon Frühling des Sommers? Es scheint in diesem Übergang gar keinen Herbst geben zu wollen.

Vom Baum stürzt Regen. Ihn stürzt der Sturm.

Wenn du weißt, wie glücklich ich bin, weißt du viel.

Blütenschaum versinkt in grünen Wogen.

Wir würden viel schweigen, von Anfang an. Die Vögel singen auch und schweigen dann.

Wer schießt, willigt ein, erschossen zu werden.

Eine harmlose Frage, zur Unzeit gestellt, wird zur Katastrophe.

Wieder stürzt Schneewasser von den Bergen zu Tal.

Maschinen singen, und Glocken, und Vögel.

Die Liebe ist eine Not, weil sie immer formt, und immer auf andere Art; während die Lieblosigkeit mit der Sorge um die Form auch die Form aus der Welt schafft.

Bei Kindern, meinen Mütter, sei das Schwerste das Hüten.

Die Wiese kommt zum Erliegen.

Und du liebst mich und nicht einen seltsamen Traum von mir?

Das Heu glänzt silbern.

Tod und Verklärung für Höhlenbewohner hinter lärmumfluteten Mauern – nicht zu vergleichen mit Heu nach dem Regen und Wolken aus Tälern und blauen Bergen und Vogelgesang am Sommerabend.

Das Schreien der Schafe. Die Glocken der Schafe.

Die Schreie der Vögel. Das Schweigen der Vögel.

Im Vorfeld der Begegnung die Hoffnung, es werde zu einem Durchbruch kommen.

Beruhend auf der Wölbung des Jahres heben die Wolken sich Abend für Abend. Bald ist Zeit für den tiefsten Atemzug. Bald ist Abschied.

Die Erde ist blau, nicht der Himmel.

Die Liebenden haben die Freiheit gewählt und sind unbestechlich.

Durch Zweige und wieder andere Zweige glänzen die bogenschlagenden Flügel. Der Wind trägt sie.

Fight, fight, fight, fight – viermal das Wort in drei Sätzen der Premierministerin.

Maschinen unterhalten zur Sprache Beziehungen in der Form, daß sie sie ausspucken.

Mit Glockengeläut und Sirenengeheul gedenkt man der Opfer.

Ursprung der Mechanik ist die Angst.

Im dunklen Haus kam der schwarze Mann unsichtbar die Treppe herab. Es gelang mir nicht, die Tür zu schließen. Er kam mir nach, du warst es nicht, er ahmte dich nach, hager und schwarz, die Geige am Kinn.

Wehmütiges Licht aus Kerkern herauf; herunterfließendes Milchlicht, im Unstillbaren dauernd.

Ab sofort gelten erschwerte Ausreisebedingungen.

Wenn die Menschen wüßten, wie schön die Zweiheit ist!, seufzte der Ritter. Dann würden sie sie lieben und nicht hassen.

Demonstranten wurden durch Genickschüsse öffentlich hingerichtet. Das Weinende ist wieder in der Stimme des Korrespondenten.

Wir lebten in unterirdischen Zimmern, unfähig, etwas zu tun. Das künstliche Licht machte uns stumpf. Oben war ein Sommerabend, Straßenbahnen fuhren zwischen Bäumen, auf denen singende Vögel saßen, Menschen gingen leise und freundlich herum. Einige brachen auf dorthin, allein und barfuß.

Überall stehen Soldaten, die offenbar verunsichert sind und besonders in der Dunkelheit von der Schußwaffe schnell Gebrauch machen.

Während der wahre Mensch zum Entzücken des Publikums schmachtende Arien sang, fiel sein Blick auf mich, die ich auch dort saß und lachte wie alle anderen. Er hörte sofort auf zu singen und heftete seine brennenden Augen auf mich. Ich hatte längst zu lachen aufgehört. – Mit einem ruhig eine Ewigkeit dauern könnenden Blick mündete dieser Traum ins Erwachen.

Musik ist ein menschlicher Traum, Natur ein göttlicher Traum: für Wachende.

Reif gewordener Blumen Duft ist doch noch viel süßer als Heuduft.

Buntspechte mit roten Mützchen.

Geheimnisträger.

Ganz still liegt der See, dem hellgewordenen Himmel ein hellgewordener Spiegel. Nur ein vom Himmel vergessenes Wölkchen hängt noch lichthell in der dunklen Armbeuge der Felsen.

Abendrot wirft fast unsichtbare Schatten.

Das vorgeschriebene Zeitmaß: Langsam, mit heiliger Sehnsucht.

Virtuos stammelnd beruhigt man sich über die Abwesenheit der Sprache. Der Knebel im Mund ist auch eine Bequemlichkeit. Die Abwesenheit muß schreien!

Daß die wahre Liebe nichts Gefälliges hat, bemerkte Huldbrand – und das ist wahr.

Wahre Menschen erinnern immer an Indianer, fand der Ritter:

die sind immer auf Spurensuche. Allen anderen muß man immer sagen, wo's langgeht.

Lehrer haben die Eigenart, alles auf ihr Niveau bringen zu müssen.

Das Kind fiel auf die Nase. Es blutete furchtbar.

Meine Uhr schien abgelaufen, ging nur noch ganz langsam, um viele Stunden zu spät nach dieser einzigen Nacht. Das Zifferblatt zeigte eine römische Eins. War es der Tag, die Stunde, das Jahr? Zeigte es meine Einsamkeit an?

Hab keine Angst, sagte ich innerlich bittend immer zu dir, als wärest du es, der Angst vor mir hat. Und so ist es ja.

Es gibt nichts, was ich nicht verstehen wollen werde. Aber kann ich sagen, tu, was du willst, wenn du im Krieg bist?

In die Zwangsjacke des Lachens gesteckt, gingen alle hinaus in den Abend. Besser so als mit den aufgesetzten Ernstmasken.

Die neue Musik ist nicht echt. Die Zitate sind echt.

Es bleibt, was wir füreinander bedeuten, auch wenn ich das Wort *wir* nicht sagen kann. Ich höre es in der Musik; in allem.

Schwalben schreien.

Der Schmerz harkt mein Herz. Was daraus wachsen wird, weiß ich noch nicht. Eine aus großer Höhe fallengelassene Liebe zeigt ihr Wesen, indem sie fliegt. Ein Abschied, ein Evangelium. Guten Morgen, sagt der Engel. Guten Morgen, sage auch ich. Sei nicht traurig – sie fliegt tatsächlich.

Ein Storch streicht über die Bäume, schwerfällig rudernd.

Kein Schluß ist wirklicher als ein Trugschluß.

Kaum erkenne ich jenseits die kleine erkennende Bewegung, schon ändert mein Weg seine Richtung. Mein Engel führt mich fort von meinem Engel. Sei es so.

Wer zu spät aufhört, verspielt die gute Erinnerung.

Zweckentfremdung huldigt dem Geist des Instrumentalismus.

Mit so viel Überdruß müßte ein Untergang nicht verbunden sein.

Blicke fügen sich ineinander wie Kyklopenmauersteine.

Soviel verschenkte Bemühung, um soviel Anmaßung zu verstehen.

Plötzlich trifft mich der gute rauhe einfach daseiende Blick, den ich mir immer gewünscht habe.

Sprachlosigkeit ist für manche Menschen nur eine Marktlücke.

Eine Frau ertrank. Ein Mann stieg aus dem Wasser und weinte.

Sehr mild sagte Undines Mutter, Huldbrand müsse sich gedulden, Undine sei in einer Prüfung.

Diese Musik, sagte der Ritter, verkörpert das bürgerliche Scheitern, das jetzt alle so großartig finden.

Die schützende Armbewegung des Ungeborenen.

Im am schnellsten vergessenen Traum (weil darin alles so leicht war) beantworteten wir einander alle Fragen in einer das ganze Leben umfassenden Bejahung.

Ein Krieg, eine weltweite Oper. Auf der weltweiten Bühne schlug man alle Statisten tot. Während die Schlachtreihen marschierten, tauchte Undine unter den Messern durch nach hinten, wo sie sich einem Flüchtlingsstrom anschloß.

Es gibt in Wahrheit kein Scheitern. Aber Gelingen ist schwerer ersichtlich und zeigt sich nur dem Geduldigen.

Sonnenblumenfelder, Wind und Grün.

Am schönsten auf dieser Straße ist die Stille, die auch du suchst.

Maschinengeräusche sind nicht unmenschlich. Das menschliche

Wollen und Irren klingt da hindurch.

Die instrumentalisierten Menschen haben den Sinn für die Folge verloren. Die Schwalben nicht; auch die Wolken nicht, die den Himmel verdunkeln.

Das Zielführende ist in Wahrheit niemals erpresserisch.

Ein toter Igel am Straßenrand. Ein singendes Mädchen am Straßenrand. Rosengeländer am schwarzen Wasser. Rosen sind immer Rosen von damals.

Cäsar schläft.

Die alten Glocken.

Die Stadt ist so still wie die gleitenden Vögel am Abendhimmel.

In schadhaften Hochhäusern sitzen die Fortsetzer uralter Überlieferungen; sitzen, warten und denken gefaßt an ihr kommendes schweres Schicksal.

Die Vorhut liegt gemäht am Boden, versteht noch nicht den Ernst, der kommt.

Der Herbst ist noch fest in den Händen des Sommers.

Jeder spricht seine eigene Sprache im Herbst viel entschiedener als im Frühling. Mehrstimmig im Tod, preisen die sterblichen Wesen den lebendigen Gott.

Jede Bewegung ist inkommensurabel, Zirkulatur irgendeines Quadrats.

Wahrscheinlichkeit heißt so viel wie Schein, gibt aber vor, viel mehr zu meinen.

Größenwahn ist die Schwäche Gescheiterter.

Zuviel sehend, werde ich blind.

Irrtümer werden genährt, weil sie innerlich hohl sind.

Leiser Wind sucht ein Blatt, das er fortwehen kann.

Über Jahre Sätze fortsetzen, im heilig langsamen Zeitmaß der Schrift.

Der Wald ist voll von fallenden Blättern.

Im Westen Katastrophenlicht. Im Osten Berge, in ihrer Zartheit unwiderstehlich.

Das Jahr hat etwas sanft sich Zurücklehnendes.

Trottelvieh, nennt der Mann seine Mutter.

Herbstklarheit ist gekommen. Schatten zeichnen sich ab vor dem Goldenen. Das Grün auf den Wiesen ist nicht mehr für den Menschen und sein Vieh bestimmt. Grüß Gott!, sagen die Menschen. Es klingt freudig.

Die schöne gleichwiegende Zeit kommt. Im Wind trinke ich das Gold.

Wenn es eine Wahrheit außer der Schönheit gibt, weiß ich nichts von ihr.

Das Gold in den Kronen der Bäume wächst noch.

Keine Handlung erreicht die Schönheit der ruhenden Hand.

Schwimmen unter goldenen Tempeln in klarer durchsichtiger Kälte.

Ein Schaf mit gelben Blättern im Mund.

Kerne schlafen im Gehäuse, reif und dunkel, umgeben von Frucht.

Bilde mich aus zum Anfänger.

Die Häupter der Gräser werden blaß. Blond und Grün erleuchten einander.

Leuchtet die Himmelsmacht, wenn ich allein bin, wärmer aus mir?

Hier ist der Abgrund. Wie kurz ist das Leben, wie wenig kann ich tun.

Der Wald beruhigt.

Ein Prophet terrorisierte das Land mit seinen Reden. Ich saß daneben und war dagegen, aber es war zu spät. Wir fuhren vorbei am Landesvater, der sich an einer Kreuzung vor uns verneigte wie vor Todgeweihten. Dann flogen die Kugeln.

Die Liebe braucht Frieden; dann blüht sie. Ich tue genug, wenn ich ihn zulasse.

Schlaf unter hohen Tannen. Tropfen fallen herab. Vögel blinken durch die Stille.

Zum Staunen (auch die Vögel staunen), wie friedlich der Herbst ist.

Wenn ich etwas Gutes finde, möchte ich es mir zur Gewohnheit machen. Aber es gibt nur schlechte Gewohnheiten.

Abgewirtschaftet. Für vieles ein Anfang.

Welchem Staat möchte ich angehören? Was wären meine Kriterien?

Ich wende den Kopf von Waldrand zu Waldrand.

Den Mann hat der Schlag getroffen, der Sohn ist im Fluß ertrunken. Die Frau wohnt dort, wo hinter den Bäumen der Rauch aufsteigt. Der Wind drückt ihn nieder, es deutet auf Regen hin. Die Frau gab mir die Hand, und ich hatte einen Anker mehr in der Landschaft.

Ist der Traum die wahrste Gedankenform?

Spürst du, fragte der Ritter, wie das Chaos zurücktritt; wie sich da etwas formen will?

Reisen wie die Sonne, ausgeschlafen, den Weg wissend, unbekümmert um Wolken.

Die langsamen Gänge der Menschen unter den Bäumen.

Der freie Blick und seine Folgen.

Über den Straßenschluchten wird der Himmel dunkel. Ein Ahornbaum zieht ein Netz voller Sterne herauf vom Grund.

Möge der Herbst noch lange die Wälder durchstreifen, von einer Schönheit zur anderen, von einem Abschied zum anderen!

Lärchen streuen goldene Zeichen über flache helle Steine. Vom vielen Lesen werde ich kurzsichtig.

Unter dem Himmel irrt Verlorenes, schwach kenntlich als menschlich.

Die Farbe Rot fällt wie ein Tuch. Keiner weiß, wie es fallen wird, wie lange er noch gehören wird zum Antlitz der Erde.

Das Gras wächst über die Berge hinaus, über die wolligen Wolken.

Von goldenem Staub, von goldenen Blättern, von goldenen Enten waagerecht überglänzt, schläft zwischen weichen Felsen die Einheit der Welt.

Versammlung der Steine, moosbewachsen; Herzraum der Landschaft, Herzraum der Schwerkraft; von fern ein Sternbild, von nahem gesehen ebenso schön.

Die Ruhe ist unvergleichlich.

Das Gesetz ist so ewig – so mild, daß es sich bricht.

Finsterniseinbruch. Hohles Husten einer Kuh.

Wie der Regen sich schüttet! Dieser Anflug von Plumpheit bedeutet den Übergang in einen anderen Aggregatzustand.

Einen Titel empfinden als Freiheitsberaubung.

Im gelben Gras sind noch gelbere Blumen. In den schwarzen Spiegel fällt der Kirchturm sein noch schwärzeres Lot.

Grüne Blätter vor schneeigen Bergen und dem eisigen Himmel.

Weil Erbschaften falschen Stolz provozieren: darum ist Stolz die Erbsünde.

Kaum merklich gebogen deuten die Wolken die Kugelgestalt der Erde an.

Die Armut wolle doch nicht zu deinem Besitz machen.

Hilf, keinen größeren Krieg zu bereiten aus der größeren Freiheit.

Gehend sage ich Geheimnisse, die nicht mal mein Büchlein weiß.

Gebrüll von weitem (ein Fußballspiel?). Es kommt vom Marktplatz (eine öffentliche Hinrichtung?). Dreharbeiten. Von allen Fassaden wehen Hakenkreuzfahnen.

Das ruhige Blau hat die höchste Frequenz, das erregende Rot ist am langsamsten.

Die Sterne sind still. Die Stille ist golden.

Bitten können wir um Verzeihung. Dankgebete sind Anmaßungen.

Eine Krähe bricht vom Baum wie festgefroren.

Der Wind bewegt schwarze Zweige in der weißen Luft.

Dich erkannt zu haben, befreit aus einer Welt von Irrtum.

Schönheiten sind einander freund, Eitelkeiten einander feind. Kriege kann man sich abschminken.

Der Geist ist daran zu messen, wie er sich zum Buchstaben verhält.

Soul our Safes.

VII

Frage und süße Antwort, könnt ich aufhören, danach mich ewig zu sehnen?
(Bettina von Arnim, *Die Günderode*)

Zwischenfrage: Welche Konjunktur haben wir zur Zeit? Antwort: Maximale.

Zusammenlebende Menschen werden blind, taub, stumpf aneinander. Die Seele sträubt sich nicht trotzig genug gegen die tödliche Nahrung.

Ich muß keine Angst haben, außer der, die man jederzeit hat.

Ehegatten verlassen den Zug, wortlos, blicklos, durch Hantieren mit Taschen und Mänteln notdürftig miteinander verbunden.

Bäume am Rand des Offenen.

Wer am Wasser baut, muß sich nicht wundern, wenn es ihm abgegraben wird von den Durstigen.

Lieb golden Nachmittagslicht. Lieb atmend Zweige.

Die Dummheit ist den Menschen eine Sphinx. Sie gibt die schwersten Rätsel zu lösen. Wer sie nicht löst, dessen Leben verfällt ihr. Wer sie errät, wird glücklich.

Die Straße ist lang. Die Bäume des Waldes, den sie durchläuft, ragen bis in den Himmel. Der Himmel ist weit und grau wie die Straße, er führt in die Weite; das ist alles. Manchmal sind Schatten auf der Straße, sie zittern unendlich. Die Schatten sind Menschen.

Die Krähen fliegen durch einen so köstlich schimmernden Himmel, daß man ihr Schreien nicht ernst nimmt.

Die Kälte wärmt.

Laublose Wälder, durch kälteste Luft gemalt, leuchten in irdischer Verklärung.

Zur Ruhe kommen: das Schönste im Leben, und vielleicht auch im Tod.

Ich bin so glücklich, wie es vom lieben Gott wohl gemeint sein muß.

Es schneit leise. Es ist grau und schön.

Ich liebe dich, sage ich immer, wenn ich mich gestraft, also schuldig fühle, als Entschuldigung für alles.

Sich freuen ist eine Arbeit, die jede andere aufhebt – nicht leichter macht, sondern schwerer, da sie zum Gelingen nötigt. So macht sie glücklich.

Stilles, die Täler füllendes, unbewegliches Nebelmeer. Himmel unten wie oben, hier Bläue, dort Wolken. Ein Kranz von Bergen ragt staunend heraus.

Abschiedsschmerz stellt Schönheit einleuchtend, in ihren Formen und Grenzen hell strahlend dar.

Klarheit im Fluß, in den Bäumen; auf den Inseln des Lichts, den auf der Erde schlafenden Wolken.

Sprache ist zugleich Freiheitsform und Form von Freiheitsberaubung. Sie ist das Doppelwesen der Form.

In Abrahams Schoß – wer saß denn da? War das nicht Isaak?

Kann der Gesprächsstoff nicht ausgehen, kann das Schweigen nicht eintreten.

Noch leben wir unter dem gleichen Dach, dachte ich und entfernte mich über den Himmelsrand.

Schön ist auch ein freimütig deutlich gemachtes Versagen.

Ich muß mich den Bäumen aufdrängen, fest und hart die Steine streicheln; dann sehe ich wieder die Knospen in der Sonne leuchten.

Ein sonnengelber Pfeil kommt geflogen, läßt mich durchatmen bis zum Sommer.

Blau funkelnde Sonnentropfen. Die Stille beginnt mich zu stärken, zu stillen, wie eine kräftige Nahrung.

Drüben gab es Schokolade in wunderbarster Aufmachung. Das war es, was die Leute unzufrieden machte.

Der Schnee fällt wie eine Blume.

Die Gabe der Rede habe ich nicht. Sondern sie wird in Augenblicken, über die ich nicht Macht habe, in mich geworfen.

Der Grund der Tränen ist der Grund des Guten. Es ist gut, zu lieben, auch wenn man weinen muß.

Der Sturm heult durchs Haus, nicht ums Haus (soviel Zeit nimmt er sich nicht). Jeder weiß es heute nacht wieder, wie wenig sicher er ist. Das Haus knackt. Die Türen knarren. Ich muß sie abschließen.

Je ununterscheidbarer Schein und Wahrheit, desto verschiedener sind sie.

Freiheit und Notwendigkeit treffen sich in der Unbedingtheit.

Huldbrand fragte: Irrst du dich auch nicht? Es irrt der Mensch, so lang er strebt! – Aber Undine strebte ja nicht.

Sonne scheint durch den Sturm. Dann stürmt es wieder ohne Sonne.

Ein Mann geht auf Krücken. Er glaubt es noch nicht.

Wellen stürmen ans Land, hüpfen im Gras. Ein Mann kämpft zurückgelehnt gegen die Schwerkraft.

Die struppigen Wintergesichter der Menschen und Äpfel.

Friedhöfe, umzäunt wie Ghettos. Gleichgerichtet, dichtgedrängt, millionenfach, tot.

Schneerosen sind wie Nachtigallen. Nachts singen ist wie blühen im Winter.

Es ist gut, daß es unter Menschen solche bleibenden Bindungen gibt, die dann solche bleibenden Schmerzen verursachen.

Viele Menschen, wenn sie lachen, verlieren ihr Gesicht.

Alles muß gleichsam beheimatet sein, sonst ist es sinnlos.

Der Beamte glühte lächelnd auf wie eine Rose. Schön sah das aus und wärmte noch lange. Beamter dürfte nur werden, wer erröten kann. Vielem wäre abgeholfen durch diese Vorschrift.

Die Dialogform teilt mit der Versform das strophische Prinzip.

Am schattengrünen, goldgrünen Wasser gehe ich durch blühende Schneeheide. Entscheidend ist, hier immer zu sein.

Die Feuerwolke zog vorbei. Wir sprachen von etwas anderem, bis sie zurückkam. Die Erde zitterte, das Haus bebte, ich warf mich zu Boden, dort lag schon mein Bruder, alles löste sich auf, auch mein Bruder, ich konnte ihm nur ein kurzes Abschiedswort zuflüstern.

Erinnerungsschwund, zumindest für Mitläufer, schlägt der Innenminister vor.

Die vom Sturm gestürzten Tannen liegen nicht mehr strotzend wie gefallene Helden im Wald. Schlaff hängen die Arme herab, von einem Tag auf den anderen.

Warum sterbe ich nicht? Weil ich dich liebe, sterbe ich nicht. Das ist meine Milch, mein Honig, meine Nabelschnur.

Zwei kleine Jungen rannten vorbei. Der mit dem Revolver lief voran.

Der Helm aus altem Gras, der Helm des alten Jahres – der Frühling schlägt daran, läutet den Sommer ein mit dem Wind und den Bäumen.

Ich gehöre zu den Armen im Geiste. Es gehört zu den Dingen, die ich wissen kann – Gott sei Dank.

Wichtig: zwischen Sackgassen und Engpässen unterscheiden zu können.

Ich brauche diesen Scheffel für mein bißchen Licht, für das ich ja auch verantwortlich bin, damit es nicht ausgeblasen wird.

Die Verbrecher sprachen wie Mechaniker.

Nach Stürmen müssen auch Rehe mühsam unter den Bäumen durchkriechen.

Die Bewegung spricht lauter als der Wind; spricht vom schmächtig aufwachsenden Grün wie vom braunen Herbstlaub darunter; spiegelt den Himmel, von dem sie abfiel, um wieder aufzusteigen zu ihm. Gestern war mir noch nicht so. Wie die Tage einander brauchen, so brauchen wir einander. Wir sind Zeittum.

Das Grün der Lärchen, heller als Gold – viel zu hell, um immer zu sein.

Ist es ein Zeichen von Hochmut, nicht eitel zu sein?

Ein Mann muß sich täglich im Spiegel betrachten oder einen Bart tragen.

Nicht Herr seiner selbst, sondern Sklave seiner selbst – dann doch lieber ein geregeltes Angestelltenverhältnis.

Der Regen fällt tiefer, als er den Anschein erweckt.

Wie aus allem immer das Schönste hervortritt, obwohl alles immer dasselbe ist.

Suchen erzeugt findendes Verhalten, auch zu dem, was man nicht gesucht hat.

Warum ist Grün sanft?

Horizonte sind Götternahrung, wie Wege, Berge und Wolken und andere Beschränkung.

Wer war da verstummt? Warst du das, Erde? Bist du das, die jetzt den Birnbaum beblättert? Er steht groß vor dem Fenster und wiegt seine jüngsten Sprößlinge. Die Nacht wird größer, ein Wunder den Augen. – Bist du das, Mond?

Der Himmel verblüht weiß. Aber die Berge blühen blau auf und wachsen zum Himmel und türmen die Nacht auf.

Die ersten Götter, von denen man weiß, waren weiblich.

Die Wiese wechselt ihr Kleid, ohne es abzulegen. Das neue wächst durch das alte hindurch. Die Bäume sind mutiger.

Von jenen paar Tagen im Jahr, an denen die Götter glänzen, ist heute der erste.

Die Vögel schwimmen wie Pfeile durch den bewölkten Abend.

Ein Wind durchschwirrt die zartesten Blätter, die ich über diesen Bergen je sich regen sah.

Tigergott! Gefleckt ist das Land vom Spiel der Sonne.

Ich gehe auf einen Berg zu, und der Mond geht unter.

Das Meer rauscht nicht; es summt. Es umfächelt mit Honigduft. Kein sehr rauher Wind spielt mit den schäumenden Wellen. Tief im Grün erscheinen Lichtnelken, Hahnenfuß, Vergißmeinnicht, ganz tief unten die Gänseblümchen. Über diesem Grundakkord tönt das Gewirr der anderen Stimmen.

Für Aufsehen ist gesorgt worden.

Der Apfelbaum, mit grauroter Rinde, krumm gewachsen, mit

schartigen Ästen, dunkleren, kleineren Blüten und Blättern, und der Birnbaum, der leuchtendes Weiß üppig von freier gewachsenen Zweigen über den moosigen Stamm herabhängt – sie stehen da, ineinander verschlungen wie Schneeweißchen und Rosenrot.

Stumm im Überschwang der Inseln.

Ein Streifen Sonne legt sich über den Berg.

Der Sommer, dieses Atmen, dieses warme Wiegen in der Mitte der Welt – es geht auf mich zu, nimmt mich bei der Hand, führt mich zu dir und wirft mich in die Arme des Abschieds, der du bist.

Der Minister beteuerte, er habe die Frauen nicht vom Arbeitsmarkt weglocken wollen.

Ein Windstoß – der Pflaumenbaum wirft Blüten auf mich zu. Windsturzbäche brechen Schneisen durch kopfnickende Blumen.

Grün hält mich umschlungen.

Der Abend ist kühl nach ergiebigem Regen. Über dem See steigen Wolken auf. Was da glänzte, wird blind vom Staub. Noch ist es Blütenstaub, schöner goldener, aber er erinnert schon an die Mitte des Sommers.

Im Fenster spiegeln sich wolkiger Himmel und Ästchengewirr.

Die Wolken, die Boten der Sonne, glühen aus, werden nachtblau. Grüntöne schmiegen sich ineinander. Sie sprechen und flüstern.

Manche Gedanken sind, wie soll ich sagen - unterfrankiert?

Federnde Kraft von Tannenzapfen.

In Bergwäldern stehen Rehe und brüllen über das Tal.

Kuckuck und Echo singen zweistimmig. Grüner Nachklang im Fenster.

Die Unschuld der Maschinen. Die Verruchtheit der Menschenmusik.

Die sturmgeschlagenen Lücken im Wald verwirren nicht mehr die Fäden der Gedanken.

Ein punktförmiges Gewitter zog über die Pässe, lotrecht fiel der Wetterstrahl, von Talgrund zu Talgrund. Immer neue Kraft wächst mir zu.

Über den Bäumen im bergigen Luftraum ein Kranz nachtheller Wolken.

Ecce Homo!, sagte der Papst. Seht! Der Mensch!

Die Wiese glänzt unter dem Regenbogen. Apfelblüten wölben einen freundlichen irdischen Gegenbogen. Der Horizont klärt sich, in den hinein der Bogen verblaßt ist.

Ich liebe diese Hebungen und Senkungen.

Ich bin so glücklich wie die Sonne.

Die geheimnisvollen Pfade der Zweige winden sich durch die Fülle des Laubs.

Wo waren die vielen kleinen strahlenden Huflattichsonnen? Gewachsen waren sie, abgeblüht und weiß geworden. Aus Sonnen waren Sterne geworden. Undine ging auf der Milchstraße.

Viele Freuden und schwere Leiden habe ich schon bergauf getragen, mich an Bäume klammernd.

Die Selbigkeit des Namens ist eine andere als die des Seins.

Der Sommer, sein Leuchten, seine Wärme, verwandelt die Stadt nicht, übertönt aber vieles.

Der Mißstand wird zugegeben. Wann er abgestellt wird, ist ein Geheimnis der Behörden.

Ich möchte etwas Wirkliches tun – nicht einfach irgendetwas, um das Gewissen zu beruhigen.

Wir fahren durch eine ganz platte Gegend. Keine Hebungen und Senkungen, außer denen der Starkstromdrähte. Keine Menschenseele hier!, sagt ein Kind, läuft den Gang entlang, öffnet Aschenbecher, läuft zurück und schließt sie wieder.

Undine war der einzige Mensch weit und breit mit ein paar grauen Haaren.

Ein Vogel schnellt vom Baum, wie ein Pfeil von der Sehne. Im Sommer sind die Bäume höher, denn sie verdecken den hohen Himmel. Heute ist er grau.

Das silberne Grün, in dem die Blumen versinken, hat einen bronzenen Hauch.

Die Wolken sind fortgezogen, der Himmel liegt rein himmelhaft da, die Wiese in hellen Nachthimmelfarben; nicht wie im Traum, sondern wie in der Wirklichkeit, die schöner ist als jeder Traum, weil ich sie mit dir teilen kann.

Aus verschlungenen Wiesenwildnissen voller Licht- und Schattenpfade ragen wie hohe Platanen ausufernde Doldengewächse, von noch höheren Kronen überwölbt.

Ein Kind hält einen Kopf im Schoß, größer als sein eigener Kopf. Den Rest der Puppe hat es verloren.

Ein Falter tanzt vor dem Offenen.

Gemähtes Gras welkt in der Sonne. Noch nicht gemähtes Gras weht im Wind.

Quellwolken ziehen über den Himmel, während über die Erde entsprechende Schatten ziehen.

Eine Lärche, steil aufgewachsen, ohne nach rechts oder links Umschweife zu machen, wird von einer nach ihrer Art ebenso schön gewachsenen Buche umarmt.

Die Berge sind rot.

Ums Haus liegen Heuhaufen, zur Nacht geordnet.

Die Quellwolken segeln immer noch am Himmel und am Horizont.

Ein sehr klarer Abend. Das Gebirge, ein leuchtender Stein, von der Zeit ziseliert und gemeißelt, zum Greifen nah, verkörpert zugleich ehrfurchtgebietende Distanz. So hat jedes Ding seine Grenze, jedes Stück Holz, jeder Grashalm (auch ich); so ist es hier wie im Paradies. Alles berührt einander. Und es wird Nacht ...

Die Nachbarin hat geweint. Das bleibt aber unter uns, was wir jetzt eben diskutiert haben.

Ich dümple so dahin in meinem eigenen Kielwasser.

Die Zeit des Raums, die verräumlichte Zeit, schnellt vorwärts in die Apokalypse. Die Zeit der Zeit ist die goldene Zeit; ihr Bild ist die Wiege.

Im Wald riecht es nach Marzipan. Ich schaukle bergab (wie eine Wiege etwa?).

Als das Kind einmal vergaß, die Lehrerin nachzuahmen, tönte es wie ein ganz trauriger Seufzer.

Ich traf das Reh im Erdbeerbeet. Es entfernte sich beschämt.

Krähen spielen Segelfliegen, lassen sich pfeilschnell von den Winden tragen. Der Himmel ist schäfchenhaft. Abendwolken kommen und bedecken ihn ganz. Grün ist die warme Hülle der Erde. In tiefer Hut, in den Tälern, schläft alles darin.

Dem Schrei des Kindes antworten tiefe brummend beruhigende Großmutterworte.

Glühwürmchen zeichnen Figuren in einem Meer von Wellen von Heuduft.

Das Gewitter hat ausgetobt. Die Wiesen liegen in nackter gletschergeformter Geschwungenheit hell glänzend da. Ich muß jetzt schlafen.

Wie kann, zu sagen, *da ruhe ich auch,* solches Glück bedeuten?

Selbsthaß als Folge von Selbstunterwerfung führt zu Gewalt, sagt der Experte. Aber wo ist der Ausweg? Es muß doch einen Ausweg geben!, fleht die Reporterin.

Der Wald duftet berauschend. Weiße Gewitterwolkentürme überholen einander, lösen sich auf in Lämmerwölkchen, verlieren sich im blauen Himmel. Der Sichelmond steht schon über dem Wald, schief nach rechts blickend.

Ich mische mich noch ein bißchen unter die Fledermäuse.

Die Erwartung ist auf nichts gerichtet.

Wolken. Schwarz die Lichtung. Es ist alt, es ist neu, es ist immer. Wußte ich es nicht? Ja, aber es ist ein Wunder. Wie kann ich ein Wunder wissen?

Traum von einem langen Polizeiverhör. Ich war krank; der Polizist aber auch.

Zeit haben füreinander; nicht Rädchen sein, passend füreinander.

Massen, die sich gegenseitig erschlagen.

Die Welt ist klein. Die Unterwelt ist noch kleiner.

Deine Weltaugen!, dachte ich. Ihr Blick beruhigt, wohin er sich auch richtet.

Nachdruck verbietet sich.

Meine Wege kreuzen sich außer mir selbst in der Welt.

Prähistorisches Gurgeln soll posthistorisches Klingeln zünftig verbrämen.

Jesus am Kreuzweg als alter Mann, leidend, bleich, zerfallen.

Die Stufen zur Empore sind tiefer ausgetreten als die zur Krypta.

Die alte Mauer zerfällt. Die neue ist schrecklicher. Ich habe kein Recht, mich darum zu kümmern. Ich habe kein Recht, mich nicht darum zu kümmern.

Menschen kommen. Ich muß fort. Ich verzerre mich selbst zu einem Lächeln.

Ich habe ein spitzeres Schwert, sagt ein kleines Mädchen.

Es wird gefeiert, mit Gold und Glanz, mit Tuten und Blasen. Was nur, was? Und derweil läuft der wahre Mensch wie ein streunender Hund auf und ab, auf und ab.

Finsterer Tag. Kein Mensch gegenüber. Blödsinnsdelirien der Versöhnung.

Das Zerwürfnis flammt rosiger auf in der allgemeinen Erhitzung.

Die Worte: Willst du einen Apfel? zugeworfen bekommen; dann einen Apfel.

Ich stehe hier immer am Fenster. Dies ist mein Land, und ich bin sein Kind.

Verzeih mir, daß du mich nicht liebst.

Krieg und Kitsch ergänzen einander, borgen vom billigen Glanz des Todes, ohne ihn gestalten zu wollen.

Plötzlich erschien am Gitter das verzerrte Gesicht des wahren Menschen.

Warum lügst du? Was beschwörst du? Sagen, was nicht ist, daß es sei – das ist auch Musik.

Weiße Blumen, höher als ich. Tränen bis zum Rand der Augen. Die Lichtung verschwimmt in der Spiegelung.

Die Frucht verdirbt. In ihr schlummert der Sommer.

Die Frucht wird verzehrt. Die Frucht ist süß. Die Kerne sind bitter.

Wie schrecklich ist das, Stummheit! Als ich dich traf, im tiefen Leid, konnte ich mit erstorbener Stimme nur innerlich bitten, bleib – aber ich ging selbst vorbei, wie du, wie alles. Vorbeigehen muß alles.

Schein will aufrecht erhalten werden; Wahrheit nicht.

Von der Stadt her bewegt sich ein Stau ins Grüne.

Er trägt den Koffer, sie kommandiert. Er poltert, schimpft, beleidigt sie, folgt aber aufs Wort, während sie ruhig weiterbefiehlt. Wie geht das zu? Er ist blind.

Zäune sehen im Sommer so ungültig aus. Überklettert, überwuchert.

Jetzt oder nie, dachte ich und lief. Da erhob sich ein warmer Gegenwind. Als die Ampel wieder auf Rot sprang, war ich erst in der Mitte der Straße. Es blieb nur ein Weg: zurück, mit dem Wind! Zwischen anfahrenden Autos hindurchspringend, erreichte ich im letzten Augenblick das verlassene rettende Ufer.

Mißtrauen in die Geltung der Worte erhöht deren Umlaufgeschwindigkeit.

Wenn die Autos nicht da sind, wirkt die Stadt fast wohnlich, friedlich, ruhig lebend und leben lassend. Die Bäume und das andere Grün haben nicht dieses den wahren Verhältnissen gar nicht entsprechende Waisenkindhafte.

Die Sonne blinzelt horizontal kollegial in die Menschenaugen. Die blicken unwirsch unausgeschlafen und blinzeln gar nicht zurück.

Man verdient sein Geld hier nicht im Schlaf.

Wenn jeder die schlimmen Erfahrungen meidet, sind sie für die, die sie zu machen gleichwohl gezwungen sind, doppelt höllisch.

Ein Mann reibt sich die Augen, sein Rücken zuckt. Ich erschrekke; ich denke, er weint. Aber er gähnt bloß.

Bei rechtmäßigem Verhalten haben wir einfach höhere Kosten.

Feuerrote Gestalten mitten im graugrünen Stahlträgerdickicht.

Vielfach dient Humor als Waffe. Der des wahren Menschen dient der Entwaffnung.

Ich möchte wissen, was ist, abgesehen von dem, was typisch ist.

Ich sah viel, aber ich kam nicht nahe; ich sah alles, aber wo war ich?

Viel zu klein sind die Menschen für ihre Geschichten. Abgeschnitten leben sie, nicht in der Welt, sondern in Zimmern.

Die Flammenzeile auf den Feldern.

Das Klagelied entsteht von selbst.

Wind singt, Schäfchen bimmeln. Alles bewegt sich wieder so langsam, daß ich mitkommen kann. Jetzt kommen auch die Worte wieder, die eine Zeitlang verloren waren oder versteckt hinter Masken. Die Zeit kommt für meine langsamen Sätze.

Wind kommt, Regen. Wind spricht, Herbst kommt.

Schreiben ist etwas, was zurückbleibt.

Die Menschen fragen: Wo ist die Zeit? Sie sind verrückt.

Herbstbäume zeigen zum Horizont, auch wenn der vor Wolken gar nicht zu sehen ist; blicken mit hellen Augen in die Ferne, auch wenn die Ferne im Nebel liegt. Wie ernst verhalten sich Wege und Steine jetzt in ihrem Bleiben!

Als führte ich Blinde in der Gegend herum und sagte, wie um sie zu verspotten: Seht doch!

Reden hat Sinn, erklärte Huldbrand Undine, wenn deine Stimme gefragt ist.

Ich sende dir Sträuße herrlich duftender langstieliger Parasole – Eimer voll Waldesdunkel – kübelweise Bergblau, gefiltert durch Herbstluft – ein Sortiment ausgewählter Gräser – etwas frisch gefallenen Schnee – eine dieser merkwürdigen Wolken, die einzeln über dem Tal schweben – Regentropfengeplätscher in einer kleinen Pfütze, in der sich hiesiger Himmel spiegelt.

Es war einmal ein König, der wohnte in einem großen Ballast.

Menschen, geheimnisvoll wie die Wüste, die ein Sinnbild ist für die Sphinx darin.

Im Himmelsmeer draußen stehen die Bäume und alles – alles erkennbar.

Es wird einem die Musik nicht ins Einkaufskörbchen gelegt. Ihr beständiges Stolpern hat etwas Erweckendes.

Vögel sitzen auf hohen Disteln und picken Samen. Dann fliegen sie zwitschernd in den Wipfel einer Tanne und sitzen dort zwitschernd, wie Tannenzapfen.

Je weniger ich den Tod fürchte, desto mehr liebe ich das Leben; desto mehr werde ich weinen, je mehr ich ihm entgegengehe.

Welt – dein goldener Herbstkörper – deine gebogenen Bäume – deine gesammelte Sehnsucht!

Das Paradies? Lauter Erstlinge.

Einmal nahm ich mir ein Beispiel an einem Kind, an seinem Lächeln.

Neue Begriffe von Sittlichkeit und Güte: Zahlungsmoral und Bonität.

Alte und Kranke, zurückgestuft auf den Status von Mitmenschen.

Ich habe nicht die Absicht, es mir bequem zu machen.

Ich sehe das Gras wachsen.

Der Fluß rauscht in der Gegenrichtung.

Lügen werden zu Wahrheiten, weil die Gedächtnisse kurz sind.

Den Kopf in den Treibsand stecken.

Manchmal verhüllt Nebel die Ufer; manchmal stehen die Wasser still; manchmal verliere ich den Weg.

Unerwartet eintreffende Schläge kann ich leichter ertragen als das geballte Nichts, das mich trifft, weil nicht eintrifft, worauf ich warte.

Der Himmel ist still und grau. Bis plötzlich die Sonne hervorbricht und das Fallen des Regens verdeutlicht.

Alles ist Feuerwechsel, Feuer Alleswechsel, Goldwechsel Geld und Geldwechsel Gold. Wertsicherungsklauseln.

Triumph, Adler, Royal, Imperial - die Bürokratie nennt die Kinder beim Namen.

Der Herbst erzeugt dieses zugvogelhafte Mitziehenwollen der Seele.

Durch kniehohe Sträucher gehen wie durch goldene Blumen.

Ein Kind sitzt still am See und liest in einem Mickymausheft. Der Himmel ist glattgestreift blau und graugelblich wolkig.

Gewölk scheint in die Ferne herunterzufallen, über die Berge zu stolpern, gegen Sonnenuntergang. Es weht nur ein Hauch von Wind, aber die Blätter zittern. Das ist auch verständlich.

Die Farben rufen wild durcheinander. Manche schreien sogar.

Der Vordergrund wird unsichtbar. Der Hintergrund dröhnt grenzhaft.

Hinter Bäumen die Mauer, fernenblau - so stehen sie an des Lebens Rand, Personen des Dramas.

Vor jedem Anblick festgebannt, möchte ich die Zeit anhalten.

Tue es nicht und will es nicht wirklich. Aber der wirkliche Widerspruch belebt jeden Blick.

Blätter fliegen und fliegen. Ein solcher Reichtum!

Der Mond wächst schnell.

Aufdringliches Gelb verwischt die Konturen, verschiebt die Balance der Schattierungen.

Der Birnbaum hat plötzlich kein Laub mehr.

Der Professor lauscht verzückt seiner eigenen Stimme wie ein stolzer Vater seinem plappernden Baby.

Der Arzt unterschreibt ein Rezept – der Schuldner einen Wechsel – die Liebende einen Brief: Schreibbewegungen, grundverschieden.

Durch Ausschaltung der Konkurrenz liquidiert der Sieger sich selbst.

Das weiße Gras der Lichtungen streicht mir über den Scheitel.

Armut ist das Schönste im Leben. Auch der schönste Besitz ist nur zweite Wahl.

Es wird großer tiefer feierlicher Herbst. Noch kann ich braunes diesjähriges Laub vom vorjährigen unterscheiden; bald wird das nicht mehr möglich sein.

Über dem bronzenen Baß die goldenen Stimmen der Lärchen.

Huldbrand sagte: Ich will nämlich werden wie der Ozean!

Ich schäme mich meiner Abwege nicht, wenn ich bedenke, wohin man sich verirren kann auf ganz normalen Straßen.

Ich sitze, nichts tuend, mit etwas, was ich nicht erkenne, stark innerlich beschäftigt.

Die Kühe schütteln unentwegt ihre glockentragenden Köpfe.

Im Nachtland ein Regenbogen, von jenseits der Grenze herübergeworfen.

Die blauen Farben sind unermeßlich mit dem brennenden Gelb darin.

Ich liebe Geheimnisse, die bewahrt wurden. Mir ist Nichtwissen lieb. Ich umarme seine unansehnlichen, vollkommen schönen Formen.

Träume beglücken. Ganz hell ist der Morgen.

Schreib doch nicht alles auf, sagte Huldbrand; laß den Gedanken vergehen.

Der Nebel wird wolkenförmig – grenzt sich ab – wird himmelfarbig.

Die Zahlen sind zahllos. Das ist ihr Fluch.

Ja, preisgeben muß man den Kummer. Man klammert sich an ihn wie an einen Besitz.

Die Wiesen, wo die Kühe wanderten, sind ganz grau vor Abgegrastheit.

Ich wollte, wenigstens dein Schweigen hätte mit meinem etwas zu tun.

Aschenregen vom Wald her.

Alle Seen sind Fjorde.

Der Tag ist ein graues Edelsteinwunder.

Ein Eichelhäher sitzt im Baum, sieht mich an, fliegt davon. Eine Meise sitzt dort; du kennst diese gelbschwarzen Köpfchen. Jetzt dreht sie's …

Was ich habe: die Hände frei.

Der Nebel, ein helles Licht, löste sich auf in Wolken und Klarheit.

Über das Laub sind Fröste gegangen. Aber es lebt noch und rauscht noch.

Zu langsame Veränderung führt angeblich zu Verbitterung bei der Bevölkerung.

Jede nicht nur äußerliche Wandlung ist Erinnerung.

Wenn ich im Groll befangen bin, ist mein Gedächtnis blockiert.

Der Präsident erklärt, seine Geduld sei am Ende.

Und es ist, wie ich sagte: Bin ich dein Traum, so bist du meine Wirklichkeit. Es ist der kürzeste Name für das längste Mißverständnis.

Vor dem Fenster pendelt die Schneefallgrenze.

Die gelben Blätter sind fortgeflogen. Die Bäume sind wieder grün geworden.

Die Stimme des Menschen, das Kreuz auf dem Stimmzettel.

Die Schafe werden von den Weiden geführt. Fast nackt sind sie. Nun wird auch dieses Gebimmel in Hörweite aufhören.

Das Murmeln und Rauschen und Brausen und Klatschen der Menschen in den Konzertsälen erinnert an die Bewegung des Meeres.

Da schwebt etwas am Berg. Sind es Wolken, sind es Lichtungen?

Schnee fängt an liegenzubleiben: auf Grasbüscheln und Distelköpfen, kleinen und großen Steinen und Felsen, großen und kleinen Tannen und Tännchen. Etwas tiefer die Lärchen sind gelbgrünes Feuer. Das Tal liegt unter dem strengen Bergwinter rührend grün da. Ich möchte am liebsten die Flügel ausbreiten.

Sie protestieren gegen den Tod – das heißt, gegen den der eigenen Leute.

Nachts war es windstill. Jetzt werfen Böen Lawinen von den Ästen.

Herab fliegen Blätter und Schnee; jene waagerecht, dieser senkrecht.

Die Wahrheit braucht Zeit. Vor Ungeduld ahmen wir sie nach.

Ein Baby-Schutzzelt mit Handschuh zum Wickeln für den Fall eines Gasangriffs.

Danke, sagte Undine und küßte Huldbrands Hände.

Der Ritter wurde Mensch auch darum, weil er mit Undine so viel Geduld haben mußte.

Es taut im Schatten.

Eine Blutspur in einer Schleifspur, grünlich und rot.

Ich ging im Freien umher. Von den Mauern herab warfen Männer lange Speere nach mir. Ich las sie auf. Ihre Zahl war begrenzt. Bald wäre Frieden.

Wolkenbänder. Sehr groß wirkt das Herausragen der Gipfel.

Die Zäsur ist das Unausweichliche.

Ich kann etwas vollkommen Richtiges vollkommen falsch machen.

Ich liebe Berge, weil ich Täler liebe.

Huldbrand hielt noch einmal an. Noch einmal!, sagte er und küßte Undine noch einmal.

Es gab klare Bewegungen; darunter die, mit der du vor mir geflohen bist.

Rosige Wolken scheinen hinter dem Wald. Tannen werden schwarz, Lärchen orange. Dann erlöschen sie. Rot überstrahlt den ganzen Himmel.

Ich sterbe zu früh, und wenn ich noch so viele hundert Jahre lebe.

Im Gras blühen noch vereinzelte kleine Butterblumen.

Wer tötet Gott? Der ihn beerben will.

Wege gibt es nicht. Wege werden es, wenn wir sie wählen. Sie werden erst gebaut durch die Liebe. Wir müssen gehen; denn ihretwegen wollen wir es.

Einer hat alles von sich getan, was in den Augen der Welt etwas darstellt. Nun steht er da in den Augen der Welt, als hätte er sein Leben verfaulenzt.

Die Dame ißt nur Wildschwein. Die anderen Tiere tun ihr zu leid.

Als noch kein Kind geboren war, trieb der Vater lachend durchs Weltall wie ein vom Wind abgerissenes frühlingsgrünes Blatt.

Undine träumte davon, ein PKW zu sein, verzweifelnd an der Möglichkeit, den Menschen als Mensch zu gefallen.

Es komme im Leben darauf an, anrechenbare Zeiten zu erlangen.

Um die Wette einander erklären, wer ohne den anderen verlorener wäre.

Ich hadere mit meinen Grenzen. Ich tippe mir an die Stirn.

Ich meide Erfolgserlebnisse. Anders verfiele ich nämlich der Erbsünde.

Wolken quellen der Sonne nach, bedecken sie mit einem Schleier. Aber sie kämpft sich wieder hervor, steigt höher und wärmt.

Wolken fliegen auf allen Höhen: im Tal, inmitten der Berge, über sie hin.

Die Räder des Kinderwagens drehen sich mit demselben feinen Klicken wie das Windrad im Garten des Nachbarn.

In Ruhe, in Frieden; ohne den Zwang eines großen Bewirkens.

Die Monetarisierung sei unaufhaltbar, werde immer stärker, sei unumkehrbar – der Anthropologe weinte fast.

Ist die Erde die selbe geblieben, wenn ich zu ihr zurück finde? Finde ich zu den Meinigen oder bin ich allein, wenn ich zurückfinde?

Irreversibilität: Prinzip unseres Wahns, nicht unseres Schicksals.

Wir saßen am Weltbühnenrand, baumelten mit den Beinen im dunklen Weltall. Du stelltest zitternd die Frage: ob ich wisse, was es bedeute, etwas Wahres in sich zu tragen und nicht zur Welt bringen zu können? Du strecktest die Arme aus, den leeren Raum umarmend, und sahst mich ängstlich an.

Schmunzelnde Reklamestimmen zwinkern kopfnickend.

Viele Gedanken sind kurzatmig. Darum widersprechen sie einander nicht.

Rosige Gräser, Farne und Felsen tauchen auf unter dem Regen; als wäre die Erde mit bloßen Zehen im Schnee gewesen.

Man segnet mit Worten des Spießers den Irrsinn, dessen Angestellter man ist.

Undine jammerte im voraus über den Abschied, der kommen wird. Huldbrand sagte: Es ist doch kein Abschied! Es ist doch nur eine tiefere Einkehr.

Gut für die Seele: ein Gang im Schneesturm über offenes Feld, wenn der schützende Waldrand nicht zu weit entfernt ist.

Ein alter Mann setzt die Füße so, als könnte sich bei jedem Schritt ein Abgrund auftun.

Trostlosigkeiten blicken mich an in ihrer schwachen Gestaltetheit, ihrer mißlichen Lage, ihrer provisorischen Stellung.

Linien, die mir Gewalt antun, verbiege ich in Gedanken, dankbar für jeden Baum, der zwischen den Kulissen schwankt.

Ein Junge trägt seine Locken behutsam, wie anvertraut von einer höheren Macht.

Sterne baumeln in Schaufenstern.

Wolken wie Vögel, Gefährten der Wege.

Der wahre Wille ist frei, der falsche getrieben von der Angst vor der Freiheit.

Für den Zwang brauchst du dich nicht zu entscheiden. Wenn du dich nicht entscheidest, siegt er ohnehin.

Ein nicht sachgemäß eingegrabener Fahnenmast fiel um.

Es schneit!, sagte der Betrunkene.

Die Frau läßt, wenn sie zuhause ist, eine Zigarette nach der anderen im Aschenbecher verglimmen; denn sie muß, sagt sie, das Gefühl haben, daß irgendetwas da ist.

Diesmal bin ich an der Reihe, nicht antworten zu können.

VIII

Wenn ich hier auch unter den Wassern wohne, so hab' ich doch meine Seele mit heruntergebracht. Und darum darf ich wohl weinen, wenn du auch gar nicht erraten kannst, was solche Tränen sind.
(Friedrich de la Motte-Fouqué, *Undine*)

Zwischen den übrigen Fahrgästen saßen nebeneinander ein Wichtigtuer und ein zerstörter Mann. Der eine erklärte seine Wichtigkeit und schielte bescheiden unbeteiligt ins Leere dabei. Der Berauschte neben ihm starrte auch ins Leere; aber in ein anderes.

Eine Frau starrt mit offenem Mund auf den sich entziehenden Bahnhof. Die Gipfel der Wolken glühen in der Sonne. Die Erde liegt noch im Schatten des Horizonts.

Eine Frau watet im Zeitstrom. Sie putzt sich die Nase. Ihre Einkaufstasche schlenkert. Es gibt viele Menschen, und gewiß sind alle der Betrachtung wert.

Das Verkehren der Welt erleichtert manchen vieles.

Der Krieg, wird gesagt, vertritt die Rechte der Autofahrer.

Ich erschrecke töricht vor der unter allen Umständen mißbrauchbaren Musik.

Nicht das Gute: die Verbesserung siegt. Die Wirklichkeit verliert.

Wenn es eine Öffentlichkeit gibt (das wird sich jetzt erweisen), dann wird sie diesen Krieg verhindern.

Die Sterne verschleiert; der Schnee wenig heller als der finstere Himmel; die Milchstraße eine dünn leuchtende Spur. Die Bäume ragen durch Schwärze hervor.

Der Schnee trug mich. Er hätte mich nicht tragen müssen.

Es gilt als etwas Gutes, ein Mensch zu sein, den ein Schicksalsschlag nicht aus der Bahn wirft. Aber das Gute eines Menschen ist sein Schicksal; sein Gott sogar. Dem soll er folgen.

Schwindelnde Höhen, getürmt aus Plattheiten.

Der Irrsinn entwickelt sich fort wie ein Erdrutsch.

Ich falle nicht aus Wolken; fühle mich nah der Erde, auf der ich sterben muß.

Menschen stehen zusammen und weinen. Wer nicht rechtzeitig zur Seite springt, wird überrollt.

Ich möchte vor Entsetzen sterben. Das Traummännlein kommt trotzdem.

Töten, dem Tod ins Handwerk pfuschen.

Es fehlt nur Geduld.

Man saugt verdurstend an irgendeiner sanften zarten Musik.

Tröstliches, wohin ich blicke. Der Himmel ist groß; und die anderen Sterne leben ja auch immer noch.

Ölquellen, sagt eine kalte Stimme, sind sehr schwer in Brand zu setzen.

In einer Schneestaubmulde ruhen erloschene Sterne, versammelt durch Wind und Gravitation. Sie klingen beim Durchschreiten wunderbar dunkel.

Ich knie vor dem Ofen, unschlüssig, und bete um etwas.

Die Befreiung hat begonnen. Die Welt konnte nicht länger warten.

Vogelstimmen, friedenweckender als jede Menschenmusik.

Sehr intensiv ist die Stimme des Dolmetschers.

Der Feind erklärt, er suche Frieden nach den göttlichen Gesetzen, aber nicht aus Furcht vor dem Teufel.

Die Dummheit eskaliert. Es gehört zum Wesen der Dummheit, daß sie immer nach oben will. Die Dummheit ist ein System aus imaginären Einbahnstraßen.

Mein Haus ist mir egal, sagt die weinende Frau. Alles ist weg, aber ich lebe.

Ich ziehe die Bettdecke über den Kopf.

Die Sonne scheint nur selten warm genug, um Schnee zu schmelzen; aber er wird von Tag zu Tag weniger. Was übrig bleibt, ist blankes Eis.

Das Glück liegt im Leben von Angesicht zu Angesicht. Das gibt es, so wahr mir Gott hilft.

Eine Peitsche vom Himmel reißt dem See die Haut auf, von Westen nach Osten, von hier nach dort. Die Peitsche schwirrt in dem Augenblick, in dem die Sonne hinuntersinkt und auf das Eis der Schatten fällt mit schlagartiger Kälte.

Sich Mühe geben. Sich selbst beschenken mit der Gabe der Mühe.

Die Felsenkrone blinkt golden im Wasser, versinkt dunkel im Schatten.

Die Sterne wachsen. Die Mondsichel wirft ihr wunderbares Licht.

Ich bin so glücklich wie der Tag. Ich bin so glücklich wie die Nacht.

Getroffen von meiner eigenen maßlosen Dummheit, wünschte ich manchmal, ich müßte nicht sterben.

Die Reporter seufzten, als die Raketen sich gegenseitig in der Luft zerrissen.

Erde und Schnee sind eishart gefroren. Ich gehe durch den Wald und lausche den Worten. Lege den Stecken, mit dem ich gegen den Strom der Schwerkraft stake, beiseite, um sie aufzuschreiben.

Man möchte die Schmerzensschreie der Feinde bis ans Ende der Welt hören. Man möchte nicht der erste sein, der Atombomben wirft. Brennende Ölfelder, sagen Experten, stellen keine Gefahr dar, die Atmosphäre kann das verkraften. Kosmonauten unternehmen unterdessen einen Weltraumspaziergang.

Ärzte empfehlen, die Fernsehapparate auch einmal abzustellen und ein ganz normales Leben zu führen.

Der Ritter sprach von der Angst der Menschen vor dem freien Entstehen von Gedanken, für die man normalerweise Kirchensteuer zahlt.

In der Nacht auf mein Haus zugehen, ist wie auf einen Traum zugehen, der nicht zurückweicht vor der Berührung.

Mit Grabesstimme sendet der Rundfunk neueste Nachrichten.

Man meint, etwas verhindern zu können dadurch, daß man es erfährt.

Eine Ankurbelung der Weltkonjunktur hat der Krieg noch nicht leisten können.

Der See heult unter dem Eis in der Höhlung der Berge.

Wie der Mond sein Licht ausgießt – das Gebirge ist fast nicht zu sehen vor lauter Licht. So liegt es da, übergossen, ganz eingehüllt.

Holzkreuze, an eine Mauer gelehnt. Daneben eine Harke und Blumentöpfe.

Die Erde umarmen mitsamt dem Schmerz, ans Eis legen die

Wange, während der Himmel hinter den schwarzen Bäumen verblaßt.

Likör trinken wie Medizin.

Das Prinzip Duldungsschwäche.

Brauchen wir Waffen gegen die Ungeduld? Nein, wir kommen der Ungeduld nicht bei mit Ungeduld. Wie aber? Mit schönen Worten? Ja. Mit schönen Worten.

Warum sind wir Menschen so wenig lernfähig?, fragt ein kleines Mädchen.

Immer wieder schlug die Mutter ihren Kopf gegen die Wand. Ein Loch war in der Wand aufgrund dieses Schlagens, der Kopf der Mutter war ganz blutig.

Die Massenentlassungen in der Rüstungsindustrie sind vorläufig gestoppt.

Es ist nicht schön, fühlen zu müssen, weil man nicht hören will. Es ist schön, freiwillig zu fühlen.

Gut leiden können heißt gut sterben können natürlich auch.

Die Zahl der Deserteure soll zunehmen.

Du sprachst mit leiser erkälteter Stimme schwerverständliche Formelsätze. Man klagte, so wärst du schon immer gewesen, man könnte mit dir nicht leben. Um die Lügner zu widerlegen, küßte ich dich. Es war nicht schwierig.

Wieviel Stille fällt aus diesen Zweigen, aus diesen Steinen! Ich gehe durch das Gezwitscher am Abend, meine Hände sind warm, ich trage sie durch die laue Luft, über weichen Schnee, über lockere Erde, ich gehe fast lautlos.

Schwarze Faschingsmasken nehmen Maß für die Särge der Gäste. Alle schreien vor Lachen. Ihr Lachen brüllt: Ich sterbe nicht! Ich lache über alles, was stirbt!

Wir trennten uns, um es den Verfolgern schwerer zu machen.

Man hat keine Erklärung dafür, daß sich in diesem Bunker Zivilisten aufhielten. Man fürchtet, die erschütternden Bilder der verkohlten Leichen (Männer, Frauen und Kinder) könnten einen Meinungsumschwung provozieren.

Die Geliebten sind ihr nah, und die Liebenden sind selbst die Lösung.

Der Feind ist bereit, sich zurückziehen. Der Sieger nennt dies einen grausamen Schwindel. Jubel bricht aus in der Hauptstadt des Feindes, der Verkehr steht still vor Freude. Die Skepsis der Welt nimmt man nicht zur Kenntnis.

Sie erinnerten sich immer besser. Das war der Fortschritt, den sie noch machten, bis an ihr Ende, das so glücklich war, wie es sonst nur noch in Märchen vorkam.

Man scheint unempfänglich zu sein für die Unterwerfungssignale des Feindes, der noch nicht in dem Zustand ist, den man sich wünscht, um ihn anzugreifen. Die Gesprächsbereitschaft des Gegners nennt man wegwerfend eine angebliche.

Der Schneepflug pflügt in der Finsternis.

Der Sturm wirft Polster von den Bäumen und baut neue Betten darin.

Eiförmig, zeitverformt, zieht der Mond über den Himmel.

Der Sieger läßt sich nicht die Friedens-Show stehlen.

Trotzdem führte der Lahme den Blinden besser als umgekehrt.

Ich komme aus dem Wald in die Welt. Ich komme auf einer leeren Straße, gehe durch eine leere Stadt. Das erleichtert die Sache etwas.

Eine fernsehende Dame sagt: Der Krieg kostet einen fast den halben Tag.

Da liegt Schnee. Also sind wir noch nicht unter der Erde.

Wir sollen niemanden tadeln können einer menschlichen Sprache wegen.

Krieg, angefangen im Namen einer Welt, die nicht warten kann – warum streikt die Welt nicht, wenn ihr Name mißbraucht wird?

Berge, Steingewitter.

Da steht ein Kindchen und hebt die Hände.

Wie sich der Erbe und Mörder in seiner irrsinnig dummen Anmaßung reckt …

Der Feind beginnt, sich zurückzuziehen. Die strittigen Fragen würden mit Gottes Hilfe ein anderes Mal geklärt. Der Sieger verkündet, der Feind ziehe sich gar nicht zurück. Der Feind beklagt, der Sieger würde ihn beim Rückzug behindern. Ist die Rede von einem Massaker? Niemand sagt es. Niemand fragt danach.

Man könnte ganz allgemein Schüler als Kanonenfutter der Lehrer bezeichnen.

Ich kann wieder barfuß in der Sonne sitzen. Es ist schön, es ist herrlich. Es gibt plötzlich wieder auch andere Nachrichten, sogar zur modernen Musik. Treibstoff und Heizöl werden billiger.

Die Zerschlagung der Eingekreisten wird als nächstes Ziel bezeichnet. Nachdem das Wort *ausgeschaltet* seinen Auftritt gehabt hat, versagt dem Nachrichtensprecher einen Moment lang die Stimme. Er ist schon ein älterer Herr. Ich liebe ihn.

Ich höre fassungslos das Rauschen des Waldes. Er erinnert mich an die Zeit, als ich dachte, daß ich gefaßt sei. Bin ich seitdem aus Wolken gefallen? Nein.

Ein grauer Bogen aus Buchenzweigen, der hell knisternde Flammen über den Himmel verteilt.

Der Geschlagene will alle Beschlüsse der Welt anerkennen, Gefangene freilassen, Schadenersatz leisten. Ungenügend!, sagt der Lehrer. Die Vernichtung geht weiter.

Ich sterbe. Aber du ja auch.

Der Feind akzeptiert jede Bedingung, unter der Bedingung, daß ein Waffenstillstand in Kraft tritt, lautet die grinsende Sprachregelung, denn der Sieger fordert bedingungslose Unterwerfung. Im Sicherheitsrat herrscht Verwirrung. Auf dem Schlachtfeld scheint die Lage eindeutiger zu sein. Wieviele gefangene, wieviele getötete Feinde? Tausende, Zehntausende? Der General kann es nicht sagen.

Verwirrung ist ein Zeichen menschlicher Regungen.

Blauer Nebel, milchige Mondnacht.

Die Welt, die stolz darauf ist, daß jeder immerzu weltweit dabei ist, schließt die Gardinen, wenn mitten im Dorf jemand totgeprügelt wird.

Der Krieg ist seit drei Uhr früh mitteleuropäischer Zeit zu Ende.

Der Feind meldet in den Morgennachrichten nichts über den Waffenstillstand. Was für ein langsames Land! Ich möchte gern in einem so langsamen Land leben.

Der Feind meldet einen grandiosen Sieg.

Heute ist Karneval. Viele wählen als Verkleidung die abgelegte Gasmaske.

Die Vernunft, die im Krieg zum Erfolg geführt hat, möchte man, hört man, nun auch für die Ordnung des Friedens einsetzen, um die Kosten zu rechtfertigen.

Was sie unter Helfen verstanden habe? Wenn ein Patient nicht mehr ansprechbar war, nur noch auf Schmerzen reagiert hat, gab sie ihm eine Spritze; dann wurde er immer ruhiger, bis er gestorben war, weint die Angeklagte.

Die Welt, maskiert vom Höllentempo, zerfließt breiartig, wenn sie zur Ruhe kommt.

Gräser räkeln sich in der Sonne. Man kann, wenn man weiß wo, auch schon die ersten Leberblümchen angucken.

Die Waffen schweigen, verkünden die Zeitungen. Als hätten sie vorher gesprochen. Als wäre das eine Sprache gewesen.

Die Opfer röchelten stundenlang, bevor sie erstickten. Wie das zusammenpaßt mit der Mitleidstrategie, weiß die Angeklagte auf Befragen auch nicht.

Wegen der Kürze der Kämpfe konnten die besten Waffensysteme ihre Qualität nicht unter Beweis stellen. Kommentare schwanken zwischen Bewunderung der gezeigten militärischen Leistungen und blankem Entsetzen.

Kein Gewissenskonflikt?, fragt der Staatsanwalt. Nein!, sagt die mutmaßliche Haupttäterin. Ich habe ja geholfen!

Man muß es glauben, wie es gut ist; dann glaubt man an Gott.

Weil die Nacht dunkel ist, weil kein Schnee mehr liegt. Weil die Müdigkeit mich an etwas hindert. Weil ich nicht sehen kann, woran. Weil ich träume von der alles weckenden, alles öffnenden, alles hingebenden Vertrautheit zwischen dir und mir.

Sie war eine Persönlichkeit, sagt eine Mitangeklagte. Alle hatten sie gern, man konnte nichts gegen sie machen. Sie sei immer lustig gewesen, auch beim Töten.

Bäume breiten ihre Zweige empor, Maulwürfe schaufeln Erde herauf, Vögel rufen, alles trinkt Sonne. Ich trinke sie mit dem bloßen Fuß.

Schmelzender Schnee, dieser langsame Strom; Abschied, der stillsteht und lächelt, als würde er nie vollzogen.

An den jungen Buchenschäften wehen alte verblichene Fahnen. Knospen schwirren in der Luft wie tausend Bronzeglocken.

Auf der vom Schnee für das Schauspiel freigeräumten Bühne stehen die Bäume ruhig wartend, ehe Kommen und Gehen der Darsteller Spuren hinterlassen.

Bei Bäumen sind, wie bei Mittelmeerländern, die Westküsten am schönsten. Ich kann mich ins Moos legen und weit hinaussehen ins allgemeine Steigen und Fallen.

Die Aufmerksamkeit nicht fesseln, sondern sie befreien.

Die Zeit mit ihrem Vergessen, die Zeit mit ihrem Erinnern: die zwei sind alles und eins.

Komme ich zur Wahrheit anders als durch Zurückgehen: da von ihr alles ausgeht, bevor sich zum Irregehen Möglichkeiten öffnen?

Huldbrand strahlte im Frühlingslicht. Der Fluß war trübe vor lauter Frühling.

Himmelblaues Eis auf dem See; darin dunkle Teiche; darin weiße Schwäne.

Halb erblühte Forsythien, noch winterlich zusammengeschnürt; diese Goldknäuel!

Musikaufzeichnungen nach dem Krieg haben etwas trotzig Verschlafenes.

Um das Gesprächsklima nicht zu stören, sprach niemand von Mord.

Der Andrang all dieser Dinge, die noch nicht da sind, aber bald kommen! Die Luft ist erfüllt von Gemsenpfiffen. Beim Feuerwehrschuppen blühen Krokusse. Ich wohne hier, dieser einfache Tatbestand ist mein Lebensinhalt – und mir genügt es.

Ältere und Jüngere: archetypische Konstellation, in der gewöhnlich viel Unrecht geschieht.

Erfindungen machten die Menschen angeblich, weil ihnen alles zu langsam ging.

Ich gehe durchs Gezwitscher, ich bade im Gezwitscher, ich bin selig, es labt mich am ganzen Leib, ich bin ganz Ohr.

Gelbe Haselkätzchen hängen feierlich senkrecht in kahlen Büschen. Weiße offene Sterne blühen die Hänge hinauf zum Himmel. Leberblümchen sprudeln hervor unter den Tannenwurzeln. Abendwolken fliegen langsam, bleiben fast stehen vor Frühlingserwartung, oder um nichts zu versäumen vom Gesang auf den Lichtungen.

Poesie befaßt sich als vielleicht einzige Macht der Welt mit der Wirklichkeit.

Ein Kind spielt am Ufer, pflügt das Wasser, sät Steine in die Furchen.

Nichts ist so blau wie das Eis. Der Himmel hat daran teil; aber er ist nicht tagblau, nachtblau, enzianblau, vergißmeinnichtblau, meerblau, walfischblau, taubenblau, staubblau, rauchblau zugleich. Auf ihm schimmern nicht gleichzeitig Sonne und Sterne. Zu ihm sagt niemand, wenn der Föhn weht, werde ich deine Seele von dir fordern. Hat er überhaupt eine Seele, da niemand sie von ihm fordert? Fordert er sie von sich selbst, wie manchmal Menschen in einsamen Nächten?

Mit vernichtend funkelnden Augen wachte der wahre Mensch über die Verteilung der Beute. Ich hielt mich abseits und konnte mich verbergen, aber vor mir nicht die Wahrheit.

Die Vergangenheitsform kam zuerst glaubwürdig vor in der Traumerzählung.

Im Himmel schwimmen Wolkenschollen, die Ränder schattenhaft angehaucht von der untergegangenen Sonne.

Im Heimatland der glücklichen Liebe ist das Glück kein einschlagender Blitz, sondern ein friedlicher Wohnort. Man muß einen Menschen eine Zeitlang kennen, um zu wissen, ob er dort wohnt. Wenn man es weiß, ist er ein Bruder.

Plötzlich tauchen die Wolken aus den Bergen, die Berge aus den Wolken. Ich hatte vergessen, wie hoch sie waren, ich war erstaunt!

Knospen glänzen, Vögel zwitschern – wie oft werde ich dir das noch erzählen? Bis du gähnend einschläfst.

Der Regen rauscht silbern. Die Bäume sind Schattenrisse vor diesem Silber.

Die freie Bewegung kommt immer ans Ziel, wie der Atem. Ich muß nicht noch soundsoviel Luft schnappen, bis ich genug habe.

Knospen, über die Bäume geworfen wie Gewirre von Perlenschnüren.

Der See ist frei und spiegelt sanft und willfährig alles, was den Ufern einfällt.

Nichtsein erscheint immer voller Eleganz, Sein immer voller Plumpheit.

Das Wort *unmißverständlich*: eins der falschesten.

Wo kein Markt ist, ist keine Leistung; daran muß man sich orientieren. Wo ein Markt ist, wird gelogen; daran muß man sich auch orientieren.

Der Wald ist größer als ich. Ich gehe, fast unsichtbar, zwischen den Bäumen unten im Dunkeln.

Nichts ist zahllos, außer den Zahlen; nichts ist gottlos, außer Gott.

Kahle Bäume; lichte Wälder, durch die ich den Mond sehe. Er steht sehr hoch. Jenseits des Tals ist der Schnee schon überall weggeschmolzen.

Mit welchen Wunden hast du dich aus der Falle gerettet?

Zerstreut regnende Abendwolken. Ringsum zerschmetterte Bäume. Die Berge halten den Stürmen stand. Mild und ewig, blau im

Nebel gruppieren sie sich hintereinander.

Die wahre Liebe erzeugt das wahre Leid, die falsche das falsche.

Da war ein Baum, der hatte nichts mehr, als nur noch seinen Stamm und einen einzigen Ast. Darauf thronte eine einzige große grüne Mistel.

Das triste Gebäude der komischen Oper reißt einen wirklich zum Lachen hin.

Alles so aalglatt zurechtgestümpert.

Menschenpulver, erzeugt von der Reibung übergroßer Geschwindigkeit.

Wer nicht nackt siegte, hatte verloren.

Vor blauen Bergen machen Vögel ihre Schwimmbewegungen.

Ich litte lieber an deinem Verhalten als an meinem Unverständnis dafür. Dann wäre ich mehr mit dir verbunden.

Die Eierschalen in Mutters Kuchen.

Die Ruhe, die ein Friedhof ausströmt, so belebend für die Lebenden.

Erstlinge, zugleich geschaffen, in Finsternis, ohne Sprache – der sie schuf, konnte im Anfang nicht sehen und sagen, daß es gut war.

Himmel: Scheidung der Wasser. Erde: Scheidung der Wasser. Scheidung des Menschen: Weib und Mann.

Er schuf die Zeit und sah, daß es gut war.

Waldgesang aus Waldestiefen. Die schwarze Nacht bedeckt meine Schwächen, bis ich mit ihr eins bin.

Auf einer gerodeten Lichtung waren Menschengruppen dabei, mit kreissägenartigen Schwertern einander zu köpfen.

Man hatte gesagt, die Kinderspiele würden jetzt aufhören. Aber an jeder Wegschranke überschlug sich ein Uhrzeiger, wie ein Kind, das Überschlag macht.

Alles dreht sich in Angeln und Achsen, alles ist Öffnen und Schließen von Türen, alles ist immer auf großer Fahrt.

Lied und Mehrstimmigkeit, Weg und Abweichung entstehen zugleich.

Niemandes Zeit ist austauschbar. Aber jeder kann seine Zeit mit jedem teilen.

Zuverlässig die Sonne, zuverlässig der Schnittlauch, unzuverlässig der Mensch in seinem Streben nach Irrtum.

Da die Zeugen erst alle Kriegsberichte lesen mußten, bevor sie aussagen durften, würde es nie zur Gerichtsverhandlung kommen.

Wo das Leistungsprinzip gilt, gilt auch das Prinzip der gewaltsamen Durchsetzung, sagt der waffentragende Privatdetektiv.

Der Greifreflex, der sonst nur noch beim Höhlenaffen vorkommt, sei die Grundlage des Glaubens der Menschen, sie könnten die Welt verbessern, vermuten Forscher.

Die Knospen glänzen wie Sterne. Wenn sie aufbrechen über Nacht, scheint es wie ein Verrat am Himmel, den sie verdunkeln für ein halbes Jahr.

Aufmerksamkeit – was ist dieses wunderbare Wundersame, das zu erregen, zu erlangen und zu fesseln alle Verhaltensstörungen trachten?

Ich wollte nach Hause; nahm also an, das Schiff führe dorthin.

Schuldlose Opfer, zum Beispiel Kinder, hielt man für effektiver.

Zu den wenigen Dingen, mit denen ich rechne, gehört, daß ich nicht unsterblich bin.

Ich kann verstehen, was ich selbst nie täte – wenn nur du es nicht tust.

Zum Ausgang gehend, merkte ich, daß das Gelände bewacht war. Überall hohe Mauern, Wachtürme, Schäferhunde, Stacheldraht. So leicht, wie ich in den Supermarkt hineingegangen war, würde man mich nicht wieder herauslassen.

Hingehaucht liegt der Schnee auf den Blättern. Reiner Hauch füllt die Nasenflügel.

Resignation ist Selbstentmündigung.

Die Wiesen grünen in höheren Lagen. Die Blumen singen, als wäre es überstanden. Wolken entfalten sich über dem Grün, das aus dem Schnee ragt wie ein Wunder.

Herkulesgebrüll auf falsch gewählten Wegen.

Je länger man lebt, desto mehr sieht man sterben.

Undine überlegte, was wäre, wenn Huldbrand nicht mehr lebte. Welch ein Glück, daß er noch lebte! Sie dachte: Ich will Kuchen für ihn backen. Und sie dachte: Ich würde trotzdem weiter alles liebhaben.

Ein Gestöber dreht sich um Knospen, ein leuchtender Tanz, ganz lautlos.

Licht fällt durch vier Fenster in vier verschieden vergehenden Weisen, ein wunderbares Streichquartett.

Eine glaubhafte Traumerzählung könnte auch anderwärts Glauben ermöglichen.

Die Göttin, deren Tochter, und der Gott, dessen Sohn stirbt, könnten einander verstehen.

Angesichts der Grenzen der Zeit wirkt die Entdeckung aller dieser Räume voll unbegrenzter Möglichkeiten ein bißchen lächerlich.

Aufwärtskeuchende röcheln: Grüß Gott!

Die Gewinne vermehrten sich wie erdige Kartoffeln. Erst dachten wir, die staubige Frau, die das Glücksspiel anbot, wäre eine Betrügerin; aber die Kartoffeln vermehrten sich wirklich.

Zeit gelte in langsamen Ländern immer noch als der billigste Rohstoff, schreibt lächelnd über soviel Rückständigkeit eine konservative Zeitung.

Auf dem Weg ein zertretener Finkenvogel.

Verwüstete Wildnis.

Es regnet im Paradies. Leise zuerst, dann rauschend.

Verwirklichen heißt nicht verfelsenfestigen.

Die Erde bebt; vor Empörung, denkt man.

Im Mai ist es überall schön. Man muß aufpassen, wo man hingeht, daß man nicht in eine Falle geht.

Die Frau mit dem Leopardenhut berührt mein Bein sanft mit der Keksschachtel.

Alte Steine, eingemauert in neuen Mauern.

Meisenzwitschern in harmonisch blühenden Apfelbäumen.

Studenten tragen ihre kostbaren Köpfe aus der Universität heraus.

Manche Formen werden erst kenntlich, wenn sie verschattet sind.

Einen Angstbeißer, heißt es, kann man nicht umerziehen.

Die Welt war in einen Flugplatz verwandelt. Rote und weiße Lampen blinkten, Flugzeuge landeten und hoben ab, die Luft war erfüllt von Donnern und Blitzen. Ein Blitz schlug in mich ein; ich zuckte zusammen und wurde kleiner, bewegte mich aber weiter; zu Fuß natürlich.

Man bewundert Menschen, die Sachen machen können, die wie gekauft aussehen.

Altsein ist neu, wenn man vorher jung war.

Auch die Liebe ist eine Macht. Macht ist die große Maske.

In der großen von See und Bergen gebildeten Muschel ruft der Kuckuck.

Etwas hat dich innehalten lassen. Und nun wirst du weitergehetzt, ehe du das Rätsel gelöst hast.

In Sichtweite unserer kleinen übersichtlichen Insel lag das Festland, mit Urwald bewachsen. Ein Kellner ruderte zu uns herüber, brachte die Speisekarte, nahm die Bestellungen auf, ruderte zurück und verschwand. Es würde Stunden dauern, bis er mit dem Essen kam. Wir hatten es nicht eilig. Das Meer war ruhig, der ferne Urwald ein schöner Anblick. Wir sprachen, während wir warteten. Worte fuhren zwischen uns hin und her, so ruhig und langsam wie das Boot des Kellners.

Lügen oder morden, das scheint die Alternative zu sein. Aber leben mit der Wahrheit und sie erleiden – das scheint unmöglich zu sein.

Sie entlocken einander angstdiktierte Lippenbekenntnisse, behaupten aber, sie sprächen miteinander.

Huldbrand tanzte, als Undine sagte, Glück sei ein Kriterium der Wahrheit.

Undine bekam einen Paß ausgestellt. Obwohl der Beamte sie höflich, fast ehrerbietig behandelte, schwankte unter ihren Füßen die ganze Zeit der Boden.

Herrlich fällt der Schnee vom grünen Laub.

Huldbrand nannte den Umstand, daß Undine ihm jahrelang über so viele Klippen hinweg geholfen hatte, einen Gottesgedanken.

Ein Unglück bewirkt, daß man anders denkt. Ein Glück bewirkt auch so etwas; und vielleicht besser.

Das Laub hat die Farbe der Bäuche der Meisen, die darin sitzen und Blüten picken.

Und erlöse uns von dem Krimskrams.

Deine Lippen entzaubern sich, wenn sie etwas Schönes lesen.

Endlich gibt die Sonne den Wiesen Gelegenheit zu duften. Der Wind trägt den Duft hin und her.

Von Windstoß zu Windstoß wird alles grüner.

Wie gefährlich das ist, stöhnte der Ritter, was sich die Eingebildeten einbilden!

Schnee raschelt im Grünen. Weiß ist die Farbe der Trauer in Indien. Der Kuckuck durchtönt die feuchte Luft mit befeuernden Rufen. Weiche Gefiederwesen, eben den Knospen entschlüpft, erstarren im kalten Mai, im glasierten Paradies.

Der Mensch, mit dem Undine auf Dauer zusammenleben sollte, brauchte die Diskretion eines Butlers.

Im eisigen Regen pflückt das Kind Blümchen.

Die frühen Entfaltungsformen reichen in ihrer Vielfalt fast an die letzten heran.

Jedes Risiko ist kalkulierbar. Würfeln kann Cäsar immer.

Schöne Schwestern verwandeln sich in alte zerfaltete Mütterchen.

Es ist einer der schönsten Tage; blauer Himmel, farbige Wölkchen, um von den Farben der Erde gar nicht zu reden.

Er ist in der Ehe ein anderer Mensch geworden! Nicht nur hart, unverschämt manchmal! Solche Sätze schreiend, schreiten zwei Männer voran. Noch tief im Wald schreien sie so, als würden sie einander ermorden.

Die kleinen Enten bleiben immer zusammen und streiten niemals über den Weg. Sie beraten nur manchmal.

Wie das Grün aufgeblüht ist! Es fällt mir entgegen, stürzt sich auf mich, überschüttet mich von allen Seiten wie mit Kübeln.

Die Lust an der Wiederkehr – unliebsames Hindernis für Apokalyptiker.

Die Katastrophe, die der weiße Mann für die andersfarbigen Menschen war; und daß noch niemand gemeint hat, daß die weiße Frau diese Katastrophe war.

Wolken wehen kühl zum Fenster herein.

Mindestens die halbe Welt ist immer unsichtbar.

Man kann noch so gut wissen, daß man auf einem falschen Weg ist – wenn man ihn verläßt, gerät man ins Schwimmen.

Ich steige hindurch und hinunter in meine Wildnisse.

Meine welkenden Hände – und doch.

Ein Licht wurde gelöscht. Eine alte Frau ging schlafen. Die Bäume tropften. Im See lagen Wolken.

Die Vorstellung, daß alles so eilt, ist völlig falsch.

Der Bessere sei der Feind des Guten, prahlt der Gegenkandidat.

Bewahre mich. Aber nicht mein, sondern dein Wille geschehe.

Der rechte Augenblick fördert die Sache nicht unwesentlich.

Zwei, drei Sätze können Wunder wirken, wenn es die richtigen Sätze sind.

Kunst ist nicht Fertigkeit, sondern das Gegenteil davon. Aber Kunst ist Kunst, und das Gegenteil davon.

Wenn mein Kopf stirbt, bleibt mein Herz doch übrig.

Man ist unglücklich, weil man vergeßlich ist, und glaubt, daß es gerade umgekehrt ist; das ist die ganze Katastrophe.

Das Kind starrt die Enten an.

Hier sind die schönsten Gesänge zu hören, weit hinschallend über die Stille.

Die Menschheit hat sich des Todes bemächtigt. Das Grauen vor dem Tod ging über in das Grauen vor den tötenden Menschen.

Die hohen schwankenden Doldengewächse atmen diesen betäubenden Duft, durchschwirrt von Mücken, Schmetterlingen und Schirmchen von Pusteblumen. Spechte rattern. Ich muß mir mit beiden Händen die Sonnen zuhalten, die helle am Himmel und die hellere im Wasser. Was ich sehe, ist grün. Es ist göttlich schön.

Vom Wind seltsam gezwirbelte kleine Federwolken.

Ein Mann will eine Frau, die wirklich arm ist; sie kann ruhig aus der dritten Welt sein; er will ihr helfen; aber sie soll ihm dann auch wirklich dankbar sein.

Atmend die Sonne anbeten, den Himmel und die Felsen.

Manchmal siehst du mich an mit verweilenden liebenden abschiednehmenden Augen; mit Augen, die sagen: Bis ins kühle Grab. Nicht immer – wie wäre das auch. Aber heute abend.

Damals traf man sich in den Klöstern, um mit der Welt in Berührung zu kommen. Ich bin ein Stück Mittelalter geworden.

Seliges Leben muß mitgeteilt werden; was soll es sonst?

Ich bin das Wundertier: der glückliche Mensch.

Der Fluß fährt an weißen Steinen entlang. Blumen schwanken am Ufer im Gras. Bäume geben Blumen und Enten windverweht wechselnden Schatten.

Ich höre den Wetzstahl und höre den Schnitt. Die schöne Pracht, sie sinkt dahin.

Ununterbrochen verschiebt der Sturm die großen Quellwolken.

Huldbrand wollte mit Undine gemeinsam atmen; und sie atmeten sich gemeinsam in den Schlaf.

Befehl ist Befehl: strengster Identitätssatz. Der digitale Geist labt sich daran.

Ja, die Gaunersprache! Ich weiß, wovon du redest.

Der Sturm riecht nach Vanillepudding.

Der Berg trägt ein Wolkenband über der Schulter.

Eine Nacht lang fällt Regen aufs Heu.

Herzensengel – Herzensöffnung nach allen Himmelsrichtungen.

Sie wenden das Heu in der Morgensonne.

Dieser ganz gewöhnliche leise Jubel von innen – kann diese Regung zur Gewohnheit werden, ohne daß sie etwas verliert?

Langsam!, rufen Eltern ihren Kindern zu. Sollen sie sich doch selbst dran halten.

Wahrheit ist nicht unter vielen Meinungen die wahre Meinung.

Wiesenduft und Heuduft, berauschend gemischt.

Wenn ich Menschen finde, sind sie fremd und verloren wie ich.

Die erste Rosenknospe öffnet sich unter dem Fenster.

Musik schafft nahe Verhältnisse unter Menschen.

Sie schleppen das Heu in Bündeln zur Scheune, wobei sie oft mit erhobenen Armen zum Himmel deuten.

Frische Geschorenheit leuchtet hell unter dem fast erloschenen Himmel.

Ich höre das Blatt sich wenden.

Jedes Wort, das geschrieben ist, ist auch gesprochen; und umgekehrt. Verstehst du das? Ich verstehe es etwas.

Grau zerstreut sich, sammelt sich und zieht quellwolkenförmig davon. Später erscheint ein Regenbogen, aber es fällt kein Tropfen. Der Kuckuck schweigt. Die Kühe schwingen unermüdlich ihre Glocken.

Ich verbrenne sehr langsam. Schlafe manchmal dabei ein, so langsam.

Kuckuck, noch einmal! Ein einziger Ruf, dann ein fröhliches Gackern.

Ich sitze im Schatten, den Kopf im Nacken, und sehe hinab. Ich bin übertürmt von Grün.

Grundwasser hatte das Haus untergraben. Als ich aufwachte, war alles still. Erst Stunden später begann es strömend zu regnen.

Wanderer ziehen langsam im Nebel vorbei.

In der geöffneten Heckenrose sehe ich eine Biene summen.

Manche glauben, sie müßten rennen, um mit der Zeit Schritt halten zu können.

Es war der Kaufmannsstand, der zwischen Freie und Unfreie trat, von beiden Seiten Zuzug erhaltend, den Unterschied langsam unkenntlich machend.

Öffentliche Hand – nicht das Herz, nicht der Mund, sondern dieses Organ, das immer die Gebärde des Geldzählens macht.

Die Rose verblüht. Ihre Nachfolger blinzeln rosig aus grünen Kerkern.

Das Heu ist silbern wie der Glanz auf den Blättern.

Betäubender Heuduft weht. Es donnert. Es piepst aufgeregt. Erst trippelt es auf den Blättern, dann prasselt es laut und rauscht. Geh schneller, du Gewitter, ich will schwimmen gehen!

Drei Kronprinzen sitzen um die erste kahlgewordene Blüte herum.

Ein Mißverständnis ist auch ein Kommentar.

Krähen rütteln ihre Schwingen, als wollten sie eine Tür öffnen.

Morgenwolken nach nächtlichem Regen. Wunderbare Ferne und Nähe. Wunderbarer Vogelgesang. Es ist richtig Sommer.

Jede Münze entstammt einer Falschmünzerwerkstatt.

Wind wirft Nachtregen vom Baum herab, zwischen Sonneninseln und Gras.

Du hüllst mich in dein Schweigen. Ich gehe in diesem Nebel ratlos umher. Ich festige deinen schlechten Charakter, indem ich immer geduldiger werde. Du wirst noch jede Sprache töten zwischen uns. Bis dahin – leb wohl!

Wolkenbänder zwischen Bäumen und Bergen machen die Welt so beziehungsvoll.

Der Tod kann das Leben nicht gebären, wohl aber das Leben den Tod. Trotzdem ist es ein Kreis; trotzdem gibt es Erstes und Zweites.

Die ersten Schulen lehrten Gehorsam. Die Lehrer waren wenig geachtet.

Eine Hummel schwingt sich über die Fensterbrüstung.

Bei grauem Himmel, ich weiß nicht woher, flutet plötzlich Sonne.

Das Kind spricht mit den Enten.

Undine hielt eine Grundausbildung im zivilen Ungehorsam für sinnvoller als eine Grundwehrpflicht.

Geistliche erläutern, was Gott ihrer Meinung nach mit seinen Worten nicht meinte.

Die Verbrecher bekommen Orden. Der Oberverbrecher bekommt die Freiheitsmedaille. In Los Angeles schwanken die Wolken.

Rosen schwanken im Sturm, im Schatten.

Die heile Welt ist für manche die einzige, in der es sich zu leben lohnt. Dazu gehören zum Beispiel die Beine von Dolores.

Das Gebirge kommt wieder zur Geltung. Im Frühling war es nur eine unter vielen blauen und weißen Blumen.

Ich wollte die Trennung von dem, was ich bin, nicht einmal um den Preis der Verjüngung.

Flugzeuge sind aufgestiegen. Das Volk wurde angewiesen, in die Keller zu gehen.

Man führte mich in die Folterkammer; zeigte mir die Werkzeuge, mit denen die Lehrer auf ihre Fragen Antworten erpreßten, die sie hören wollten. Ich sah die Kinder im Schraubstock sitzen mit vor Schmerz und Todesangst herausquellenden Augen und war fassungslos, daß die Lehrer sich das trauten.

Dieses Sich-öffnen! Es geht schnell in der Sonne.

In die Erde gehe ich gern ein, sie mag grün, fahl, schneebedeckt, kalt oder warm sein. Fremd ist mir nur der Asphalt, in den ich nicht eingehen kann.

Noch ganz zarte Kräuter im Wald. Schwarze Stille zwischen den Fichten.

Metaphern durchranken einander, Silber und Silber, Blüten und Wasser, gleicher Farbe, ungleicher Bewegung. Ruderer sind auf dem Wasser, schmale Schatten im Sonnenglanz. Blau steht gegenüber die Wand, fest wie die Blicke der Wanderer.

Gras regt sich im Wind über den tiefen Spiegeln.

Das Heu auf den Wiesen ist weiß geworden.

Daß mir niemand das Wort Kolonialwaren erklärt hat.

Der Herr braucht den Hund, die Kette und das Heulen, um zu sagen, wie er es meint.

Die leere Straße wirkte unnötig breit. Panzerfahrzeuge näherten sich. Undine war bleich. Der Ritter gähnte. Die Luft dröhnte. Sonst war es ruhig.

Die roten Steine, auf denen Undine saß, waren noch warm von der Sonne. Huldbrand lief weit in den See hinaus. Am Abendhimmel sammelte sich die dunkelgrüne Fläche in einem hellen Strich. Der Himmel war zart violett und rosa.

Ich liege hier, tief einverschmolzen in mein schönes Land. Ich stehe auf und falle nieder in Umarmungen mit der Luft, der Sonne, dem Regenwasser.

Sie werden niemals die Krücken wegwerfen, um mitzutanzen.

Es gibt den unendlichen Schein, und den, der entsteht an der Grenze der Wahrheit.

Ich war tiefbewegt vor lauter Nichthelfenkönnen. Der wahre Mensch versank im Sessel, bekleidet mit einer Narrenjacke. Die übrige Welt war leer.

Die Annehmlichkeit, die Schritte zu wissen, macht das Tanzen so komfortabel.

Du wohnst in meinem Gedächtnis so tief, daß ich manchmal meine, dich vergessen zu haben.

Die Verbundenheit wächst. Keine Zukunft macht sie zum Mißverständnis. Niemand wird mir etwas schuldig sein. Und ich werde sterben.

Das Leben wird mich überwältigen.

Gegebenheiten – ja, gegeben ist uns immer etwas.

Mein Schweigen hat Ecken und Kanten.

Sie suchen den Krieg, weil sie einander sonst nirgends finden.

Fast schmerzhaft sind die Blüten geöffnet, der brennenden Sonne entgegengebreitet, weiß im Gesicht.

Einer Meinung kann man sich anschließen, einer Wahrheit nicht.

Wer sich an Austauschbares klammert, dessen Beziehungsfähigkeit stirbt natürlich ab.

Gemähtes Feld, vertraut unvertraut, wie wenn Huldbrand beim Friseur war.

Das Gras raschelt hinter meinem Rücken. Von einem Augenblick auf den anderen wechselt das Wasser die Sprache. Was hast du gesagt?

Herrlich gibt der Birnbaum Schatten, ein mächtiger Gefährte der Sonne.

Es gibt keine Offenbarung des Buchstabens. Schrift verhüllt immer. Wer nicht dem eigenen Herzen folgt, weiß, daß er in Wirklichkeit aufsässig ist gegen Gott. Glaube an eine heilige Schrift bringt niemandem Frieden.

Wer falsch sucht, findet auch falsch. Zum Strohhalm wird alles, woran er sich klammert, mag es vorher auch noch so lebendige Wahrheit gewesen sein.

Ein Kind mit schwarzem Gesicht, in der Hand drei staubige Zahnbürsten.

Es ist lieb von den Wiesen, nach dem ersten Schnitt noch einmal nachzuwachsen.

Erben ist noch nicht Sünde; aber es fordert in jedem Moment die Entscheidung gegen die Sünde.

Bevor ich in die Heimat zurückkehrte, mußte ich ihre Sprache lernen; unter Z etwa die Entsprechung für das Wort Zärtlichkeit. Ich war aber noch nicht so weit in der Liste und übte den Superlativ des Wortes gekrümmt. Er hieß: in Krümeln.

Und wenn du das Stroh nicht zu Gold spinnst, mußt du sterben. Und da du nicht sterben willst, willigst du ein in die Dienste des zauberkundigen Männleins. Und du verkaufst für diese Dienste sogar dein Kind. Und schuld war an allem von Anfang an die Großsprecherei deines Vaters.

Grüne Hagebutten mit goldbraunen Schöpfen.

Dreißig Jahre hat mein Mann gearbeitet, und jetzt hat er nicht einmal Socken, nicht einmal Socken!, schrie die Frau in ihrer Verzweiflung.

Manche Haftbedingungen führen zum Tode.

Jede Offenbarung ist voller Druckfehler.

Liebenswert – wie falsch schon das Wort ist.

Nihilisten prophezeien, was sie produzieren: Apokalypsen.

Schleier liegen auf dem Wasser, das wunderbar duftet.

Die Berge leuchten noch lange, wie Glut unter Asche. Die Steine künden noch tief in der Nacht von der Wärme des Tages.

Sterne kommen. Die Nacht wird kühl wie ein Kissen. Fledermäuse und andere Flügler schwirren durch die Stille.

Das Kind war nur mit einer Muschelkette bekleidet.

Wahre Lehrer sind die, die wahrhaft leben.

Auf daß die Schrift erfüllt werde, höre man auf mit dem Buchstabenglauben.

Unglück macht klug in bezug auf den falschen Weg, Glück in bezug auf den wahren.

Nur Gott sollte mir vergeben können? Mag sein, in vielen Menschen herrscht diese Enge, wenn Hochmut die Liebe erstickt und am Vergeben hindert. Nichts hindert, die Liebe Gott zu nennen. Aber ich fürchte in ihr kein fremdes Gesetz.

Geöffnet vom Denken an dich sah ich im Wald eine Amsel von Stein zu Stein hüpfen.

Gras blüht in der Mittagssonne, vom Wind durchlichtet, durchpflügt, umgebogen. Die Schatten der Dinge sind wie mit Messern geschnitten.

Ist die Schrift nur ein festerer Aggregatzustand der Sprache?

Der Wind ist so sanft und die Sonne so schwach, daß sich die letzte Rosenblüte immer noch halten kann.

Wenn es niemanden gibt, dem du antworten willst, bist du verloren.

Befreit sein heißt zur Liebe befreit sein; frei sein heißt lieb sein.

Die Welt summt und singt, wenn ich im Lot bin.

Buchstabengeist kann Spaß von Ernst buchstäblich nicht unterscheiden.

Die Welt hat sich verrannt.

Auch sekundäre Literatur kann Quellengedanken hervorrufen.

Es gibt viele Formen des Zuströmens von Worten.

Wasserfläche, straff gespannt, an hunderttausend Stellen gelüpft von hunderttausend Tropfen.

Noch eine Weile gehörst du zu den Steinen am Grund. Deine Fischhaut wird in der Sonne trocken, und du lebst immer noch. Du hörst Menschen hinter den Büschen, freust dich, auch zu ihnen zu gehören. Der See plätschert hell mit Abschiedswellen, und du sagst freundlich ›bis morgen‹ zu ihm.

Auf springen die Knospen der Disteln.

Wir sinken ohnmächtig hin, an das Wort erinnert. Frieden? Gib ihn uns nicht. Wirf ihn uns nicht zum Fraß vor. Erst gib uns Besinnung.

Wellen, klar wie Luft, berühren die Kiesel am Ufer. Ich atme auf, ehe ich eintauche.

Noch leben wir und können lieb sein.

Hinter dem grauen Wasservorhang biegen sich Tannen, winken mit den Armen.

Es ist kalt in den Tunneln.

Du gingst unter im Menschengewühl. Ich ging fort, Richtung Meer.

Erst wagte ich nicht, deine Rede zu unterbrechen. Dein Schweigen zu unterbrechen, wagte ich dann auch nicht.

Es gab eine Zeit, da waren die Wesen alle im Wasser.

Musik aus einer anwesenderen Welt. Ich habe sie gehört. Es ist lange her.

Schiebe mich durch die Termine wie mit dem Buschmesser durch einen Urwald. Möchte nicht auf der Strecke bleiben, sondern heimkehren, möglichst heil. Starre in solcher Bedrängnis auf einen Satz wie auf einen Fetisch, der mich eines ferneren besseren Lebens versichert. Es ist die falsche heilige Schrift.

Blühendes Gras im Himmel über den Baumkronen.

Überhöhte Geschwindigkeit, immerwährende Flucht nach vorn.

Der Buchstabe erweckt immer den Anschein der Fertigkeit. Der Geist ist der ewige Anfänger.

Niedrigwasser. Yachten im Schlamm. Meine Seele im jammervollen Zustand.

Eine Frau betrachtet zufrieden ihre schnittigen Unterarme.

Absolute Unfähigkeit, sich vom Vergangenen loszusagen, wird tadelnd bemerkt.

Die dünnen Stimmen der singenden Nonnen – eine Schulklasse

singt da in Abwesenheit des Lehrers, ängstlich, er könnte zurückkommen.

Altgewordene Menschen. Tief gekränkt sehen manche unter ihren Hüten hervor.

Ich bin außer mir ein Entgegengehen in Herzhöhe meines Gegenübers.

Träume vom Unterschied zwischen echten und unechten Brüchen.

Es kommt viel auf das Zimmer an; auf die Art der Fenster, auf die Aussicht dahinter. Aber seßhafte Glückseligkeit ist etwas Mögliches.

Die Zeit ist bald verstrichen, morgen mußt du mich lieben! So spricht der Narr; so spricht der Tod; so spricht das Schicksal.

Du mußt nicht glauben, daß mir die Sache zerbröckelt ist. Das Leben selbst ist so. Ein Roman in der Form von Aphorismen.

Blasmusik am anderen Ufer, als würden Autos Dreiklänge hupen.

Logbuch. Knotenschrift. Wampum.

Der Regen rauscht, daß die Erde dröhnt.

Öffne, öffne, öffne, Herr – das ist die Botschaft.

Es ist, wie es auch heißen mag. Und doch ist der Name nicht nichts.

Sag mir nur eins, ob du mich noch lieb hast. – Ja, ich habe dich immer noch lieb. Und hast du mich auch noch lieb? – Ach! Du bist ja ganz was Liebes … Solche Gespräche sind wichtig.

Wind kommt, Disteln schwanken. Träume begegnen in diesem Schwanken, in diesen offenen Türen, in diesem Baden der Wesen im Hauch. So bin ich im Traum, wenn der Traum gut ist; so bin ich im Leben, wenn das Leben gut ist.

Die Zeit der Ruhe ist nicht genutzt worden, um die richtigen Worte zu sagen.

Nicht sprechen können! Und sprechen lernen – und zu spät sein! Und zu früh sein!

Und doch schreibt die Zeit unablässig ihre schöne Schrift.

Trotzdem mähen die Menschen ihre Wiesen.

Gelbe Blätter fallen aus Bäumen, die der Wind durchkämmt.

Deine Seele – verschlissen wie ein zu lange getragenes Kleid vom Leben inmitten der Aufdringlichen.

Mangel an Liebe ist Blendung des Geistes durch irgendwelche Buchstaben.

Indem sie der Wahrheit ausweichen, schlagen sie Bogen umeinander, ziehen Netze umeinander, treiben einander in die Enge, in die Lüge.

Die Sonne geht herum. Langsam wechseln die Schatten im Gesicht meines Bruders.

Ein Schluck falscher Freiheit scheint dem Gefangenen gut zu tun.

Die Mutter setzt dem Kind das Messer an die Seele.

Die glänzende Fläche treibt auf mich zu. Der Grund scheint grün zu mir herauf. Ich weiß nicht, was die Wellen treibt. Ich singe mit den Augen. Der Steg schaukelt.

Der Horizont klingt im Abendwind wie eine straff gespannte Saite.

Wenn ich dich sehe, erschrecke ich; sei es auch nur im Traum an einem fernen gegenüberliegenden Fenster. Ich liebe dich, daher kommt es.

Die dunklen Kränze am Abend im Tal. Lebendige Trauer.

Die Welt ist voll von anregenden Auskünften.

Mein Liebster liebt mich. Ich lobe Gott. Weiter ist keine Erlösung für mich nötig.

Das Ziehen im Herzen am Glockenseil im Gebälk der Hoffnung.

Die Mutter trägt es, selbst ein Kind, verlassen von Vater und Mutter, ein Spielzeug an sich drückend als letzten Halt in der fremden Welt.

Das Kind wird uns viel Gutes tun mit seinem kleinen Wesen.

Dunkel ist notwendig, Dünkel nicht.

Die Verballhornisierung der Welt durch die eifrigen Menschen.

Schläge und Hiebe und Schreie von Hirten und Kühen und Kälbern.

Das Gelächter der Fremden – immer ist so ein Gelächter fremd.

Das Gras steht gesprächig da, von Insekten umsummt und durchkrabbelt. Der Weg liebkost meine Füße. Der Herbst und der Abend sind Zeiten des Umarmens. Nirgends komme ich ohne Aufenthalt vorbei, überall fühle ich mein Herz anhalten.

Ich sprach schon vom Expressionismus des hohlen Menschen.

Ich muß mich kurz fassen. Ich muß neu anfangen.

Ich möchte weinen, wenn ich denke an alles, was ich vergesse.

Die Gehirnwäsche soll verhindern, daß wir Bindungen entwikkeln.

So dunkel das Wasser, in dem ich schwimme, daß ich nur Kälte wahrnehme.

Hellgelbes Flirren. Erst dachte ich, Schmetterlinge fliegen. Nein – sie bleiben liegen.

Die Angst davor, einzigartig zu sein, und die Angst davor, es nicht zu sein.

Es regnet. Gott segnet. Sie trinken. Blühende und wollige Disteln, blühende Blumen und Strohblumen, grüne und braune Farne drängen sich am Waldrand. Das silberne Rauschen wird wie mit Kübeln durchs Grün gekippt.

Knitterfalten auf den Gesichtern schlecht geklebter Plakatpolitiker.

Das Schweigen zu durchbrechen ist nicht Zweck der Sprache.

Druckfehler führen verläßlicher in die Irre als Fehler in Handschriften.

Ein Rudel halber Bewegungen, festgerannt in Sackgassen, ansetzend zum Sprung.

Beim Rückgängigmachen der Schlimmbesserungen kam Schritt für Schritt ein Stück Wahrheit zum Vorschein. Nach Ablösung der toten Krusten blieb allerdings nicht viel von ihr übrig. Vom Umfang her überzeugte das Falsche die meisten mehr.

Striemen zwischen Streifen fein gekämmter weißer Wolle; als hätte der Himmel blaues Blut.

Gibt es eine Geschichte der Bürokratie? Ich möchte sie lesen.

Rehe fressen im Mondschein im Garten den Kohl ab.

Herumstreifen am Waldrand, gewiegt und gewogen von Erinnerungen.

Nichts Gutes bleibt dir erspart, wenn du diesen Weg wählst.

Das Leben der Kühe im Stall, der Kühe auf den Wiesen, des Mondes am Himmel.

Wolken ziehen den Himmel von den Bergen herunter bis tief ins Tal.

Welt und Himmelreich – Hieroglyphen für Schein und Wahrheit.

Die Kunst, die die Natur den Menschen voraushat, ist die Kunst des Ruhens.

Herbst – schönste Jahreszeit, Jahreszeitlichkeit.

Vor Gott kann ich mein Leben leichter rechtfertigen als vor den Menschen. Aber für die Menschen lebe ich noch; die können Geduld haben.

Soldatenwesen, Urform des Tauschwerts (Geld oder Leben).

Rauschender Vorhang, senkrecht fallend, bis in die Nacht.

Die Menschen erheben sich über alles. Aber ich sehe Land.

Ich fremdle im Sommer. Im Herbst bin ich zuhause. Der Wald wird so wunderlich, geschichtenerzählerisch. Und da steht ja auch mit weggestecktem Kopf auf einem Bein auf einem Stein die Ente im Fluß!

Die Seele der Musik erschließen und die eigene Seele: das sind Dinge, die Hand in Hand gehen.

Täglich verschiebt sich das Kaleidoskop zu neuen, bunteren Wundern.

Das Kind tauscht, ernst lächelnd, einen Tannenzweig gegen ein Blümchen.

Mit dieser neurotischen Souveränität beginnt vielleicht eine Mörderkarriere.

Im Gras Distelwolle. Im Gebirge frischer Schnee.

Vernetztes Denken, das nicht nur kurzschlüssig das vor der Nase Liegende sieht, ist, glauben Forscher, erst dieser Tage entdeckt worden.

Die Mächtigen fordern zu allem Überfluß auch noch Liebe von uns. Sie brauchen allen Trost der Welt für ihr verpfuschtes Leben.

Die Wolke steigt. Ihr Leuchten verbirgt die grauen Grenzen des Berges.

Es gibt reife und unreife Formen.

Die Lärmmenge, die ein Mensch durchschnittlich verkraftet, hat sich im letzten Jahrhundert versiebenfacht.

Septembersonne ist am sonnigsten. Die Schönheit scheint zu den Fenstern herein. Ich muß mich in alle Richtungen freudig tanzend verneigen; immer wieder, hierhin, dorthin.

Sturm kehrt Blätter um. Sie zeigen wie Fische ihre silbrigen Bäuche.

Die Lichtung reicht bis zum See hinunter, grasbestanden, blond wie ein Kornfeld, Abendgold und Schattensilber eingepflügt zwischen die schwankenden Ähren.

Knotenschrift. Geschwindigkeit; Weg, geteilt durch Zeit.

Gefährte, Musik.

Die Zeit umstellen, das möchten sie können, die Herren der Welt.

Mildes Vergehen, du bist mein Hirte. Mir mangelt nichts.

Du mußt bedenken, ich habe diese Blätter alle von Jugend auf gekannt. Nun reifen sie ihrem Schicksal zu.

Die Abschiedszeit ist lang.

Durchsonnte Luft fliegt mich liebreich an.

Ich kämme mir eine Tannennadel aus dem Seejungfrauenhaar.

Tiefrot werden die Hagebutten.

Eine Fahrkarte für ein ewiges Leben wäre für jedermann unerschwinglich.

Im Herbst gehen die Augen auf, als wären sie vorher blind gewesen. Das macht nicht nur der Tod; auch die Klarheit der Luft.

Huldbrand wollte zwischen Tür und Angel eine Heimat haben.

Der Wind biegt die Blumen von Westen nach Osten.

Die Landschaft ist von Drähten verzogen.

Ein Kind fragt empört quietschend: Bin ich Jesus?

Der Horizont eines Menschen, der Inbegriff seiner Kriterien.

Durch das bunte Licht bin ich gekommen. Durch das bunte Licht bin ich gegangen.

Der geäderte Himmel: Luftwurzeln der Erde.

Die mit aller Kraft ihres Wesens wünschte, unter Menschen zu leben, einer menschlichen Seele teilhaftig zu werden: gerade sie mußte stumm werden!

Im Herbst sehen die Wege am weghaftesten aus.

Im Traum hast du mich gebeten, dich nicht mehr anzusehen, meine Blicke von dir zu wenden, für immer, für den Rest des Lebens. Das Schilf flüstert.

Nach dem Untergang der Sonne leuchtet die Welt noch aus eigenem und dem Vermögen des Herbstes golden.

Dachschindeln, silbern wie Fischschuppen.

Ein Regenvorhang mildert die Schroffen. Die bunten Bäume machen die schönen Kurven der Schultern der Berge noch malerischer.

Das Sich-nicht-lösen-können der Augen, das Immer-wieder-sich-umwenden-müssen, Abwenden, Umwenden, heute im Traum; ich blieb, und du gingst; und dann gaben wir uns doch noch die Hand zum Abschied.

Zurückgewiesenwerden ist die Schmiedeprobe des Charakters. Es veredelt ihn oder verdirbt ihn.

Nichtzurückgewiesenwerden läutert auf einem anderen Weg. Es

ist gut, beide Wege zu kennen.

Aber dann, eines Tages, verglüht ein Mensch unter dem Hammer.

Dem Wald bin ich so recht, wie ich bin, mit meinen Worten und Gedanken.

Ich bin bleich vor Müdigkeit und freue mich über meine Nähe zu den im Wind zitternden Gräsern.

Konsumenten können das Märchen, sie seien unersättlich, nie Lügen strafen.

Die wahnsinnigen Menschen kämpfen noch immer. Krieg kann man immer so fortgehen lassen. Aber auf den Frieden müssen sie sich besinnen.

Im Garten ernten und graben. Asche streuen von Sommerfeuern.

Menschenverlassen das sinnreiche Land zwischen Stumpfsinn und Wahnsinn.

Ein Reh schleicht am Zaun – vorbei, verregnet.

Schrift verschreibt vergeßlichen Seelen ein gefährliches Gift.

Farbgewitter, vom Schneewirbeln hell durcheinandergeschüttelt.

Im Nachbargarten hängen in Trauben dunkelrote Äpfel im verschneiten Baum.

Die nicht wissen, was sie tun, sind einfach übermächtig.

Organisten leben gefährlich mit ihrem Gottesinstrument.

Parisvorurteil? Nein, im Gegenteil; Vorurteil ist immer Mangel an Liebe.

Verbundensein mit Schwierigkeiten ist besser als Abgetrenntheit.

Besinnung schafft Sinn: gibt Sinn und empfängt ihn.

Ein Politiker warf einem anderen vorauseilendes Nachdenken vor.

Die sogenannte Geisteswissenschaft ist in Wirklichkeit Buchstabenwissenschaft. Der Geist ist arm; an ihm ist nichts wißbar.

Der Krieg will alles anders haben. Der Frieden kann es lassen wie es ist. Wie ist es aber? Wer den Frieden will, muß das wissen.

Schönheit weckt, als lebendigste Form der Erinnerung, Liebe.

Daß die Formen wiederkehren, sehen wir an der Natur, von der wir Rituale gelernt haben wie alles andere.

Tote Wiederholung ist die, die durch den Tod nicht hindurchgeht.

Der Tod zeigt die Endgestalt.

Beim Zitieren werden Fehler gemacht.

Immer durchsichtigeres Laub. Die Natur wird hell, wenn die dunkle Zeit kommt.

Warum bin ich so unfähig? – Und doch sehe ich aufgrund meiner Unfähigkeit zum einen das andere so herrlich leuchten.

Erfolgserlebnisse legen den Menschen Gleise in den Weg.

Schriftrollen sagen nicht mehr, sondern weniger als Scherben von Krügen; erzählen von Ausnahmezuständen, statt vom insgesamt doch vorherrschenden Frieden.

Dem Frieden dient auch die Fähigkeit, Feinde haben zu können.

Den Autor bindet der Buchstabe weniger als den Kopisten.

Rauhreif und Morgennebel haben die Landschaft silbern in Beschlag gelegt.

Alles ist Spur; alles ist Dokument. Erinnerung ist Auferstehung.

Kinder träumen davon, Gutes zu tun. Frei!, rufen sie.

Tun, was sich tun läßt; nicht, was sich sperrt, und wenn ich noch so treu klopfe.

Ziellos genug muß ich sein, um anzukommen irgendwo in der Welt. Wenn ich irgendwo hinreiche, ist es meine Ziellosigkeit, die da hinreicht.

Es regnet lieblich zur Nacht.

Mancher Baum bleibt grün. Und die Musik beflügelt ja auch immer noch.

Blätter fallen, zu Locken gedreht. Manche fallen auf die Steine, manche fallen in die Wellen, manche liegen schon lange unten versunken am Grund.

Fast immer liegen die Steine noch ruhiger im Wasser, wie still es auch sein mag.

Blattleichen auf Drahtstacheln.

Novemberlaub, vom Wind aufgerührt, duftet wie Honig.

Die Sonne, ein heller Filzfleck. Der Herbst, die schöne Einkehrzeit. Geh aus, mein Herz, mein Herz, kehr ein. Du mußt doch auch sterben.

Regensturm. Da fliegen die Blätter vor den Tannen am Waldrand vorbei. Glaubst du denn, daß dich das nichts angeht?

Die Dinge geben mir meinen Gang, und ich nehme ihn, und gebe ihnen, so gut ich kann, meinerseits ihren.

Manchmal verstehe ich, daß keine Antwort kommt, und ehre die Geister der langen Leitung.

Wer *A* sagt, kann dabei nicht verharren. Buchstabieren erfordert mehr Buchstaben.

Man soll nicht wirtschaftsfeindlich sein. Abgesehen davon soll man objektiv sein.

Die Welt ist ein Bilderbuch, seit wir Augen haben.

Denkwürdiger Wunsch: Gute Besserung!

Man erlebt immer wieder Wunder, blaue und bunte.

Wurzeln gestürzter Bäume tragen Steine wie Früchte über wilden Sträuchern. Die Erde ist fortgespült zwischen den Wurzeln. Ein Strauß Steinblumen.

Fichten mit Raubtierfellen. Buchen glatt wie Reptilien.

Der Nebel zog fort. Durchs Sternwartenfenster schien plötzlich Sonne.

Manche Menschen haben ein echtes Bedürfnis nach Konformismus.

Teppiche aus braunen Blättern. Wo Schnee lag, zeigen Schatten den Übergang in die Verwesung an.

Die Schrift verheißt, was sie verhindert: Leben von Angesicht zu Angesicht.

Mönche, heißt es, sitzen an Flüssen und stempeln die Wellen mit frommen Sprüchen.

Deine typische Bewegung ist die des Wegrennens.

Zeichenschrift: Ein Mann ist ein Mann, und eine Frau ist ein Mann mit Besen.

Wind und Regen öffnen die Türen und treten herein.

Hier ist ein Grabstein. Hier wird so getan, als spräche einer.

Leersein ist Wohltat. Scheu berühre ich Arme die Trümmer des Reichtums.

Du gehst unruhig umher. Niemand darf dich jetzt ansprechen. In Einsamkeit versinkst du ganz, wie ein Mensch ohne Zukunft. Du bist verschneit, Lieber. Deine verschneite Hand wiegt die verschneite Wiege, darin verschneit ein Kind liegt. Du siehst die

Sonne im Schnee. Du hörst den Schnee schimmern. Von Kristall zu Kristall trägt er den Ton der Sonne. Du liegst im Wind, von der Wiege gewiegt. Willst du noch etwas sagen? Nein, es ist still.

Ich höre die weiten Bögen nicht, wenn ich dir zu nah bin.

Die Schrift gebar den Satz $a = a$, und die Verballhornisierung der Welt begann.

Die lieben Gesichter der kleinen Analphabeten.

Schriftkenntnis läßt sich nicht rückgängig machen. Sie läßt in der Seele eine Narbe zurück. Aber eine Entzauberung dieser Kunst ist möglich.

Die Wissenschaft fragt: das Plasma soll antworten! Es windet sich noch.

Eine Verszeile wie eine Schlachtreihe: lächerlich sinnvoll.

Das eifrige Tilgen von Widersprüchen fixiert erst deren buchstäblichen Sinn.

Die Sonne schmilzt Eiszapfen vom Dach.

Wir leben vom Phänomen der unbestätigten Annahmen.

Der Schnee weckt im Grau die Farben, schleift sie zu Diamanten.

Der kühle Hauch und das Schweigen. Flüstern im wieder erstarrenden Eis.

Gehend komme ich ins Denken.

Der Mond scheint in die Sternwarte, blauäugig.

Im Theater, in Erwartung des Wunders: der Vorhang geht auf, und zwei Menschen sprechen miteinander!

Sich totstellen, um zu überleben, führt zu Mißverständnissen.

Milde Witterung. Regen in Strömen. Schneeregen. Dann Schnee. Wunderbar ist es, an solchen Tagen in der warmen Küche zu sitzen. Oh Welt, oh Himmelreich! Wie fällt der Schnee zu uns herunter! Es wird weiß vor den Fenstern.

Verschneites Laub wirft dichtere Schatten als der üppigste Sommer.

Der bewußtlose, von Maschinen künstlich in Atem gehaltene Mensch.

Alles ist im Fluß. Alles ist Staustufe. Alles kämmt Wasser.

Eine Amsel hüpft die Böschung hinab, unter Ausnutzung der Schwerkraft.

Wir wissen ja nicht, ob wir mit dem Leiden nicht etwas beseitigen, wovon der Sinn eines Menschenlebens unter Umständen abhängt!, ruft ein Genetiker bekümmert.

Bedeutung, vorwärtsweisende. Besinnung, rückwärtsweisende.

Zyklische Zeitbegriffe sind für schriftferne Kulturen charakteristisch.

Alles hat, was die Schrift hat: aphoristische Energie.

Mit dem Tod ist jeder überfordert.

Verdammte das Wort die Schrift aus Furcht, dieses starrsinnige Kind könnte ihm die Herrschaft nehmen – und was es verhindern wollte, geschah eben dadurch?

Ein Komma, ein Keilschriftzeichen.

Einer meinte, er lebte davon, daß er einen Namen hatte.

Der Ritter sprach vom lebendigen Irrtum.

Alle Menschen sterben, ehe sie alle Schriftzeichen kennen.

Nebel über gleichfarbigem Schnee. An schwarzen Hügeln erkenne ich die Erde.

Die Stimme ist immer ersterbende Stimme, begrenzt vom Atem.

Die durch Buchstaben herrschen, beteuern zugleich, erheblich sei nur der Geist.

Es schneit beständig und zuverlässig. Keine Post, kein Schneepflug. Von der Außenwelt abgeschnitten. Aber der Welt, die hier ist, umso tiefer inmitten.

Ich dachte, Vögelchen zwitschern. Aber es war auf dem Ofen der Kessel, der zu singen anfing.

Überall freie Bahn. Überall reiner Tisch. Überall Wüste.

In einem Dickicht aus Buchengebüschen mit braunen lockigen Blätterperücken warten zwei Blättchen, die noch gelb sind, auf ihren Abgang in die Kulissen.

Die neue Dachrinne funktioniert. Der Tropfenvorhang vor dem Fenster fehlt mir.

Daß den Menschen das Herz aufgeht, wenn sie dir begegnen – und wenn ihnen das Herz aufgeht, kommt über sie der Frieden des Himmels, das selige Leben - wie ein Nachtgebet wiederhole ich immer dieselben Worte.

Die Formen der Stille bilden die Formen der Sprache.

Das Wesen der Schrift sei die Abkürzung, das Wesen der Welt die Ökonomie. Wenn ich aber auf dich zugehe, ohne daß wir uns im Leben begegnen, und ich trotzdem den Sinn meines Lebens darin sehe, auf dich zuzugehen – wo ist dann die Ökonomie?

Der Wind trägt einzelne Blätter, deren Glieder vom Frost gelöst sind.

Funktionspuppen können auf Knopfdruck Tränen produzieren, wenn das Kind auf sie schießt. Und wenn das Kind keinen Revolver geschenkt bekommt, nimmt es den nächstbesten Knüppel, warnt der Erzeuger des Spielzeugs.

Ich sollte schweigen.

Von links nach rechts und leer zurück – so ahmt die Schrift den Atem nach.

Sonne spielt in den Schneedomen.

Der Feind hat nach Ansicht von Fachleuten aufgehört zu existieren.

Die Verhöhnung der Gegenwart ist nicht meine Sache.

Das Schlimme wächst in den Himmel, das Gute nicht.

Sich nichts entgehen lassen dürfen – Irrwitz als Gesellschaftsform.

Großzügigkeit, Großspurigkeit. Der Schnellzug und die Mitgeschleiften.

Die erstickende Transzendenz der erstickten Immanenz kichert.

Der Bildschirm tilgt das Bild des Korrigierten spurlos, steigert die Lust am Ausmerzen.

Um einen Weg Häuser. Um die Häuser Bäume. Um die Bäume Berge. Um die Berge Himmel. Menschliche Behausungen.

Sinn ist Zugänglichkeit.

Bäume, wie Schlachtlämmer mit roten Flecken gezeichnet.

Wenn mich ein Zeichen an nichts erinnert – wenn ich damit nichts verbinde – dann suche ich. Dann erfinde ich etwas.

Kein Buch versteift sich auf Buchstäblichkeit. Der Leser tut das.

Die Quellen der Dunkelheit strömen, ohne im Lichtreich einzuwurzeln.

Der Schnee wartet auf den Herabfall des Laubes wie ein großes marmornes Grabmal.

Lesen, so alt wie Wiedererkennen; so alt wie die Menschen.

Vor der Schrift steht die Auslöschung.

Ich beschreibe die Welt nicht nur, ich werde auch von ihr beschrieben. Beschrieben werden heißt: Kratzer kriegen.

Je weniger aphoristisch die Sprache, desto mehr drängt sie zur Schrift.

Zarte hellblaue Schäfchenwolken treiben durchsichtig über den Wald, ein langsamer Fluß mit welliger Strömung. Und nun färben die Wellen sich rot ...

Wie soll ich alles im Leben schaffen? Es vergeht soviel Zeit nur mit Glücklichsein.

Dein Make-up reflektierte so stark, daß ich geblendet aufwachte.

Die Menschen sollen sich umprofilieren, fordert die Ökonomie.

Man steht klüger da, als man ist, wenn man die Zeitspur verwischt.

Bäume im Sturm – ich liebe den Anblick.

Schwarzbraunes Laub wirbelt über den Schnee. Dem Vorauspfeifenden nach stürmen die dunklen Herden in wilder Jagd. Es biegt den Baum, als wollte es ihn auf mein Haus werfen, es rüttelt die Tür und die Ofenklappe. Es macht die Fenster blind wie die Welt draußen. Alles flüstert, weil der Sturm es wiegt. Und er wühlt in den Eingeweiden des Hauses, und er wirft sich wild gegen die Wände und weißt sie.

Huldbrand war bewegt von der Kraft, die bewirkte, daß seine Hand nicht zum Mittelpunkt der Erde fiel; nicht mehr und nicht weniger.

Plötzlich redet das Innere im stillen Blick, im gemeinsamen Lauschen. Und die Ferne der Nähe, du kennst sie.

Anteilnahme gedeiht unter Endlichkeitsbedingungen.

Angeblich ist es ausgerechnet die Diskriminierung der Frau, die nur noch die Flucht nach vorn zuläßt.

Geld, das eine geltende Zeichen, Alphabet mit nur einem Buchstaben.

Wenn sie in der Musikstunde war, wurde ihr manchmal das Leben so klar, daß sie noch vor dem Ende der Stunde davonlaufen mußte.

Vergilbte haselstrauchbraune Sonnen erhellen die Welt noch.

Es schneit und schneit die ganze Nacht. Schnee und Schnee und Schnee fällt.

Du sprichst zu mir. Ich meine, daß ich dich höre.

Weihnachtsbäume zwischen Springbrunnen, die aus Kanaldekkeln sprudeln.

Sie hatten Feuer in die Bäume gelegt. In die Glut hielten sie ein Kind, das schrie. Während ich unbehelligt vorbeiging, schämte ich mich.

Hinter der Stadt der Mond und Zypressen und andere stille Zeichen am Himmel.

Aphorismen sind des Zusammenhangs schlechthin fähige Sätze.

Schneebeeren an grauen struppigen Sträuchern.

Um auf der Erde heimisch zu werden, brauchten wir Erfahrungen, die unseren Ehrgeiz beschränkten.

Am Fensterrahmen ein schwarzes Dreieck. Schmetterlingswinter.

Eine Windmühle mit stillen Flügeln. Sie schläft zu Mittag.

Die nackte rote Hand des Betrunkenen auf dem nassen Asphalt.

Die Zeit macht ihre Aufzeichnungen. Wir, die Gezeichneten, sehen zu. Oder wir sind gut beraten, wenn wir es tun.

Die Zähmungskraft beruht auf der Zeit.

Der Himmel ist offen inmitten der Berge.

IX

Sage dem Himmel vielfachen Dank, daß er deiner Person eine solche Kraft mitgeteilt, daß du durch ihre Zermarterung Bezauberte entzaubern und Tote erwecken kannst.
(Miguel de Cervantes, *Don Quixote*)

Frohes Neues!

Der Mensch als Leithammel. Will Professor bleiben, und doch alles ändern.

Mich faßt ein Wind an, der von weit kommt. Die Nacht liegt schwarz und weit dahinter; hinter den Bäumen, hinter den Gleisen, die mich fortführen.

Wenn die Kinder wüßten, wie dumpf das Leben ist, für das die Schulen sie ausrüsten!

Der Himmel scheint wie bemaltes Porzellan.

In einer langen Kurve stehen lange Züge mit regenglänzenden Dächern aneinandergeschmiegt.

Der Lauf der Welt, meinem Leben entgegen, ohne daß ich ihn aufhalten könnte.

Schwarzer Wald mit graufarbigem Schnee. Eine weiche Kurve im Weg. Schmale Sichel im blassen Hof im lilienfarbenen Abendabgrund.

Das Blau der Berge wächst aus dem Blau des Himmels hervor.

Das Gute an uns von Anbeginn ist, daß wir Gezeichnete sind.

Die Liebe kannst du nicht ausprobieren, so wenig wie den Tod.

Ich muß auch leben!, stand auf dem Schild, das der Bettler mühsam hochhielt.

Allererstes Gebot: Ich soll nicht werden wie mein Vater.

Bild ist beides: Gestalt und Abklatsch.

Und doch ist der Mensch treu. Er hat eine flehende Andacht manchmal in der Stimme.

Sie wollen billig unsterblich werden, die Irrsinnigen an allen Fronten.

Liest, wer spricht, eine geheime Schrift vor?

Bestechende Argumentation. Bestechliche Vernunft.

Schnee stürmt um die Flanken der Hügel.

Der zieht am Zopf der Zeit, der zurückdenkt und erinnert.

Gräber sind nicht Endstationen, sondern Wegweiser.

Schrägliegende Wolkensäulen wälzen sich unter dem blauen Himmel.

Merkwürdig, wie viele Gedanken ein einziger Mensch hat.

Der Winter macht die Verhältnisse klarer, einfacher, weniger sprunghaft – ist keine Zeit für Strohfeuer.

Es schneit in vergangene Zeit.

Mein abgenabeltes Herz lebt.

Nachts ist Schnee grün wie weißer Sand auf dem Boden der Ozeane.

Gedankengut in jeder Form ist potentiell gemeingefährlich.

Wenn Vorurteile die Form von Vorkenntnissen annehmen, fließt bald Blut.

Abends fühle ich mich im Zimmer warm und kühl wie am Meeresgrund, tief geborgen und frei im Offenen. Fische könnten durchs Fenster schwimmen, durch das bewegte Element, in dem ich sitze, atme und weit hinaus hoffe.

Zierliche Schleifen im Schnee. Hier fing das Reh an zu schlendern.

Huldbrand sagte, jede Zeit bringe ihre Menschen hervor. Diese Zeit brauche nicht Menschen, die etwas in Frage stellen, sondern welche, die den Mist anhimmeln.

Huldbrand nannte Undine einen Bürgerschreck.

Patriarchat und Entmaterialisierung gehen Hand in Hand.

Die Wirtschaft verlangt immer klare Rahmenbedingungen.

Den Tod vergessen – das Leben begraben unter sich haben – Schwerelosigkeit – das würde uns passen.

Das klare Blau; die Direktheit der da hinein ausgreifenden blattlosen Bäume.

Das Eis sprang in Kurven über den See.

Die Nachricht als Ware; ihre Verlesung als ihre Anpreisung.

Ein Fleck in der Nacht – ein häßlicher Fleck – denn der Fleck war ein Dorf – denn das Dorf brannte – denn sie hatten das Dorf angezündet – denn sie waren Soldaten – denn es war Krieg, hört man. Nur im Irrsinn gibt es einfache Ursachen.

Huldbrand war enttäuscht von den Menschen. Undine fragte: Was hast du denn erwartet? Jeder Mensch, antwortete er, erwartet den Messias. Nur du nicht.

Ein blauer See mit Lichtern – so liegt im Schatten der Berge, im Schatten des Himmels das Dorf im Tal. Als wäre vom Himmel mit seinen Sternen ein Stück heruntergefallen und hier im Hafen zur Ruhe gegangen und würde hier still vor Anker liegen und leuchten – so liegt im Schatten der Berge, im Schatten des Himmels das Dorf im Tal. Ein blauer See mit Lichtern.

Waagerecht und senkrecht: Bewegungsbegriffe.

Hilf deinen Göttern, dann helfen sie dir, und du wirst glücklich.

Der Wald ist durchzaubert von Wolken. Auf halber Höhe werden sie golden. Dann liegen sie unten wie Meere und Seen. Aber es sind nicht Spiegelbilder, es ist der Himmel selbst. Die Berge werfen Schatten hinein. Die Wolken steigen …

An den Nächten habe ich Farben gelernt.

Glauben ist nicht zu wissen glauben, sondern Glauben ist glauben.

Monoton blinkende Lichter, monoton rhythmische Töne, Raumschiffe, die landen, Mütter, die erscheinen, Probleme, die sich lösen, Maschinenparadiese.

Die Lage der Nation, vergleichbar einem Erdrutsch.

Wie kommt der helle Glanz der Farben der Nacht zustande? Ich weiß es nicht. Er kommt zustande. Ich male lange daran. Dunkler und dunkler, Schicht um Schicht, wie Metall tritt der Glanz aus dem Bild.

Verzeih doch! Wozu bist du sonst fähig?

Vom Friedhof kam plötzlich Blasmusik, ein Trauermarsch, wie es üblich ist. Alles stand still. Dann läuteten Glocken den unaufgelösten, nach Auflösung rufenden Septakkord. Schlittschuhfahrer auf dem See fingen an sich zu bewegen, fuhren langsam hin und her. Wir gingen auch wieder.

Wißt ihr noch, wie ihr neue Menschen wolltet, und aus wie gutem Grund?

Aufstehen und die Sonne schüren und Holz nachlegen, um nicht zu frieren.

Nachahmung kann zärtlich sein wie kindliches Streicheln.

Wer einsam ist, sehnt sich anderswohin. Die Rechnung ist einfach. Also bin ich nicht einsam.

Der Schnee ist weich, man kann nicht weit wandern. Was taucht da aus Traumnebeln auf? Glückliche Häuser, wie sie schlafen am Waldrand!

Fortschritt ersetzt alte Fragwürdigkeiten durch neue.

Die Behörden greifen nur beratend ein.

Aus dem Ei auf den Thron gekrochen, in eine grausige Enge getrieben, wie ein verendendes Tier stirbt sie, die Wahnwirtschaft der Menschen.

Das Lächeln muß man schon vorbereiten; für den Postbeamten zum Beispiel.

Es sind mehr Männer als Frauen, die am Fluß Enten füttern.

Eigensinn macht, daß man zum Beispiel zwar Ohren hat, aber nicht hören kann.

Ins Gespräch mit sich kommen.

Duftender Tauwind.

Reimen: ein Schmiegen von Terzen.

Und wenn der Vater es noch so oft durchprügelt – das Kind wird immer wieder kommen und lieb sein wollen.

Das unentdeckte Land der Zukunft, letztes Ziel für Eskapisten.

Schleier, die sich vor einer Felswand zurückziehen.

Sich selbst im Spiegel erkennen nur Menschenaffen und Menschen.

Heiden: Landbewohner, Abtrünnige der Zivilisation.

Wie dachte ich, ehe die bleierne Nacht mein Gehirn umfing? Der

Schritt auf dich zu wird immer der schwerste sein, gewesen sein, werden.

Eltern werden davor gewarnt, Kinder in der Sonne spielen zu lassen.

Wie gestorbener Mittagssonnenstaub liegen die Splitter gefällter Tannen abends im Schnee; Buchenkronen daneben wie Reisigbesen. Ins graue Dunkel sehe ich hinab, umarme zwei noch lebende Bäume, links eine Buche, rechts eine Tanne. Sie sind zusammen hier aufgewachsen. Langsam wird es Nacht.

Als wäre die Sprache gerade geboren, und wir wären neugeboren der Sprache: die zärtlichen Worte, die Worte des Kindes. (»Du hast geweint, Mutterchen?«)

Der Sturm hat sich gelegt. Kein Schneefall mehr. Aus Hochnebeln Mondschein.

Deine Augen sind tief. Die das tiefe Elend gesehen haben, nicht darüber hinweg gesehen haben, solche tiefen Augen – ich möchte tief in sie hineinsehen.

Ich bin in Gefahr, zu versinken im Warten.

Eine Konvention ist kein Gesetz. Paragraphen sind kein Gesetz. Sondern die Menschheit ist verstrickt, und die Verstrickung hat ihr eigenes zwanghaftes Gesetz.

Ein Beauftragter sprach, nach seiner Erfahrung befragt, von seiner Verzweiflung.

Aber ich sitze nur sinnend da. Da sind Menschen, die abseits wohnen; die über das Meer blicken; die vieles sehen und sagen könnten. Sie kennen sogar die Rechte der Toten. Aber keiner hört sie, weil sie abseits wohnen.

Das Wunder bleibt, das traumzeugende.

Mein Leben ist zu viel. Ich kann nicht alles über die Bühne bringen.

Ob das Edelweiß überleben wird, wagt niemand zu prognostizieren.

Weiße Reptilien liegen auf Ästen, bereit, jedem, der unten vorbeigeht, kalt und feucht in den Nacken zu stürzen.

Das Haus ist schön mit den Fenstern, hinter denen das Licht gelöscht ist.

Geduld, gehemmte Kraft: zornig werfe ich dein Orakel.

Die Gräber liegen wieder unter der weißen gemeinsamen Decke.

Ganz dick gelb sind die Meisen vor Kälte.

Mein Kopf denkt und sucht Wege. Ich helfe ihm vielleicht zu wenig.

Die Welt ist so schwer von Worten.

Erquickender Duft von Blumen.

Kleine wissende Klagelaute dringen aus meiner Kehle.

Der See liegt wieder grün da, in schneeweiße Ufer gebettet.

Ich sehe hindurch und hinunter durch mein schwimmendes Bild.

Die Geduld wächst im Lauf der Erzählung.

Ich lobe den Tag vor dem Abend; den Abend vor Einbruch der Nacht; die Nacht vor Anbruch des Tages.

Die Luft ist erfüllt von Gesängen.

Der Schnee zieht sich zurück. Zum Vorschein kommen Verwüstungen.

Gefunkel im Wald, wo der Horizont tief unten zwischen den Bäumen durchblitzt.

Wolkenschollen, zu Streifen geeggt. Sanfte rauchgraue Linien.

Spröde Stimmbänder können manchmal rühren wie schütteres

Haar. Und plötzlich sitzt ein Reptil da, ungeniert mit stechenden Augen sich auf den Bauch schlagend.

Die Menschen haben mich stumm gemacht, weil ich mit ihnen gesprochen habe.

Ein Garten voll Schnee.

Schwer und leicht zu lesen, als Klang und Gegenwart und Rätsel.

Sind die Menschenrechte gesichert? Geht es vergleichsweise nur noch um Luxusartikel?

Verdrängt der Tauschwert die übrigen Werte, folgt allgemeine Gleichgültigkeit. Und keine Gewalt ohne Gleichgültigkeit. Und keine Gleichgültigkeit ohne Gewalt.

Mein Büro ist die Schwelle meiner Haustür. Es riecht nach frisch aufwachender Erde.

Plötzlich ist das Ende näher als alles.

Liebe! Sei sanft! Gib sanft! Fordere nicht!

Hinaustaumeln unter den Himmel, unter die kleinen weißen Flocken, die aus dem großen Weißen fallen und alles ausfüllen.

Im weißen Korallenwald wiegen sich Zweige. Rot und gelb leuchten Bruchstellen.

Der Baum auf dem Berg wächst langsam.

Ehe die Berge blau werden, müssen viele Wolken durchziehen.

Im hohen wilden Wolkengebirge liegt tief unten ein See. Darin schwimmt vollkommen rund der bleiche helle Mond.

Es war vielleicht schon zu spät, als mir einfiel, daß ich versuchen müßte, es zu verhindern. Ich rief dem Kind mit dem Messer zu: Telefon! Es ließ das Messer fallen und fragte, wer angerufen habe. Ich sagte: Deine Mutter.

Den Schnee sehen, und die scharfe Kälte fühlen an der Schläfe.

Ernüchterung der Begeisterung ist nicht unbedingt von Übel.

Huldbrand verkündete, es gehe im Leben um diese drei oder vier Dinge: Stille, innere Einkehr, Andacht und Demut.

Verfließen, vertrocknen. Verschwimmen, verstocken. Verlaufsformen.

Odyssee einer Meerjungfrau, die mit der ihres Prinzen natürlich verknüpft ist.

Regen klöppelt aufs Dach.

Feuchte schneeweiße Zeichnung auf frischgewaschener Felswand.

Was hat die Not den Menschen für köstliche Sätze abgepreßt!

Es gibt auf der Welt doch gar nichts anderes als die Liebe. Und man kann es noch so oft sagen, und die Erkenntnis verbreitet sich nicht. Und man kann es verschweigen, ohne daß sich etwas ändert. Und es schneit noch immer.

Die Probleme der Welt umbrandeten mich, nagten an meiner inneren Gelöstheit, wollten mich wieder miteinflechten in die allgemeine Verknotung.

Stumme Begegnungen nannte der Ritter die der meisten Menschen.

Wo steht das, bitte, geschrieben?, will der Wahnsinnige wissen.

Schnee schlittert vom Dach, nachdem er sich vorher warnend geräuspert hat.

Hoffnung ist immer Hoffnung auf Liebe, Glaube immer Glaube an Liebe (er ist schon näher dran); aber die Liebe ist selbst die Liebe.

Merkwürdiges Bedürfnis, einen Namen zu rufen, klingend oder stumm.

Schnee in Hülle und Fülle, in mächtigen Verwehungen.

Wäre ich bei dir, und deine Augen ruhten auf mir, und deine Hände, und deine Tränen! Ich würde leben.

Frei und fließend, hell und schimmernd wogt der See der Sonne entgegen.

Es wird geflötet und gepfiffen. Die Krähen krächzen so frühlingshaft wie möglich.

Stirb – wenn du im Leben nur lieb sein willst, und alles Liebe nichts beitragen soll zu deinen Lebenshaltungskosten.

Leberblümchen, dunkelblau unter dem Schnee aufgetaucht, werden blass und hell. Wege sind von Schmelzwasserbächen tief aufgerissen. Vögel zwitschern darüber hin und besprechen den Bau ihrer Nester, die glücklichen.

Frisches Gras, wie angemalt.

Aus einem Gebüsch scheint ein Reh hochzuschnellen – Zweig, der sich von seiner Schneelast plötzlich befreit.

Der Specht holt weit aus mit dem kleinen Kopf gegen den großen Birnbaum.

Ein Vogel schwirrt vorüber und streift mich fast mit den Flügeln.

Überall grast es grün, zart verhangen, mild abgestumpft, sticht nicht ins Auge, winkt mit gedämpftfarbigen Tüchern.

Die Wüste wirft sich dem Fluß in die Arme, aber ohne Glauben daran.

Du folgtest mir, obwohl es zu spät war, gabst mir errötend winzige Blümchen, brennende Liebe und noch andere. Sie lehnten schmächtig am Rand eines Glases und tranken.

Denk nicht, es sei so schlimm, wie du denkst; es ist viel schlimmer, als du denken kannst. Sag getrost alles, wie du es denkst, sag es ganz, bis an die Grenze, wo Hören und Sehen vergehen.

Die blutrünstigen Menschen.

Der Schock des Erkennens ist der Schock des Wiedererkennens.

Ein Vogel singt im milchwarmen Wind.

Ist es ein schönes Gefühl, alles ruiniert zu haben? Oder ein erhabenes?

Die kleinen Spatzen legen noch immer den Kopf schief.

Die Witzbolde, die Herren der Welt, sitzen in bunten schnellen Zügen, lesen bunte Illustrierte, essen furchtbar gefärbte Wurst und lachen immer.

Eine Frau erschlug ihren Mann und wachte auf, seit langer Zeit zum ersten Mal wieder zufrieden und glücklich.

Das Verteidigen stört den Frieden auch.

Weiden glänzen über dem Wasser, wie der Sand unterm Schuh.

Ein Bügel winkt dem Mantel nach, der ihn verlassen hat, schaukelt, zittert nach einer Viertelstunde nur noch ganz sacht.

Wo immer ich bin, weiß ich, hier war es früher anders. Ich gehe langsam, wo immer ich kann. Denn die Gedanken bleiben nicht bei den eilenden Menschen.

Veilchenblaue Wälder.

Schlehenknospen im Auge, klein und kugelig, blitzend wie Tautropfen.

Eine einsame junge Frau, die liest. Eine einsame alte Frau, die umherblickt.

Die strotzende schnelle gewalttätige Jugend, mit der geworben wird.

Die Gesichter der Menschen der Taiga empfand die Fernseherin als wohltuend menschlich.

Brausender Fluß, von Schaum gekrönt wie das Gebirge von Schnee; perlengeschmeidige Knospenzweige, Krokusse auf gelben Wiesen. Zuhause! Du großes Glück!

Alle Farben sind tief, leidgeprüft.

Zu suchen beginnt, wer zu finden beginnt; sonst findet er den Tod.

Ein Vater ist nicht weniger kostbar als ein Kind.

Die Welt schlägt abends die Augen auf. Es wird eine warme Sommernacht. Nur von den schmelzenden Schneefeldern kommt ein kühler Hauch.

Der Regen beginnt mitten im Gezwitscher, fällt auf das wilde Holz und das zahme, auf keusche Knospen und Balzgesang, auf rote und schwarze Zapfen.

Man kann virtuell das Menschsein aufgeben und zum Beispiel ein Stein werden; kann Gelähmten virtuell das Gefühl der Beweglichkeit geben; kann mit älteren Menschen virtuell kommunizieren, wenn jüngeren die Geduld dafür fehlt.

Die Hände sind warm und streicheln die warmen Sträucher.

Schatten von Krähen gleiten über die Erde. Das Gras wird blumiger.

Bilder sind schöne von innen brennende Steine. Ich möchte Juwelen schneiden und glücklich sein.

Die Ärzte sollen nicht mehr gekommen sein, weil der Sterbende so oft weinte.

Der Ring der Schlüsselblumen ums Haus herum wird täglich dichter.

Bleisiegel am Himmel, grau, unnachgiebig, sperrig, durch nichts zu rühren.

Damit sie trotz Rüstung erkennbar waren, erfanden die Ritter die Wappen.

Mein Leben ist mein Leben und hat nur vierundzwanzig Stunden täglich, und die besten Lebensbedingungen können daran nichts bessern oder ändern.

Jeder Ismus ist ein Nihilismus. Was er ausgrenzt, ist immer alles.

Zurückbleiben ist ein Protest. Schreiben ist Protestieren.

Huldbrand meinte, daß etwas pendelt im Menschen. Mit zwei einander liebend umkreisenden Handbewegungen beschrieb er dieses Pendeln.

Bäume sind innen gebündelte Sonnen.

Zeichnend die Erinnerung stützen. Farben schöpfen aus der Erinnerung.

Das Wasser gleitet glatt vom Himmel herunter.

Als der Krieg verspielt war – so drückte der Mann sich aus.

Jedes Bild läßt sich als Vorbild für Abziehbilder mißbrauchen.

Farbe ist eine Gestalt.

Die Träume lassen an Deutlichkeit nichts zu wünschen übrig.

Die Meere werden schmutziger, die Fische weniger, die Fremden unzufriedener.

Der gebrochene Ast blüht als erster, weil ihn die Zeit drängt.

Ich sitze im blühenden Mai. Die Stille schickt ihre Botschaft herein, den stillen Abend. Sie schickt die Wolken ostwärts, schickt den Mond; sie schickt die letzten Zwitscherer schlafen. Sie läßt das grüne Laub reglos atmen. Nun stehen die Häuser still wie Schiffe, ausgesetzt dem Meer des Himmels. Nun bringt die Stille das Schweigen herein. Ich sitze im blühenden Mai.

Du stöhntest unter der Last der Oberflächlichkeit, die kaum etwas trug, aber getragen werden mußte.

Man kann durch die Bäume bald nicht mehr hindurchsehen.

Die Welt ist, wie sie ist. Wir könnten uns mit dem Gedanken vertraut machen.

Es ist über Nacht alles zum Blühen gekommen.

Löwenzähne drängen sich vor, Schlüsselblumen ziehen sich zurück, unter Donner und Blitz und Grün und blühender Musik.

Das Kind humpelt auf seinen Käfig zu.

Eine Mutter hat viel mehr Macht. Ein Vater muß sich viel mehr mit seinem Kind abfinden.

Wellenbewegungen, wieder und wieder unendlich sehenswert.

Nicht aufzeichnen – etwas sich abzeichnen lassen.

Wenn Schmerz und Liebe getrennt werden sollen, entsteht Gewalt.

Der Mond kommt zwischen zwei Gipfeln hervor wie aus einer Sparbüchse. Die Bäume am Weg stehen reglos. Ein schwarzer Finger legt sich über den Mond.

Dann ist es vorbei, dann ist es vorbei. Dann ist er aus, der Traum.

Manche Vögel fliegen lautlos, andere mit Geschrei.

Wenn Lust und Liebe getrennt werden sollen, entsteht ebenfalls Gewalt.

Inbegriff der Versuchung ist die zur Verwischung der Spuren.

Die hilfreichen Menschen schaffen die Schöpfung aus der Welt.

Stille, Gezwitscher. Gezwitscher, Stille. Im Tal blühen Kastanien.

Von Natur aus zeichnet sich immer irgendetwas ab.

Der Frieden ist die Mutter aller Dinge.

Das Glöckchen läutete zum Gebet. Ich lief hin – da war es kein Glöckchen, sondern in der Zelle nebenan stießen die Ketten der

Gefangenen klirrend aneinander.

Blütenstaub liegt feucht am Strand, Sägemehl vom Baum des Jahres.

Immer wieder zwischen Stürmen diese tiefe Stille.

Konkurrenzfähigkeit läßt sich nicht teilen wie ein Stück Brot oder ein Mantel.

Pfeil und Bogen haben etwas Besonderes, Lebensformendes.

Dies hier ist typische Frauenarbeit: hochmotiviert und unbezahlt.

Ein Mann mäht den Rasen mitten im Urwald.

Der finster blühende Sommer.

Ein Lied hat viele Strophen. Ich muß nicht jede verstehen. Das ist für das Kind so und bleibt so.

Immer liegt Staub über dem Wasser.

Das Kind sitzt zwischen den Blumen und singt.

Ich sitze nicht auf der glücklichen Insel, um weltfremd zu werden; sondern umgekehrt, um es nicht zu werden.

In Ehrfurcht vor allem, was aus liebevollem Herzen kommt, liegen Menschen vor inneren Altären innerlich auf den Knien.

Kinder denken nicht in Typen, finden alles einzig.

Eine Flamme lief über die Schrift hin und löschte sie.

Im Wald liegt ein Reh mit zerbrochenen Beinen und fehlendem Unterkiefer.

Blühender Kastanienbaum, übermächtige Liebeslockung.

Briefe kamen, streng, ungehalten. Dann der Vater selbst, streng, ungehalten, Undine küßte um Verzeihung bittend seine Hand. Er wandte sich ab.

Ich gedenke meiner Niederlagen. Ich versage in vieler Hinsicht, aber nicht in dieser.

Das Gras verbrennt wie im Hochsommer.

Das einzige Mysterium, das sie für sich retten konnten, war ein Akt der Entweihung.

Der Blick junger Eltern, sturmgeschüttelt, kaum es fassen könnend (das winzige Kind!), Beifall heischend, Anker werfend nach allen Richtungen.

Plötzlich schreien die Vögel, es trommelt aufs Dach, Donner knallt, es platscht im Gras. Es blitzt. Es gießt gewaltig. So ist es gut. Plötzlich weht aus den Wiesen ein frühlingshafter Duft.

Es regnete noch stundenlang.

Ohne den Hang zum Buchstabieren gäbe es keinen einzigen Buchstaben.

Wie ist es möglich, daß dein Gesicht mir alle Heimaten wegreißt unter den Füßen, den Abgrund öffnet bis zum Erdmittelpunkt, in dem ich ruhe? Mein Herz wird schwer und sinkt dahin. Es ist nichts vergessen, was mit dir im geringsten zusammenhängt. Ich hänge daran; es ist mein Untergang.

Das Leben wird eines Tages nur noch ganz kurz sein. Ich werde nicht alles nachholen können, wenn ich nicht jetzt damit anfange.

Du hast Schultern. Du kannst etwas tragen.

Alt werden mit dir, getrennt von dir – merkwürdig.

Schrift ist nicht Druckschrift: sagt das Notwehrwort Schreibschrift.

Bin ich manchmal zu treu?

Die Dummheit schlägt unglaublich schnell zu.

Je besser Menschen verdienen, desto schlechter ist statistisch ihr Lebensgefühl.

Die Himmelshülle ballt sich zu klar umrissenen Wolken. Auf ihren Rücken strahlt helle Sonne. Sie durchreisen wie Schiffe die Bläue.

Du säst, was du erntest. Ja, auch das.

Wären die Menschen Ameisenbären, wären dem Raubbau Grenzen gesetzt. Also, es lebe der dünnhäutige Mensch.

Mit einer Dissonanz kann etwas Gutes beginnen.

Da wird gesungen in den Gehölzen! Die Sänger sind nicht zu sehen, so grün ist es.

Wie lange haben wir uns angesehen? Als das Erschrecken zu Ende war, die Sammlung begonnen hatte, der Blick sich aus der Tiefe gehoben hatte und offen dalag, die ganze hilferufende offene Wunde – wie lange währte das?

Ein Selbstmord erinnert an alles, falls man etwas vergessen hat.

Der Wind trägt Rauch durch die offenen Fenster.

Und wenn ich meine Pflicht und Verantwortung darin sehe, frei zu werden?

Suffizienz statt Effizienz. Sagen können: Es ist genug.

Vögel atmen singend die Abendluft.

Sommerwiesen, schilfiges Grün. Rosenknospen entwickeln sich.

Kalter Dauerregen, Nahrung für die Seele.

Menschenrechte gestatten es, einer Norm angepaßt zu werden, bis zur Auslöschung des Menschlichen. Denn es gibt ihn nicht, den Normalmenschen.

Die Rede ist auch eine Druckschrift, wenn sie Wendungen prägt.

Huldbrand glaubte, daß Undine und ihn nicht einmal der Tod trennen wird.

Der Tod kann nicht scheiden. Aber die Lüge, die Feigheit, die Bequemlichkeit.

Wenn ich endlich Ruhe hätte, was würde ich tun? Ruhen endlich – und warten, was die Ruhe als ihre Frucht von selbst hervorbringt.

Der Regen macht eine gute Akustik.

Eine Katze schleicht vorbei mit sturmgeblähten Ohren.

Vögel schwimmen die Wiese hinab, dicht über den tropfenden Halmen.

Der Wind wird sommerlicher. Das Grün wird schwankender, rauschender, dichter. Kastanien blähen am Waldrand ihre Segel aus Blattwerk. Kleiber klettern in den Klüften der Birnbaumgebirge. Im Meer, in den schönen Wellen, im Sommergras und Sommerlaub ist die Meerjungfrau sehr tief zu Hause.

Krähen schweben mitten im Sturm am reingefegten Himmel.

Es herrscht weltweiter Konsens darüber, daß es nicht weitergeht wie bisher.

Stille Stellen, Offenbarungen.

Der Fluß rauscht. Aus welcher Art von Stille heraus?

Daß die Seele so tief wie der Tag und so tief wie die Nacht wird.

Das Grün des Sommers steht wie unvergänglich. Es spricht nicht von Abschied und Ferne, sondern von Hiersein und Heimat – dieses Grün, das Bäume und Wiesen ohne Unterschied miteinander teilen. Der Sommer ist heilig. Um ihn her lagern sich die Fluchten der anderen Zeiten. Im Tempel des Jahres ist er das Innerste. Von hier her fließt das heilige Feuer überallhin. Bäume und Gräser stehen furchtlos im Himmel. Hagel und Schnee drohen nicht mehr, als drohten sie niemals wieder. Frieden breitet sich aus, über das ganze Jahr, über die ganze Erde.

Ich sehe hinab ins dunkle Tal und höre das Weltall sich drehen. Es ist ein dumpfer wirbelnder Ton, von marschierenden Heeren, von fernen Trommeln.

Das Haus liegt unter dem Berg wie unter einer schützenden Hand. Alles ist ruhig. Ich gehe ruhig schlafen.

Was auf mich einstürmt, ist nicht die Welt, formt nicht meine Berührung mit ihr, sondern baut eine Mauer.

Risikobereitschaft. Leben als Spielhölle.

Neuerdings will die Physik davon ausgehen, daß der Mensch ein Teil der Welt ist.

Ich fragte immer: Was fehlte dem Vater, daß er ums Leben kam? Ich frage nie: Was fehlte mir, da ich keinen Vater hatte? Was ist ein Vater?

Wie die Alten mit langem Hals Kinder anlächeln.

Soziales Fortkommen – merkwürdiger Ausdruck.

Freilich bedeutet, nicht blind zu sein, eine schwere Behinderung.

Liegen, sitzen, stehen, hängen – Haltungen von Göttern.

Eine Wiese, übersät mit weißen und schwarzen Lämmern.

Zertretene Gesichter, die sofort breit grinsen, wenn man sie nur ansieht.

Wunderbare Bläue. Der Himmel sonnt sich.

Mit einem Kind schweigen, seufzen, lächeln und Grashälmchen tauschen.

Gedrucktes, heißt es, entwickelt mehr Nebengeräusche als Gesprochenes.

Je pfeilförmiger mein Tun, desto breiter gestreut sind die Nebenwirkungen.

Das stille Weinen des Kindes. Verbranntes Feuer am Meeresstrand. Warme Asche, während kalter Nachtwind kommt.

Die Liebe ist tief anders geworden.

Huldbrand nannte Undine einen Kindskopf.

Der Mensch in seiner Einsamkeit umgibt sich mit Abbildern seiner selbst.

Nebeneinander, blicklos, wortlos. Geh vorbei. Geh vorbei.

Unsere Wege haben einander berührt. Sie könnten einander immer berühren. Miteinander vereinbar sind sie nicht.

Der Unterschied schreit längst nicht laut genug zum Himmel.

Aber es wird gesungen. Eine Amsel singt.

Zufallen einer Tür, einen Augenblick zu früh. Du konntest das Ende meines Zögerns nicht erwarten.

Die glänzende Stirn des Verlorenen im Dunkeln.

Das Gesicht des Verlorenen schmiegt sich ins Kissen.

Der Verlorene grinst. Der Verlorene sei guter Laune, wird berichtet.

Der wahre Mensch weint. Der Ingenieur triumphiert strahlend.

Dem Wahren gehst du nicht auf den Leim. Du mußt dich selbst daran halten.

Der Verlorene wandte sich mit keuchendem Grinsen plötzlich mir zu.

Es beeinträchtigt meine Stimmung, wenn du sie zu heben versuchst.

Lichtung im Nachmittagslicht. Worte tragen von Augenblick zu

Augenblick hinüber, herüber. Du wohnst bei mir. Dein Herz ruht bei mir. Der Traum ist so schön, und er trägt so viele Züge der Wahrheit.

Kleine blaue Wegwarte, niedergemäht am Wegrand.

Ich sehe den wahren Menschen, sein Instrument im Arm, sich ins Meer stürzen.

Mein Bett ist das Bett eines Flusses.

Die Jungen kurzsichtig, die Alten weitsichtig: es wäre eine gute Ergänzung.

Auch die Überbevölkerung gehört zu den Seuchen des weißen Mannes.

Gegen Massenvernichtung, heißt es, helfe Selbstverantwortung.

Arbeitslosigkeit: Entziehungsmaßnahme bei Lohnabhängigkeit.

Der wilde Ton dessen, der alle Wege erforscht hat und keinen fand, den er gehen kann, durchschneidet die Welt, findet nicht Ruhe, dringt durch und sinkt in den Abgrund auf einer Bahn, die kein Ende hat. Die Klinge deiner Stimme ist von so schneidender Art. Sie schreit nicht um Hilfe; sie ritzt eine Schrift in die Seele.

Der beziehungslose Mensch ist gut für die Industrie und für sonst nichts.

Der Experte möchte nicht von Schuld reden, sondern von einem Machtgefälle.

Glühwürmchen schießen kreuz und quer über den Hirschpfad.

Kalter Regen rauscht auf Häuser und Bäume und Enten herab.

Der See liegt als Silberstreifen im Tal.

Die kahlen runzligen Schädel der Truthähne haben ein merkwürdiges Lächeln.

Schleppen, die Motorboote hinter sich herziehen, haben wie alles ganz Regelmäßige etwas Lächerliches.

Ich bin, also kommuniziere ich. Ich kommuniziere, also brenne ich. Ich sterbe, also bin ich. Wärmetod. Nun gut.

Du trägst an deinen Ketten schwer und bist doch frei von ihnen. So sehr ist alles getrennt von dir. So einsam bist du.

Eine aufsteigende Wolke wischt die Berge weg. Wir sehen eine nebelige Ebene.

Erwerbstätigkeit als heruntergekommenste Tätigkeitsform.

Bett um Bett schlugst du auf, umsonst. Würdest du aufhören, Ruhe zu suchen, da du zu finden doch nicht gelernt hast, wärest du wenigstens weniger müde.

Nur die Grillen flüstern in der Stille noch immer. Es wird mild meerblau im Zimmer und mild meergrün draußen. Von hohen Bergen umstellt, höre ich nicht das Rauschen der schrecklichen Welt.

Eine Geschwulst kann man ersatzlos streichen. Daher die Angst.

Der Lärm hat die Menschen vom See vertrieben, obwohl er immer noch still ist mit seinem Wasser, seiner Uferlinie, seinem ausgeglichenen, ausgleichenden Lächeln.

Der Lehrer droht seinen Schwererziehbaren. Er kann jederzeit zuschlagen.

Äpfel röten sich, schaukeln im staubiger werdenden Grün.

Die alten Träume vom Zuspätkommen.

Wenn Anmaßung vom Sockel fällt – gut. Aber die hämische Schadenfreude hat den eigenen Idealismus und dessen Scheitern noch nicht verwunden.

Sie sprechen vom Sinken der Sterblichkeitsrate, als stiege die Zahl der Unsterblichen unter den Menschen an.

Goldruten wachsen über den Zaun, Brennesseln winken mit silbernen Brennschnüren, und das Abendlaub raunt.

Der Sommerhimmel ist grün, wo ihn der Dunst mit der Erde verbindet.

Mit leisen Raschelgeräuschen schwingen sich die Vögel aus den morgendlichen Büschen. Die Berge sind kaum sichtbar im Gegenlicht.

Huldbrand sagte, in dem Güldenen, das der August hat, liege schon Weihnachten.

Der Markt hat etwas Fressendes. Alles bekommt seinen Wert durch ihn. Darum drängt alles hin zu ihm, und er verschlingt es.

Sie verwechseln Mittel mit Zwecken, berauscht von ihrer Effektivität.

Weit ab vom Weg, weit ab vom Ziel, ein ungezügelter Endspurt ins Nichts.

Die Maschine als Weltmodell – wie die Welt wäre, wenn wir in unserer Dummheit sie uns vorstellen könnten.

Sie denken: Wenn ich jetzt nicht sterbe, dann vielleicht niemals. Sie denken nicht: Wenn ich jetzt nicht lebe, dann vielleicht niemals.

Atomisierung ist Mechanisierung, mechanische Arbeit ist Zwangsarbeit.

Tradition: Bewegungsform, die nicht nur auf Fiktionen beruht.

Es mag sein, daß die Seelen über das Meer gehen.

Huldbrand meinte, die bürgerliche Welt wäre im Versinken, und wollte wissen, ob Undine das untergründige Grollen auch hörte.

Der Mensch als das Mißgeschick aller Dinge.

Der Ritter sagte: Gib's auf, mach Geld.

Der Hang zum Besseren untergräbt das Tun des Guten.

Wie der Wind über das Gras hinfährt und es beugt in seinem Sinn.

Der Markt kann sich wenig entwickeln, wo die menschlichen Fähigkeiten entwickelt sind.

Unheilbar sterblich sind wir. Wir müssen darum nicht getötet werden.

Veilchenblauer Himmel, emporgeweht vom Nachtwind. Überall liegt und steigt der mürbe warme Duft des Sommers; des Sommers, der Herbst wird.

Ein Horizont ist auch eine Heimat.

Oft bin ich diesen Weg gegangen auf der Suche nach Menschen.

Die Sonne klettert den Berg herunter, Stufe um Stufe. Es wird heiß und hell.

Schmallippige Münder, die Hunden zu befehlen pflegen.

Die Zeit teilt alles.

Meine Schuld wächst mit jeder Stunde. – Bleib da, sagst du.

Wir plantschen durch die Pfützen wie zwei kleine Kinder.

Der Kirchturm zielt angreifend zum Himmel, wie eine Raketenbasis.

Wenn die Seele zu jemandem Vater sagt: was bedeutet das? Eine minimale Ordnung?

Der Blick des Gefangenen in den Briefkasten wird immer enttäuscht.

Der Schmerz erschließt das Innerste des Menschen. Darum ist der Schmerz heilig, wie das Innerste des Menschen.

Lieb gewesen und sonst nichts: Grabspruch für Undine.

In Zeitpläne wie in Windeln gewickelt, kämpft man sich blind durch die engen Schläuche organisierter Tagesabläufe.

Die Straße ist leer wie die Sonne. Die gebündelten Spuren strahlen geradeaus leer bis zum Horizont, wo das weite Land im Dunst bedrückt atmet. Es ist Sonntag. Das gewinnende Leuchten der Augen der Geschäftsführer ist erloschen.

Die Flut strömt ein. Der Gezeitenatem hält mich noch aufrecht.

Die Tage fliegen. Du kennst sie gar nicht, die dröhnende Stadt immer im Hintergrund. Fünf Jahre gehen hier schneller vorbei als fünf Tage in Freiheit. Nur die Sehnsucht dauert genauso lange, fünf Jahre, nicht fünf Tage, ein unterirdischer Fluß, das wahre Zeitmaß.

Menschen, die Rollen von Menschen spielen, für die Geld keine Rolle spielt.

Freies Vorüberfliegen freier Bäume. Freies Grün.

Apfelbäume kehren wieder, die auf andere Weise in den Wiesen stehen.

Das Jahr ist schon im neunten Monat. Es wird blau und zieht sich zusammen, reif gewordenes Leben im Schoß. Ich bin alt. Auch du bist es. Plötzlich, am Abend der Ernte, an allen Türen dasselbe Zeichen. Und die Würgeengel stehen ratlos.

Ich bin mit dem Rücken gelehnt an das große Gebirge des Schweigens. Klare Nacht. Sachter Wind. Sterne. Es rauscht nur der Wald. Es scheint nur der Mondschein. Wie Schnee liegt der Mondschein im Gras, still ausgebreitet.

Huldbrand wollte nicht rasten noch ruhen, bis jede Anmaßung von ihm abgefallen wäre.

Zwei Krähen schweben im weiten Bogen gemeinschaftlich über dem Tal.

Die Bäume stehen schon verborgener. Der Rosenhimmel wird veilchenfarben. Und das Blau wird blau, so tief, daß die Nacht die Sterne schickt, damit wir nicht erschrecken vor der Tiefe der Bläue der Meere der Welten.

Der große Sinn ging unter in Sinnlosigkeit. Der kleine Sinn kann bleiben.

Da sind die Sterne, da steht mein Haus unter der Kassiopeia. Die Schönheit nimmt mich einfach so in ihre Arme, und ich möchte weinen.

Einen Sterbenden seinem Schicksal überlassen – seinem Gott, hieß das damals.

Ich stürze mich in meinen Schatten, diesen tödlich tiefen See der Vergessenheit und Erinnerung, dessen Fluten mein Herz stocken machen.

Heilige Nacktheit, und der Verkleidung heiliger Ritus.

Einverstanden mit Mißverständnissen – elementare Form von Verständnis.

In den Gärten stehen die erntefreudigen Rehe und fressen den Bauern das Fallobst weg.

Die Bäume, die still stehenden, leise rauschenden mit hohen Wipfeln, gegen die Nacht sich nicht wehrenden, gar kein Haus über sich ziehenden, gar kein Nachthemd: stehen in Ruhe, wie sie sind, die schwarze Nacht erwartend, die schwarze Nacht schon bergend, ehe sie den Himmel erreicht; hüten Stille und Dunkelheit, wie ein unruhiger Mensch das Feuer oder das Licht. Sie sind Nacht, ehe es Nacht wird. Nacht wie ich.

Niemand kommt jemals über den Berg des Eskalationismus.

Wenn die kleinen Menschen vom großen Gott sprechen, wenn Sterbliche vom Ewigen sprechen, sprechen sie von der Erfahrung der Erziehung. Wenn die Fremden gehen, hinterlassen sie Fremdheit. Unsere Väter gingen und hinterließen uns: gravierte Steine, Gesetze, Muster, eingeübt in die Ausübung fremder Berufe.

Das Kind, das dich tröstet, versteht dich noch nicht. Und die Musik, die dich tröstet, ist eine Maschine.

Die Götter lehren anders als die Menschen.

Die Liebe entblößt sich.

Ich gehe in den Wald, atme tief auf und sage: das ist die Welt! Mehr ist es doch nicht, was sie draußen veranstalten, als was vielleicht an Kuhglockenläuten hereindringt aus der Provinz der Menschen und ihrer Gefangenen.

Deine besorgten Augen fragen: Kind, warum weinst du? Weil ich dich liebe, antworte ich. Denn sonst täte es mir nicht weh, daß ich sterben muß und du sterben mußt und wir uns trennen müssen.

Hochelegant gekleidete Menschen treten schmerzverzerrt aus dem Krankenhaus.

Das löst sich nicht so einfach, wie das Wasser klar ist und klar über die Steine fließt.

Ein alter Mann stemmt die Hände in die Hüften und versucht sich aufzurichten.

Die Weiden waren silbern und werden grau.

Was ist so frei am Wettbewerb? Dieser Zwang, immer siegen zu müssen?

Der Lehrer sperrt das Kind in den Keller. Es soll dort singen üben.

Herbstgrün, leuchtend wie Wein, verhalten gegliedert durch Zäune, denen man ihre Herkunft aus dem Wald noch ansieht, so wenig gezähmt sind sie.

Du hast keine Zeit für etwas, was so umständlich ist. Und ich habe keine Zeit für etwas, was kein Dialog ist.

Pläne sind auf der Welt, um durchkreuzt zu werden.

Im Entblättern vollendet der Herbst die im Frühling begonnene Entfaltung. Die Welt tut sich auf. Es ist wie ein Eintauchen.

Wo es Geburt gibt, gibt es Nacktheit, nicht nur das Spiel der Verkleidungen.

Die Nacht blendet mehr als die Sonne, aber schonender.

Weg, Fluß und Garten schlängeln sich nebeneinander durchs Tal. Menschen gehen, zu Tode getroffen, ernst blickend zwischen den Blumen.

Der Mann mit den Narben des Krieges, die Frau mit den Falten des Alters.

Menschen sind Sonnen. Von solcher Glut und Ferne ist die Liebe.

Wolkenreiche Luft strömt herbei.

Die Arbeit eines Kulturschaffenden ist kein Zweig der Erwerbswirtschaft, sondern wesentlich unentgeltlich, wie ein Ehrenamt oder Nachbarschaftshilfe.

Mehr und mehr wird alles geworden.

Durch den Wald gehend möchte ich wissen, welcher Baum mit mir gleichaltrig ist, welcher jünger, welcher älter, damit ich Freundschaft, Zärtlichkeit, Ehrfurcht entsprechend an den Tag lege.

Huldbrand, zwergenklein, pflückte Pilze unter hohen Bäumen.

Ihre größte Angst ist, daß der Wettbewerb verzerrt wird. Angst um den Menschen, der vom Wettbewerb verzerrt wird, haben sie nicht.

Glockenschall erfüllt den Raum zwischen den Bäumen.

Integrität ist anscheinend nicht integrierbar.

Das Recht der rechten Hand ist das Recht der Stärkeren.

Im Herbst müßte man Bilder ernten. Einfach abpflücken, auflesen, mitnehmen! Aber man steht da und müht sich stundenlang.

Ein Regenbogen, rechts von den Äpfeln.

Roter Wein rankt ins Wasser.

Fremdenhaß als Projektion einer Selbstentfremdung.

Die Blätter fallen so steil, weil der Wind so still ist. Vögel ebnen die schroffe Stille durch Flügelschwirren.

Einbäume, in eine Biegung geschmiegt. Eine ruhende Herde, Rücken an Rücken.

Vielleicht sprechen wir vom nächsten Jahr, und es wird nie kommen.

Wenn sotto voce gesprochen wird, kann das Verschiedenes bedeuten.

Es darf nicht zuviel Unterschied sein zwischen dir und mir und dem Mandelbaum.

Die Weltbank hat vorgeschlagen, risikoreiche Industrien in die dritte Welt zu verlagern, weil Krankheit und Tod dort billiger kommen.

Aber mit welchem Trara und Triumphgeschrei tänzelt die Welt in den Abgrund.

Begabtheit impliziert fast schon Bestechlichkeit.

Der siebente Weltkrieg wird ein kleiner Krieg sein. Die Welt wird so klein geworden sein, daß der Krieg kaum zu sehen sein wird mit unbewaffnetem Auge.

Die Musik war zur Zeit des Kolumbus erstaunlich friedlich.

Mit dir sympathisiert mein Gleichgewichtssinn.

Regen? Nein – Blätter rascheln im Fallen, Blätter in Blättern.

Wie auf Kommando fliegen drei Vögel auseinander, wie Springbrunnenstrahlen.

Der Mensch stützt sich auf seinen Stecken, sieht zum Himmel, prüft die Wolken. Der Mensch weiß nicht, wie lange er lebt.

Laub teilt Himmel wie Kirchenfenster.

Daß der Schein nicht die Wahrheit und doch mit ihr eins ist.

Am Waldrand löst sich ein einzelnes Blatt. Das Blatt ist golden. Der Waldrand ist schwarz. Die Berge sind kobaltblau. Der Himmel ist mondüberstrahlt.

Sterben wir denn?

Undine sagte: lieber Weihnachtsmensch!, weil Huldbrand so heilige Nacht um sich verbreitete.

Das Flügelschlagen des sterbenden Truthahns. Dableiben!, sagt der Schlächter zu ihm wie zu einem unfolgsamen Kind.

Regen nagt leise am Holz.

Friedfertigkeit – einzige Fertigkeit, die ich mein eigen nennen möchte.

Einfach beisammen sitzen und uns der Frist freuen, die uns gegeben ist.

Beifälliges Aufrauschen.

Es muß nicht jede Liebe jede Form annehmen.

Man sieht Menschen absichtslos Blätter aufheben, diese gefallenen Wunderwerke.

Forscher horchen mit Spezialohren ins All, ob sie irgendwo andere intelligente Wesen hören. (Langohren, neue Spezies.)

Es ist nicht der Schmerz, der die Menschen verzerrt. Er verzerrt aber ihr Selbstbild, kränkt ihre Eitelkeit, und ihre Wut darüber verzerrt sie.

Die Wolken sind nach oben geflogen. Die Berge liegen frei da in der grauen Stille.

Die Bäume stehen so reglos, als läge nicht feuchter Schnee, sondern ein Zauber auf ihnen. Gebeugt warten sie auf den Kuß, der sie erlösen wird.

Integration heißt Desintegration, so wie sie es meinen und tun.

Der Mehlbeerbaum, vom Frost mild grün, vom Reif rosig behaucht, steht wunderbar einsam, verflochten ins Gold.

Tiefe Augen sind Brunnen, Quellen der Erinnerung.

Die Sterne im Gras werden fahl.

Geschenke sind heilig.

Der wilde Eichelhäher pickt den zahmen Mais.

Haben – happen – zuschnappen.

Leben kann schenken, wer sich denen zuwendet, die zwar geboren sind, aber vom Geschenk des Lebens, das ihr eigenes wäre, durch Umstände getrennt.

Es gibt viele Formen von Tälern und von Lichtern im Tal. So auch vom Himmel mit seinen Sternbildern.

Ich kann besser denken, wenn ich unleserlich schreibe oder unhörbar spreche.

Wie sollte Undine die Welt verbessern? Nicht einmal Huldbrand konnte sie ihre einfachsten Einsichten erklären.

Du bist so nachdenklich, sagte Huldbrand; woran denkst du?

Zerbrechlich wirken – ist das etwas Besonderes?

Dieses Umfangenwerden ist die letzte Grenze. Ich komme nie darüber hinweg.

Freier Wettbewerb möchte die Menschheit endlich vom Menschsein befreien.

Schmerzen – sehr einsame Blumen.

Schöne Träume, trotz mangelnder Leistungen.

Das Letzte, woran sie sich klammern, ist das Prinzip ihres Untergangs.

Die Nacht macht so schön die wesentlichen Formen klar und verhüllt sie zugleich, macht sie ungreifbar.

Der Sturm weht Rinde von den Bäumen.

Jäger und Sammler morden Kinder und Alte nicht der niedrigen Produktivität, sondern der hohen Mobilität wegen.

Der Weg zurück ist ein merkwürdiger Weg. Er geht ins Glück, und keiner geht ihn, außer im Traum. Er geht zurück in den Kern der Dinge. Er berührt sie und bringt sie zum Aufblühen. – Warum dieser Weg so verfemt worden ist? Er ist der einzige, der nicht ins Nichts führt.

Ich bin wieder frei. Das Glück liegt auf der Straße. Mein Herz schlägt fühlbar.

Am dunklen See – nachdem die Rosenwolken, die das Tal füllten, alle versunken sind, nachdem du geredet hast und jetzt schweigst – wächst Geborgenheit.

Die Größeren werden umgebracht. Die Kleineren gehen weiter, zutraulich grasend, putzen ihr Gefieder, legen sich schlafen neben der Blutlache.

Es treten Entwicklungen ein, mit denen niemand gerechnet hat, erklären Experten.

Mein Leben ist auch so das richtige, auch ohne vorzeigbare Ergebnisse.

Schickt Gott ein Gräslein, schickt er auch ein Häslein, schickt er auch ein Jägerlein, schickt er auch Jägerlatein, die Krone der Schöpfung.

Die Zeit vergeht auch ohne mich, ohne meinen rettenden Eingriff.

Nicht nur ich war in Bewegung. Gelbe Blätter flogen eilig hin und her zwischen den Stämmen, bestrebt, vor Einbruch der Dunkelheit ihre Nachtlager zu erreichen.

Traditionen hemmen den Fortschritt. Ohne sie wird man mitgerissen.

Es scheint merkwürdiger, als ich dachte, daß ich, wie ich redete, auch handelte.

Die Vögel schweigen sehr still, während sie durch den Herbstabend fliegen, und das Gold brennt am Horizont. Der Himmel schwimmt in einer Ölpfütze. Er ist dunkel und rot übersponnen.

Je älter ich werde, desto tiefer wird der Blick in den Brunnen, und aus dem Brunnen heraus.

Die Sonne sprang spät über den Berg. Im Tal liegt noch das dicke Nebelbett.

Meine Heimat ist diese Musik, und worin die Heimat dieser Musik ist.

Der Himmel wird durchsichtig rosa über dem leuchtenden westlichen Grund. Der erste Stern grünt. Alles wird immer silberner, auch der Mond.

Himmelslichter. Ein Erdlicht. Die Buntheit des Todes vereinzelt die Dinge vorübergehend. Und ich stapfe durchs braune Laub, solange ich meinen Weg noch sehe.

Abhängigkeit führt nicht zum Frieden. Kurzfristig zwingt sie zum Stillhalten, langfristig zum Krieg.

Zwei Blätter kreuzen im Fallen: das eine den Weg des anderen, das andere den Weg des einen: verständigen sich mit kurzem Nicken über den Vorrang.

Das präsuizidale Syndrom der Einengung.

Kinder entdecken beim Spielen alles Mögliche.

Die Augen der Menschen am Bahnhof.

Hat die Blüte einen Stiel, der einen Ast, der einen Stamm, der eine Wurzel, die einen Grund, wächst vielleicht eines Tages eine Frucht aus dem Blütenboden.

Gemessen an seiner Erwerbsfähigkeit ist zum Glück jeder Mensch behindert.

Die Freude muß auch reifen können, soll nicht klein und grün ersticken, weil ich keine Zeit habe für sie. So sitze ich hier und freue mich und tue sonst gar nichts.

Die Liebe wächst mir über den Kopf. Ich bin geborgen im göttlichen Haus; weil die himmlische Liebe auf Erden ist, und ich sie verstehe und empfange und gebe.

Du bist der liebe Mensch, der im Buch steht, Vater; verzerrt von Mitleid.

Ich gehe gern zu den Schlafenden. Der Friedhof ist kein fremdes Land.

Ich ändere jederzeit lieber mich selbst als die Welt.

Nie grünen Wiesen so schnell, wie wenn der erste Schnee schmilzt.

Ich gehe einer brotlosen Kunst nach. Sie heißt Unbestechlichkeit.

Für einen Gott ist es offenbar leichter, Mensch zu werden, als für einen Menschen.

Sturm kippt warmes Wasser. Dann kommt Sonne über die Wolken. Alles schmiegt sich naß an die Erdformen, die naß unter dem Schnee auftauchen. Ich durchquere eine Wolke, begleite einen Sturzbach ins Tal, Feuergras neben mir am Abhang.

Vor goldenem Nebel unzählige feine schwarze Verzweigungen.

Häusermeer – seltsame Metapher.

Es ist fast wie im Februar, wie das Laub zittert und raschelt, Vögel im kühlen Wind pfeifen, zerdrücktes Gras sich lockert am Rand der großen Heerstraße des Wassers.

Industriegesinnung fordert der Bundeskanzler.

Gutes, so bescheiden es ist, sprengt den Rahmen des Schlechten, so großspurig es sich gibt.

Multinationale Konzerne würden nicht schlechter für die Menschen sorgen als nationale Regierungen, davon sind Ökonomen überzeugt.

Lebensstandard und Standardleben: komplementäre Lebensgefahren.

Es hilft, wenn man nach Maßstäben, die nicht die eigenen sind, nicht völlig gescheitert ist. Aber es ist nicht wirklich wichtig.

Ein Himmel ohne Leitern.

Nationalismus: Adelsbriefsucht, Erbsündesehnsucht des Bürgertums?

Huldbrand und Undine sprachen über ihre Mütter.

Ich lebe so, wie Utopisten und Träumer es sich wünschen. Ich vertiefe mich in mich. Ich sehe mich hinein in meine Bilder. Ich arbeite an meiner Sozialisierung.

Patrizier haben Väter, Proletarier Kinder. So spalten sie den Sinn der Geschichte.

Blaue Wolken ziehen herauf. Denn es wird Abend, mußt du wissen. Und der Sturm winkt zum Abschied mit einem Baum.

Die Bäume stehen schwarz in der aschenen Luft, in der ein ferneres Feuer, der erste Stern glüht und funkelt. Die Wolken kommen und löschen die Sterne aus. Ich umarme fest die Bäume, meine Freunde.

Aber es hat Menschen gegeben, deren Augen leuchteten aus einer

Tiefe, die Gott schuf, möchte ich sagen, trotz der großen Ungewißheit, was ich damit sagen will.

Weiße Flammenkreise flackern am Horizont, spalten sich, verschwinden.

Will ich mit dem Schicksal sprechen können? Sage ich Gott und du zu ihm, zu dem ich sagen möchte: Nicht mein, sondern dein Wille geschehe?

Werde ich eine Antwort bekommen?

Es war der kommende Schnee, der am Morgen so zukünftig duftete.

Schnee fällt leise, während alles andere auch leise wird. Alles wird Gleichgewicht, gleichmäßig ausgefüllt. Schnee legt sich langsam auf alles, zieht Dämmerung vom Himmel herab. Sacht fällt der Schleier, dunkel und warm. Und der Schnee tanzt …

Wurzel aller Gewalt sei die Enttäuschung der Hoffnung, verstanden zu werden.

Im Winter ist die Welt noch wilder, herrlicher, unzugänglicher.

Welche sind die Gegenspieler? Liebe und Haß? Liebe und Angst? Jedenfalls Liebe, und nochmals.

Die Bergpredigt muß endlich weltweit realisiert werden, droht ein Kernphysiker.

Schneenebel in der Luft. Mondlicht scheint weitgestreut hindurch.

Weggehende Zeit.

Gedanken nachhängen, ohne Tun, geborgen in Ruhe.

Undine war, wie Huldbrand, für viele Menschen der einzige Mensch.

Wir haben Glück: sagen die Liebenden zueinander und sehen

einander mit liebenden Abschiedsaugen an.

Neun von zehn Korrekturen sind falsch.

Schmaler Weg, der ins Dunkel führt, wie durch blaues Glas, in den Untergang.

Was länger dauert, ist nicht Liebe, erklärt ein Regisseur.

Der Schnee hat etwas Abschließendes, das Jahr Besiegelndes.

Glühend vor Begeisterung laufe ich durch dämmernden Wald, durch dessen Fenster rosig und blau Berge und Himmel schimmern.

Zahlt sich nicht aus – Schlußargument im Bereich der Werte.

Gut werden im Verbessern, dieser schwersten, gefährlichsten Kunst.

Wann stirbt der letzte Mensch? Wenn der letzte Mensch dem letzten Gott jovial auf die Schulter klopft.

Kind in der Krippe – nehmet und esset. Das ist die Botschaft.

Sterbefälle machen empfänglich für das Erzählende in der Musik.

Häuser mit Satellitenempfang, Raumstationen, isoliert im All.

Die Kinder machten kichernd nach, wie die Mutter so laut geweint hatte.

Der Wald ist groß genug für alle großen Gefühle und weit genug und schweigend genug und zärtlich genug für die Liebe und ihre Erzählung und ihre Erfüllung.

Der sich niederbeugende, Arme ausbreitende Vater, das knieend sich anklammernde Kind: Leiden vereint die Getrennten, Erschütterung die Zerbrochenen. Liebe, die nicht fragt nach Glauben oder Hoffen, ist da und liebt und gibt sich zu erkennen.

Hast du verstanden, was ein Manager ist? Das Kind zögert: ein – Mensch?

Nur für den Krieg braucht das Volk den König.

Durchs Telefon brüllt der Televisor.

Wie kommt das Neue in die Welt? Durch Invasion oder Mutation, sagt der Systemtheoretiker.

X

Tout est ferme, ou est vide … C'est la terre?
(Jean Giraudoux, *Ondine*)

Ein Bettler berührt meinen Arm. Schon erscheinen Polizisten, die ihn abführen.

Alles marschiert im selben verlogen beschwingten Rhythmus.

Die Priesterschaft segnet Waffen, die Wissenschaft Industrieanlagen.

Je schlimmer die Welt, desto größer die Nachfrage nach künstlich induzierter Fühllosigkeit.

Nachdem sie einander ihr Leben zerstört hatten, standen sie noch jahrelang Abend für Abend gemeinsam auf der Bühne.

Wenn schon eine Hierarchie sein muß, bin ich lieber unten.

Tauwind kommt über die Berge gerauscht und raschelt im Laub.

Wenn wir abends am Tisch sitzen, ohne Worte, versunken – und plötzlich einander ansehen, anseufzen, anlächeln!

Die Akzeptanz für Miseren wächst, wenn man selber drinsteckt.

Der Sachbearbeiter trat ein. Es war ihm peinlich; er hätte mich von der Unmöglichkeit, auf meine Akte Einfluß zu nehmen, lieber durch Abwesenheit überzeugt, als durch die ausweichenden Worte, die er nun vernehmen ließ, während er mich schwungvoll zur Tür ins Dunkel hinausschob.

Wald und Himmel falten sich weich und schwarz um Berg und Tal; Muscheln im Schoß der Nacht, blinkend mit Lichtperlen.

Das große Leben ist, weil der Tod kommt. Der große Sinn ist, weil der große Sinnlose kommt.

Ich kann nicht alles. Ich kann nicht viel. Beinahe nichts. Das tue ich.

Lieber möchte ich, daß ich sinnlos bin, als ein Mittel zu Zwekken.

Einmal bat Undine Huldbrand, als er ihr nicht glauben wollte oder nicht glauben konnte, ihr ein bißchen Gift zu geben, damit sie sterben könnte in seinen Armen.

Dieses lange schöne unerschütterliche Zusammengehören bin ich, sonst nichts. Die Liebe ist so. Ich möchte ganz alt werden mit dir zusammen.

Mein Gesicht verfällt. Das Knochengesicht erscheint, das keiner mehr kennen wird.

Denn sie haben ja kein Zuhause, keinen Platz, wo sie hingehören, außer ihrem Arbeitsplatz, solange sie ihn haben. Daher diese trommelnde Angst.

Man erledigt Menschen, die etwas ändern möchten, indem man ihnen Gelegenheit gibt, sich aufzublähen.

Und die Welt ist mitleidsmüde.

Luftströme zwischen Bäumen, reißend wie Wasser.

Die Enten schleichen geduckt dahin, damit der Wind sie nicht fortweht.

Im Pflaumenbaum nisten Buchen-, Ahorn-, Apfel- und Birnbaumlaub. Fremde Wanderer.

Ich starb, und du kehrtest heim, nachdem ich gestorben war, und trotzdem fandest du hier in mir eine Heimat. Es liegt nicht alles bei mir. Hilfe kann kommen oder kann ausbleiben. Es gibt Wunder an Unverhofftheit.

Dornen im Schnee.

Ich setze mir Grenzen.

Rettung ist möglich. Aber sie ist eine Kunst.

Schneekristalle werden zu Tropfenperlen und brechen das Licht funkelnder, farbiger.

Bald beginnt Frühlingsgesang in den zapfenreichen Tannen, und unterm Schnee rauscht Wasser.

Alles ist im Schwinden begriffen, was auch immer, immer.

Eisnadeln vernähen die Pfützen.

Hier eine Stelle, wo sich ein Hase auf der Hinterhand herumwarf.

Das Gleichgewicht zwischen Leben und Tod war das erste, das gestört wurde.

Je erwachsener Menschen werden, desto mehr bewundern sie Falschspieler.

Der Mond als Mahnmal: daß wir dumm genug waren, da hinaufzufahren.

Humanitären Organisationen wird in Krisengebieten kaum noch Respekt gezollt.

Das Lächeln des Postbeamten ist noch immer sehr wichtig.

Jede Maske ist starr, jede Maske Totenmaske.

Die einen sind lebendig begraben, die anderen sind tot begraben in dieser grauenhaften Welt.

Unreif, knospenhaft, Keimsalat, tieftrabender Quatsch.

Die Welt umgestülpt. In Schneeverwehungen schief scheinende Häuser.

Jeder dritte Kontaktsuchende fühlt sich als Ladenhüter.

Eine blaue Wolke schiebt sich vor den kleinen goldenen Stern.

Die Kälte nagt an den Knochen. Die Fenster sind bunt funkelnd vereist.

Der alte König, der alte Gott zog dahin mit seinem Gefolge. Der Weg ging abwärts durch immer hellere, weitere, wärmere Räume. Der Weg wurde so hell und leicht – das Gefolge drängte am König vorbei und übernahm selbst die Führung.

Der alte König blieb zurück. Das vorausgeeilte Gefolge verlor sich in der Ferne. Es wurde dunkel. Ich kehrte um, den König zu suchen, fast starr vor Angst, daß es zu spät war. Doch er stand auf, ging mir entgegen und nahm mich in seine Arme.

Träumen befreit die Erinnerung.

Ohne Erinnern ist kein Lernen möglich.

Schreiben erzeugt Lesarten.

Alle zweifeln, außer den Göttern, denen die Menschen den Glauben ließen, die sich darum gekränkt in ihren Burgen verschließen.

Lange ist es her, daß ein Mensch ein Kind seiner Eltern zu sein sich rühmte.

Trompeten gegen Geigen – wie soll das ausgehen? Das kurzatmige Spiel, das wir spielen, werden wir verlieren.

Alles schwamm, und niemand konnte schwimmen. So war auch die Stimmung.

Wir warteten auf die Trennung. Da geschah die Vereinigung; und wir sagten im Dunkeln erwachend zum ersten Mal Du zueinander.

Vor dem Altar der unausgesprochenen Worte, vor dem Altar der unerwiderten Worte liegen Menschen, Hand in Hand, bis zum Tode.

Das Glück lacht. Das Glück weint. Das Glück ist nicht, wie ihr meint.

Feuchter Schnee wellt sich runzlig vom Dach wie die Haut eines Elefanten.

Das Problem ist nicht der Funken, sondern das Pulverfaß.

Anzeige: Dumme gesucht!

Kleine Engführung.

Perlenknospen, besetzt mit Perlentropfen.

Unverstandenes, vor der Zensur gerettet für die Erinnerung.

Da ist doch Erde, da leben doch Menschen, warum muß ich da sterben?, fragt der Flüchtling, der sich nachts einem Dorf nähert.

Geistliche predigen toten Seelen Buchstabenverehrung.

Neue Worte für Lüge: offizielle Version, offizielle Begründung.

Werden die Menschen vor Angst lieb? Ich glaube nicht.

Es geht um unsere Existenz, um unsere Arbeitsplätze, wir stehen vor dem Nichts: seltsame Gleichungen.

Oh Schnee, wie dicht fällst du.

Auch Bürokraten lernen durch Erfahrung. Je mehr Büro, desto weniger Erfahrung.

Im Tal rollt die Eisenbahn. Ich stehe im Wald. Pflücke Schnee von den Zweigen, er kühlt meine Hand; küsse Schnee von den Zweigen, er kühlt mein Herz.

Ein Herr ist unzufrieden mit sich, weil die Welt noch immer nicht gerettet ist.

Zwei Krähen singen in zwei Tannenwipfeln. Unten im Schnee lauschen drei Rehe.

Menschliche Eitelkeit, sagt ein Wissenschaftler, ist nicht kompensatorisch, sondern gehört zur Grundausstattung.

Ich bin eine Marktlücke, die ihrer Entdeckung nicht harrt.

Gamsbärte hielt das Kind für Symbole von Schüssen, die nach hinten losgehen.

Würde ich, statt auf dich, auf meine Hinrichtung warten, wäre ich dankbarer.

Der klare Morgen über den Wolken, als der Schnee noch blau ruhte.

Schneeverkrustete Hochgebirgstannen durchqueren auf Lastwagen die Stadt.

Kleine Kinder mit großen Maschinen erzeugen Fassungslosigkeit.

Die alten runden Berge.

Einheiten verdanken ihr Dasein brückenbauenden Endungen.

Frieden ist nur ein taktischer Schachzug im Kriegsspiel namens Zivilisation.

Alles tönt lauter in der Stadt, auch Vogelgesang.

Der Maler stemmt die Welt auf.

Platten türmen sich, Masten liegen waagerecht.

Man findet es sinnvoll, aber unbequem, die Berechnungsart zu ändern.

Man findet es leichter, neue Probleme zu schaffen, als die alten zu lösen.

Es gibt aber immer noch Menschen, die haben immer noch Geld, und das Geld funktioniert auch immer noch.

Die linke Hand stabilisiert, die rechte manipuliert.

Ist Dienen nur Mittel-zum-Zweck-Sein?

Die Mondsichel schwebt fast unsichtbar in der Farbentfaltung des Untergangs.

Der Tag geht auf, die Nacht geht auf – wie anders!

Alles ist um der Liebe willen, heißt nicht, alles ist Mittel zu diesem einen Zweck.

Spinnweben blitzen im Licht, grünblauschwarz, wie Indianerhaar.

Schwirrende Meisen. Sprießendes Holz. Kuckuck.

Der Konsument wird immer unmündiger, stellt eine Untersuchung fest.

Es gibt immer Nischen im Krieg für die Feier des Friedens durch die Werke des Friedens.

Kinder spielen mit Namen, wissen nicht, was der Tod ist.

Abendwind.

Der Himmel zieht sich von der Erde zurück.

Wenn die Erde wieder wüst und leer ist – wer wird unsere Dummheit betrachten und die Früchte unseres Hochmuts? Wer wird sich erinnern und weinen um die Früchte unserer Demut?

Identität: Unaustauschbarkeit, und ihr Gegenteil.

Es gibt ein elementares Noch-nicht: ich bin noch nicht tot. Nihilisten verkehren es in: ich bin noch nicht lebendig.

Es ist eine bestimmte Weise des Übergangs zwischen Ernst und Freude, was ich schätze an einem Menschen.

Einsam stehen die Bäume im Abend. Tiefe schwarze Schächte führen zwischen ihnen hinab in die Nacht.

Der Tag nimmt Farben und Pinsel; aber die Nacht Meißel und Hammer.

Die Bäume schlagen aus; es ist nicht mehr aufzuhalten.

Das Angenehme verbindest du mit dem Nützlichen? Nein, das Liebe mit dem Schönen.

Schnelle, oberflächliche Zeit – da blüht schon was!

Huldbrand wollte in Würde und Gottesfreude altern.

Die muttisagende Stimme wuchs heran zur Stimme des Showmasters.

Die Enten schlafen im Sturm.

Das Kind zählt bis drei. Aber wenn es zwei meint, sagt es: einer und noch einer.

Huldbrand verzweifelte manchmal. Und wußte Undine, woran? An sich selbst.

Lieber ein neues Verhältnis zur Sonne als zum Wirtschaftswachstum.

Umzäunter Baumschatten. Schild, grabkreuzartig. Aufschrift: Privat!

Immer höhere Dosen Dummheit werden täglich geschluckt.

Wir rüsteten uns für den Ritt durch die Wüste. Der Proviant, den wir mitnehmen wollten, war zum Teil schon verdorben, und immer neue Weggefährten stießen zu uns. Wir würden kaum durchkommen.

Blaumeisen picken Blüten, schnäbeln sich und schaukeln zwitschernd, kopfunter, kopfüber.

Wie ein blaues Irrlicht zieht der Tod in den Friedhof ein.

Hintertür auf Hintertür auf Hintertür öffnen – wohin? Wofür?

Wahrnehmen lebt vom Erinnern.

Sind die Toten entmündigt?

Wenn das Kind Lesen spielt, erzählt es die schönsten Geschichten, beflügelt durch Schrift.

Der Schreibende spricht mit den Toten auf gleichem Niveau.

Wie bedeutend tut mancher, um die Sinnlosigkeit nicht einmal zu verbergen, sondern zu überhöhen.

Der Herr Betriebswissenschaftler spricht von aller historischen Erfahrung. Diese umfaßt für ihn die letzten 30 oder 40 Jahre.

Krähen fliegen schweigend durch die Tannen talwärts.

Wer sich in Frage stellt, sagte Huldbrand, bekommt auch eine Antwort.

Das Kind bringt neue Blumen, fragt, wo die alten sind, sagt: Morgen komme ich wieder, und am Sonntag, und gestern! Es weiß nicht, daß es gestern nicht mehr kommen kann. Oder kann es das?

Dem Schein zum Trotz, den die Namen verbreiten: Jedes Wort ist ein Zeitwort.

Keine Maske ist so scheußlich wie die Echtheitsmaske.

Glut war zwischen uns übriggeblieben von dem großen Feuer, von der großen Frage zwischen uns. Da legtest du mit dem Zeigefinger wie ein rundes rotes Siegel ein Stück Glut auf meinen Mund.

Manchmal verstehe ich etwas – die Tiefe des Raums etwa, vor der schattigen Holzwand, vor der die Blumen im Licht atmen.

Von einer Gemeinschaft zu einer Union, das ist kein Weg für Menschen.

Die blauen Blumen der Ferne, die noch immer durchs Laub wachsen.

Ein alter Mann neben seinem Auto, gedemütigt von der Stromlinienform.

Kinder haben ein kurzes Gedächtnis und zugleich ein langes.

Verantwortung trübt die Freude an der Macht, bekennt ein naiver Politiker.

Die Enten atmen im Tiefschlaf.

Wind raschelt im schlafenden Laub. Der Sommer hat seine Geheimnisse.

Wer mit der Zeit geht, empfindet sie nicht, hat inmitten der Raserei das tröstliche Gefühl des Stillstands.

Nachts die weißen Blüten, wo Sonnenwind und Sternenwind sich mischen.

Alle Arten von Pusteblumen plustern sich auf vor dem nächsten Sturm.

Das Volk tobt sich aus im Gottvertrauen. Unter Trompetengeschrei tragen sie das Lamm zum Altar, wo es für sie bluten soll. Plötzlich eine Stimme, der die Klage nicht so leicht von den Lippen geht. Aber mit Paukenschlägen drängt das Volk den Jubel durch, fordert: Gib uns Frieden! Gott weint jetzt sicher.

Die Verstockung mag noch so hochgradig sein – der Schmerz schneidet durch hunderttausend Stockwerke.

Vielleicht glaubt man in der Wüste, schreien zu müssen.

Rote Wolken plötzlich; glühend, glühend!

Neinsagen macht Kindern Freude, weil daraus Weiterungen entstehen. Es ist kein nihilistisches Nein wie bei vielen Erwachseneren.

Holz, außen silbern, innen kupfern.

Bald blüht der Holunder.

Der Holunder blüht längst.

Huldbrand sah Menschen daraufhin an, ob der Gott in ihnen

noch lebte oder schon tot war.

Realpolitik – als ob Geld real wäre.

Der Fuchs fällt in den Kaffee, erzählt das Kind, die Noten vorlesend.

Preisgabe allen aggressiven Unmuts und defensiven Kleinmuts.

Ich sitze im Sturm im Grünen gewiegt, die schwarzen Wolken fliehen ins Blau, die hohen Bäume schütteln sich, von Westen nach Osten, von Norden nach Süden.

Die meisten Menschen sind Desperados.

Erzählen kannst du viel, beweisen kannst du nichts. Vom Mythos zum Logos zum Nihilismus.

Auf der Stoßstange eines Geländewagens fuhr ein Reh ohne Kopf entsetzenerregend vorbei.

Den Schaden so groß werden lassen, bis es kein Schaden mehr ist, sondern ein Zustand.

Einzige Handlungsmaxime: Wettbewerbsfähigkeit maximieren.

Wird der Haß umso größer, je kleiner die Welt wird? Muß es der Haß sein, der für die Fremdheit wieder Platz in der Welt schafft?

Das Kind findet immer weniger Blumen und bringt stattdessen Sträuße aus Gras.

Mit drei oder vier Jahren kommen die Bäume aus der Schule in den Wald.

Eine Geburt ist ein Schock wie ein Tod. Aus allen Träumen, was wäre, wenn, reißt das Lapidare: Ein Kind wird geboren.

Er glaubte sein Leben verpfuscht zu haben und erschrak, als er merkte, wie schnell er an Kindstötung dachte.

Regen rauscht eisern herab. Gitter fallen und fallen, als würden sie die Erde zerschneiden, da sie versinken und nicht wieder emporgezogen zu werden scheinen.

Zerrissene Wolken durchfliegen den Himmel.

Wirklich schön hier, sagen Leute schnaufend im Vorbeigehen.

Ein leerer Stuhl, noch mehr abseits als du – im Dunkeln legst du die Hand dorthin.

Sei nicht so einsam, ich bitte dich.

Trauer und Mitleid weiten den Herzraum der Liebe schmerzlich, verzerren das Innigste, Innerste. Und du stehst bei mir und sprichst mit anderen, wie ich es immer träume, und wie es doch nicht ist und sein kann, auch wenn ich zu Eis erstarrt bin.

Mühsam werden alle Gedanken. Und alle Bemühung ist sinnlos.

Freundschaft, Musik – Synonyme der Lüge.

Die Leiber der Menschen im Grünen, wie sie nichts tun als essen, plaudern, Radioklängen, dem Wind in den Bäumen und dem Wasser lauschen, Alltag im überfüllten sommerlichen Schwimmbad – mehr Paradies als die meiste Musik.

Allein die Liebe des wahren Menschen verstört mich auf dieser Erde.

Liebedienerisch, aber einsam. Feig, aber einsam.

Mein Leben ändert sich nicht durch deinen Irrsinn. Mein Leben wird sich ändern, wenn du dich besinnst.

Häßlich quietschende Klinke. Unglückliches Weggehen im unglücklichen Moment.

Heiseres helles Schluchzen.

Der wahre Mensch saß allein auf einem Stuhl und las Zeitung.

Wenn ich dich streichle, hinterläßt es kaum einen prägenden Eindruck. Wohl aber, wenn ich dich schlage. Daher das scheinbare Übermaß negativer Erfahrung.

Der wahre Mensch stieg lächelnd die Stufen hinauf. Die Schergen sagten, entgegenkommend: Wir haben schon alles für Sie vorbereitet!

Ich träumte, ich ließe mich anstecken von deiner Krankheit; und es heilte dich; und ich wurde nicht wirklich krank.

Sie wollen in der Liebe baden, ohne sich schmutzig zu machen.

Der wahre Mensch bettelt wie ein Hund um die Freundschaft der anderen. Sein bester Freund ist sein Zuhälter.

Manche Seelen sind von der Anstrengung, Geist zu heucheln, ganz ausgeleiert.

Laß mich sterben und vergiß mich schnell und ganz und gar.

Morgens weckt mich die zarte Stimme.

Das Kind hat eine Grenze gebaut, Stöcke im Sand, daneben Steine. Die Grenze ist ein ausgedehnter, ausgefüllter kreisrunder Punkt.

Ehe es um die Botschaft geht, geht es um die Art der Beziehung, die es ermöglicht oder nicht ermöglicht, daß die Art der Botschaft eine Rolle spielt.

Wenn ich ein Gespräch beginne, bin ich auch verantwortlich.

Was beflügelt die Gedanken? Die Liebe. Was hemmt die Gedanken? Die Liebe. Was sonst?

Und ich wiederhole: Wenn es niemanden gibt, dem du antworten willst, bist du verloren.

Auf Bahngleisen federnspreizend ein toter Vogel.

Das Telefon klingelte. Aber wohin ich den Tönen auch nachging, nicht näher, sondern ferner klang es immer. Warst du es?

Mein Leben scheint aus dem Schatten nicht heraustreten zu wollen.

Da gehen Menschen, hübsch verkleidet, auf ihre Posten.

Jeden einzelnen Fremden hat man früher gekannt und über ihn gelacht.

Du größter Ernst meines Lebens – ich liebe dich, sehne mich nach dir. Aber mein Mund ist versiegelt.

Ich muß also sterben, ohne dir gesagt zu haben, wie lieb du bist. Nicht, daß ich sterben werde, ist traurig, sondern nur dies.

Ich rolle auf etwas Fernes zu. Auf halbem Wege schwindet der Schutz.

Der Einkaufsleiter schreitet finster durch die Flure.

Nach dem Ruin ihrer Gegenwelt ist die freie Welt nur noch ein Hohn auf sich selbst.

Gräber liegen im Wald, wunderbar mit Blumen überwachsen.

Eigenmächtiges Aussteigen ist lebensgefährlich. Aus: Verhalten bei Betriebsstörungen.

Die Erste-Klasse-Bande wartet am entsprechenden Bahnsteigabschnitt.

Sanfte Hügel mit Waldkränzen, vergilbende Felder und Wiesen, Mosaiken aus Erdschollen, schimmernd wie Regenbogen. Linien auf dem Feld, tiefe Furchen. Manchmal vergesse ich, woran es liegt. Der Frieden ist nicht so laut wie der Krieg.

Die Farben wachsen aus den Wäldern heraus.

Irgendwie, sagt der Unzufriedene, ist man Teil der Gesellschaft und muß das auch zum Ausdruck bringen, sei es auch nur, indem man Rachegedanken hegt.

Andere Welt. Grünblaues Tal, durch das der Fluß sich windet, spiegelnd und klar. Abend, der sich senkt, wenn ich heimkehre im Bett des Flusses. Höhe des Baumes, die den Himmel mißt. Handbewegung des Bauern beim Einbringen der Schafe.

Menschenwerk, das vergeht, verwandelt sich nicht, fällt zurück in den Kreis, gegen den es sich stemmt, Rohstoff für neue Vergeblichkeitsformen.

Das Licht ist erloschen. In meinen Augen flackert es noch und wärmt mich innen.

Schmaler Weg, heller Himmel. Durch den Wald, durch den Mittelgang, scheint die Mondsichel.

Auch Berge sind Wellen; nur langsamere.

Ein Hakenstock läßt mich mehr Früchte ergattern, als meine Hand erreichen kann. Ich fühle diebisches Vergnügen. Erschließt es mir endlich den Faszinationskern der Technik?

Vergnügen: ein Akt, der sich selbst verzehrt, aber keine Freudesamen, keine Götterfunkensaat in der Seele zurückläßt.

Wort halten, buchstäblich genommen, ist eine Form der Täuschung.

Wahrheit hat mit Treue zu tun, Treue mit Erinnerung, der Mutter der Musen.

In fremden Sprachen sprichst du unverhüllter als in deiner eigenen.

Und es geschieht nicht nur; es hat auch einen Nachklang in meiner Seele.

Vernunft ist nicht einfach gegeben. Du mußt sie annehmen.

Undine im Gras, zur Erde gehörig wie sonst etwas Lebendes; einem Hund ähnlicher als einem Mitmenschen.

Wo die Werke der Menschen verfallen, zeigt die Welt ihren weiteren Atem.

Ich kann bald keinen Weg mehr gehen, ohne Menschen zu treffen.

Die Maische singt in den Gärgefäßen.

Aufrufen zum Krieg heißt: Bildet Einheiten!

Ich konzentriere mich, wie der Krieg. Ich werde auch wieder von anderem wissen.

Es ist nicht der drohende Tod; es ist das falsche Tempo.

Hätte die Musik eine Stimme, wäre dies alles nicht nötig.

Aber wir werden uns, bevor wir sterben, noch sehr lieb haben.

Wie züchtet man Wut? Durch Unterdrückung.

Du lächeltest mich unablässig strahlend dumm an, ich spielte dazu unablässig strahlend dumm Gitarre. Aber es war dein Lächeln von damals, und es ist lange her, daß ich so von dir geträumt habe.

Grasbüschel entfalten sich mit reifen Gräsern.

Das Kind, kurzbeinig in Stiefelchen, fischt Birnen mit einem langen Stock.

Entweder hat man die Macht, oder man hat sie nicht, und dann sucht man sie, um zurückzuschlagen, erklärt der Regisseur.

Musik als Tropf der Erinnerung am Krankenbett der verwirrten Menschheit.

Schmerz! Tu nicht so weh! – Sieh, er läßt mit sich reden.

Regen rauscht fröhlich.

Städter ähnelten Jägern und Sammlern, Beerensträucher Supermarktregalen.

Herbstblumen, einzeln und farbig. Geselligeres, viel bunteres Laub.

Saisonschluß. Der Hotelier richtet sich auf aus der kriechenden Haltung.

Der Wald wird tiefer, dunkler, senkrechter.

Huldbrand jammerte in der Nacht, suchte Trost vor dem Buchstabengeist, der ihn gemartert hatte.

Nachahmung zerstört nach und nach jedes Maß.

Die Wolken bilden Schichten. Gipfel schauen heraus. Es ist still.

Zu keinem Gebrauch bestimmt.

Auf dem Amboß der Wirklichkeit Träume schmieden.

Die Eltern wollten, daß ihre Kinder einer Seele teilhaftig würden, müßten sie darum auch alle Leiden der beseelten Wesen bestehen.

Zu Verzagtheit bestehe kein Anlaß, meint der Bundeskanzler.

Der zweite Weltkrieg sei doch auch gut ausgegangen, meint ein Herr jovial.

Die arme Frau pflückt Äpfel.

Wie heißt du, alter Mensch?, will das Kind wissen.

Wissen, meint man, muß man bezahlen, während man Unwissenheit umsonst haben kann.

Die Bäume haben die weißen Mäntel wieder abgeworfen. Nur in Astgabeln hängen noch kleine weiße Fetzen.

Mit eingeknickten Vorderbeinen müht sich die Mücke.

Ewige Gletscher rollen zurück, und Mickymäuse begrüßen dich.

Der Mond ist aufgegangen und spiegelt sich im Grünen.

Dem Dummen ist es egal, mit welchen Gefühlen du nachgibst; wenn du nur nachgibst.

Das Kind, an Bäume gelehnt, in die Weite wegsehend, wartet. Auf was?

Hast du mich lieb? Ich habe dich sehr lieb.

Ob die gefährlichste Tugend des Jahrhunderts der Gehorsam sei? Ob der auszurotten sei? Oder sei doch die Ausrottungswut die gefährlichste Tugend, und noch typischer für das Jahrhundert?

Im Friedhof blühen rote Lichter in Nacht und Grün.

Es wird alles sehr, sehr gelb.

Blaues Schattenlicht. Die Sonne verschwindet.

Die Schönheit ist auf Erden das einzige, was nicht unzulänglich bleibt. Zulänglichkeit aber ist es, wovon wir träumen.

Das Kind spielt mit dem wenigen Schnee.

Gott schuf Rätsel, der Katechismus Auslegungen. Als sei der Gott zu faul oder zu dumm gewesen, das selbst zu tun.

In den Fugen der Steine sammeln sich goldene Nadeln.

Der Horizont nach Untergang der Sonne – Schnee in der Nacht – verwelktes Gras – Nebel im Tal – die Lichter der Welt erblicken das Licht der Welt.

Der Schnee wächst unaufhaltsam.

Floskeln sind Blümchen.

Huldbrand schoß manchmal über das Ziel hinaus und mußte dann wieder zurück. Aber auch das, sagte er, sei herrlich.

Die letzten grünen Blätter hängen erfroren im Baum.

Nicht nein sagen können und darum ja heucheln müssen.

Wohin gehst du? – Fort gehe ich. – Und wann kommst du wieder?

Wiederholungen definieren, erlauben zu sagen: Hier fängt es von vorn an.

Für alle Fälle muß der Mensch immer etwas Geld in der Tasche haben.

Ein Rat für Wettbewerbsfähigkeit soll lästige Vorschriften beseitigen.

Huldbrand wollte nicht immer dieses Negative hören.

Das Weihnachtsgeschäft läuft gut. Der Wirtschaftsminister lobt uns.

Die Jungen ahmen viel zu schnell das Veralten der Älteren nach.

Manchmal verfolge ich einen Weg aus dem ausweglos Scheinenden traumhaft zornig genau und wache staunend auf, wenn ich am Ziel bin.

Retten durch Gerettetwerden.

Wie die Kinder sein: auf Liebe angewiesen bleiben.

Langer Rede kurzer Sinn: Es gibt keinen kurzen Sinn, sagt der Verstrickte.

Verschwindender kann sie nicht sein, als sie heute ist, die Mondsichel.

Huldbrand streichelte Undines Gesicht mit dem Zeigefinger.

Ein Kaufhaus beleidigt die Seele.

Wasserwesen haben Echoaugen.

Hinter der überschwemmten Ebene leuchten die Türme einer Märchenstadt.

Die Augen sehen das geballte Furchtbare.

Der Preis der Seele: der Tod. Das Himmelreich: ihr Lohn.

XI

I have filled innumerable notebooks with phrases to be used when I have found the true story to which all these phrases refer. But I have never yet found that story. And I begin to ask: are there stories?
(Virginia Woolf, *The Waves*)

Die Altruismusforschung möchte Undines Motive rekonstruieren.

Die hohlen Menschen, die du mir vorziehst, hältst du mehr zum Narren als mich.

Ich sehe in den Wald, warte auf Verheißung. Aber er schweigt.

Nonnen haben die höchste Lebenserwartung. Putzfrauen stehen ihnen kaum nach.

Der See beginnt sich an manchen Stellen mit Eis zu bedecken.

Sturm kam auf. Alle sprangen ins Wasser und schwammen an Land. Undine blieb, bis die Möwen das Schiff verließen.

Je mehr Schulen einer durchläuft, desto mehr Irrwege stehen ihm offen.

Nach Liebe hören die Menschen sich um in der Welt, so weit sie nur können.

Wenn ich so dahinschlafe, und der Tod mich weckt, und die Vögel fliegen stumm durch den Abend: sehe ich deine Schmerzaugen plötzlich brennen, und sehe dich plötzlich endlich angstlos an in Gedanken.

Scharfkantige Steine blicken golden durch feuchten schrundigen Schnee.

Tue ich, was ich nur lassen müßte, und die Menschen wären glücklich? Aber sie waren, bevor ich ins Spiel kam, auch nicht glücklich. Sie suchen eine Schuld bei mir, weil ich glücklich bin; fordern ihren Teil und greifen danach. Aber was sie ergreifen, verwandelt sich in ihren Händen in ihr altes Unglück.

Die Sonne ist untergegangen. Im Tal liegt die menschliche Siedlung wie ein liegender Christbaum mit ausgebreiteten Armen.

Die Enten mit ihrer flaumigen Brust schmiegen sich an den gefrorenen Boden.

Plagiatoren sprechen salbungsvoll. Müssen sie wohl.

Initiation: Wir begrüßen dich – willkommen in der Tinte! Wir sitzen auch drin. Und denke nur nicht, du könntest entrinnen – wir können's auch nicht.

Geschenke der Vergangenheit tragen hilfreich mit an der Zukunft.

Im Schnee ein zerrissenes Drahtseil, um Baumwurzeln geschlungen.

Welche Erziehung ist nun die richtige, damit endlich der richtig erzogene Mensch in der Welt sein wird?, möchte eine Dame wissen.

Dann tritt noch ein Schatten ins Bild – und plötzlich tritt alles miteinander in Beziehung.

Du mußt kommen, ich muß warten, ich muß flüchten, wenn ich dich sehe, du mußt es schwer haben, mich zu finden – wenn du es willst.

Fingerzeigen in der Schule: Einführung ins Digitalsystem.

Blaue Mondberge türmen sich hinter dunklen Tälern – Schneewellen, wunderbar sturmgeformt, ausgeleuchtet vom steigenden Mond – bis wieder Sturm in die Nacht hereinbricht wie ein dunkler Blitz.

Dein Vokabular: dein Arsenal von Totenmasken.

Manche finden Heuchelei besser als blanken Zynismus.

Aus manchem Dickicht fände ich ohne die Hilfe von Hasenspuren nicht mehr heraus.

Sollte Undine anders sein, aus Angst, daß jemand sie nachahmte?

Aus Leiden lernt man: gut leiden können.

Mit Rührung sehe ich, daß Rehe in meinen Spuren gegangen sind.

Die nächsten zehn Jahre sind gerettet, sagte Huldbrand, ausatmend.

Ich sehe mich gehen, Jahrzehnte später, nachdem mir alle gestorben sind – und bin froh, daß ich noch in der Mitte meines Lebens bin; daß der Wald mich noch nicht ruft mit Totenstimmen; daß das Wasser mich noch nicht ruft, in dem ich geboren bin; daß das schwarze Weltall mich noch sehen will, wie ich umhergehe mit meinem Licht und suche und nicht glauben kann, daß keine Seele mehr hier ist.

Ich hole mich ein. Ich bin mir schon auf den Fersen.

Braune Felder wölben sich vor flachen blauen Bergen.

Man hat mit einem Kind Zukunft: jahrelang gesicherte Beteiligung an garantiertem Wachstum. Aber nichts ist so seiend wie dieses Werdende.

Stumpfes Blau, worin scharfes Eis treibt.

Von einem jämmerlich alten Gesicht plötzlich aufsehen in ein lächerlich junges.

Bunkerinschrift: *Größte Ruhe. Fragen möglichst vermeiden.*

Vorbei fliegen Berge mit leeren Bäumen – Waldränder, mit Schnee markiert – Wiesen, die grün versinken – Dörfer wie feste Burgen im blauen Nachthimmel.

Omnibusse warten. Sie sind geboren zum Warten. Manche Menschen warten auch so. Sie warten, daß man sie benutzt.

Nicht der Folgen wegen Liebe vorenthalten. Besseres können wir niemandem geben, wenn wir auch alle denkbaren Formen von Liebesleid mitgeben.

Enten stehen im Sturm und putzen sich. Die Bäume schwanken, und der Schnee dreht sich.

Der feuchte Schnee riecht nach Anis.

Die Menschen lieben es, ihre Stummheit, die sie verschweigen, ausgesprochen zu hören. Es treibt ihnen sogar Tränen in die Augen.

Es ist nicht nur Angst. Es ist die Weigerung, ihr zu entrinnen. Es ist Angstsucht.

Angst betäubt. Ihretwegen versage ich, und spüre nichts von meinem Versagen. Angst löscht alles, sogar die Schwerkraft, sodaß nichts mehr schiefgehen kann.

Im Rückzug komme ich angstlos mit der Welt in Berührung: von Angesicht zu Angesicht und in der ruhigen Sprache der Schrift.

Die Angst überspielt die Liebe. Sie ist es, die sich ängstigt.

Ich beneide niemanden.

Lieber bin ich allein eine Nebenstimme, als daß ich allein das Vollkommene bilde.

Sonne scheint, dampft Nebel weg. Ich sehe etwas auftauchen, die Wasser sich zurückziehen, die Welt wie neugetauft daliegen. Erwachende Erde umarmt meine Schritte. Ich gehe in Wolken, selbst eine Wolke von etwas festerer Konsistenz.

Leichtsinnige Menschen zählen die Jahre nach Lenzen.

Ich lebe vielleicht noch viele Jahre – aber ein Jahr ist kurz. Ich lebe vielleicht nur noch wenige Tage – aber ein Tag ist lang.

Sie haben die Mutter verloren, bevor sie von ihr sprechen lernen konnten.

Sonne scheint und Tauwind weht und Moos duftet.

Ich erschrecke noch immer, wenn ich Menschen sehe.

Es bleibt rätselhaft und relativ mild.

Konturen zeichnen sich ab, Gliederungen der Massen.

Auf gelben, undurchsichtigen Wellen spiegelt sich Licht.

Unter dem Sturm, über dem Sturm, mitten im Sturm stehen die Sterne still.

Das Kind deklamiert. Der Wald gibt ein Echo.

Spuren altern, wenn wir nicht da sind, um sie zu erneuern.

Es schneit ganz dicht. Amseln singen köstlich.

Die Konkurrenz schläft nicht. Aber ich schlafe.

Huldbrands warme Hand – darin ist alles.

Jemand brannte mir Locken. Es tat sehr weh.

Zwei Fluchtwege aus der Sprachlosigkeit: Geschwätzigkeit und Stummheit.

Die Angst hat wieder zugeschlagen. Zuerst betäubt es; hinterher schmerzt es.

Ecce homo. Das Paar vor der Meute.

Seit das Kind in die Schule geht, kann es nicht mehr lesen und schreiben.

Der Professor schaut mit traurigen Augen auf das entschwundene

Leben. Draußen fällt Regen. Draußen fährt die Tunnelwand schwarz vorbei, drinnen tobt der Hausverstand die Welt entzwei. Oikonomia.

Die Freude braucht keine Fahne.

Raubvögel am Waldrand.

Es gibt menschengestaltige Götter und muttergestaltige.

Wolken glühen wie goldene Zweige hinter dem Wald.

Auffällig still hängt der sturmgefällte Baum zwischen den anderen.

Man steht hier oben wie Weihnachten, und unten liegt Ostern.

Menschengestalt hat der Gott im Totenkult, Muttergestalt im Naturkult.

Wasserleute sind schöne, langhaarige, menschenähnliche Wesen. Sie stürzen zurück in ihr Element, sobald Menschen sich nähern. Wer sie singen hört, verliert den Verstand. Sie rufen um Hilfe, ehe sie versinken, und ziehen ihre Retter unter Wasser.

Immer wieder sagt mir alles: Langsam, langsam!

Undine ordnet. Sie kämmt unendlich.

Schauplätze des menschlichen Dramas: die Insel, die Reise, die Stadt.

Liebe ist schwierig und kompliziert. Wenn Blicke sich kreuzen zum Beispiel.

Wasser löst, entknotet, besänftigt.

Manchmal wird der Spiegel durchsichtig bis auf den Grund.

Der wahre Mensch sagte, als Undine in den Raum trat, in dem er mehrstimmig sprach, einzeln vor einzelnen Zuhörern: Ich kann sie nie erreichen!

Der Baum trägt Knospen und Moos.

Der Vollmond hängt mitten im bunten Aprilhimmel.

Das Kind liegt quer über meinen Knien, müde vom Spielen. Wir bilden eine uralte Gruppe. Es weiß nichts davon.

Der Kuckuck schwingt sich von der kleinen Sekunde hinauf bis zur Quinte.

Regen schmatzt im Gras. Regen rauscht laut ins halbfertige Grün. Es hagelt. Es stürmt. Die Vögel sind wohl irgendwo untergeschlüpft.

Eine uralte Legende. Emportauchen eines Geschöpfs aus dem dunklen Nirgends. Eine reine Seele. Ein kostbarer Edelstein, noch von keiner gierigen Hand betastet. Ein Menschheitsfrühling. In einem vertrockneten Land fließt plötzlich Wasser – so war, fand man, der Unbekannte, der ein Reiter werden wollte wie sein Vater.

Immer Neues findet das Kind, das es mir zeigen will.

Huldbrand staunte zum tausendsten Mal über Undines graue Haare.

Zwei Enten am Bach, staubgrau, versteinert wie Denkmale.

Ich gehe auf gebogenen Schatten.

Bäume sind Bilder der Seele.

Der Mensch, das absorbierte Wesen.

Es gibt Grade der Ignoranz, von denen ich nichts mehr lernen kann.

Ich wandere durch mein Leben, wieder und wieder.

Vom Abbild zum Inbild.

Die Spuren, die der Holzwurm hinterlassen hat, nennt das Kind Buchstaben.

Ich nenne dich: den wahren Menschen.

Wie das Herz galoppiert; wie es scheut, sich zurückhält und dann erst ausbricht; wie der Jubel abebbt und in schweren Schlägen den Schmerz nachdröhnen läßt!

Es gibt Menschen, die ich erkenne.

Animateure.

Käufliche Dinge machen stumm.

Die Bäume leuchten in den verschiedensten Grautönen.

Das Kind zählt die Tage nach Nächten.

Gottes Geist soll über dem Wasser sozusagen gebrütet haben.

Wann schaffen wir es, miteinander zu sprechen? Wir könnten beide schon dreimal gestorben sein.

Es geht um den kleinen Mann, sagte Huldbrand. Man hat ihn zum Fabrikarbeiter gemacht; jetzt ist man auch für ihn verantwortlich.

Wenn das Kind weint, ist es sehr klein. Wenn es Witze macht, ist es viel größer.

Meinen Geist befehle ich in deine Buchstaben.

Auch in hochkomplizierten Maschinen kann gewöhnliches Feuer ausbrechen.

Als ich aufwachte, saß ein Rotkehlchen auf der Fensterbank und sah mich an. Ich sah es atmen.

Komm, atmender Mensch.

Asche. Ende. Aber nicht der Liebe.

Trauer macht bereit zum Frieden, Zorn zum Krieg.

Pfingstrosen, groß und rot im wogenden Grün.

Urwaldkrähen sitzen auf Baumstümpfen und blicken schweigend über den See.

Huldbrand wurde mild. Er sagte es selbst, und es stimmte.

Amphibisch leben.

Es regnet kalt und strömend.

Und ich kann es erzählen, wie es mir in den Schnabel wächst.

Auch ein Bilderverbot ist ein bildlicher Ausdruck.

Die Gabelstapler höre ich wieder und blicke auf die Werke des Irrsinns.

Das Kind hat rotgeweinte Augen. Seine Verwandten reden immer so laut.

Huldbrand träumte von hohen Wellen. Im Unterschied zu anderen hatte er keine Angst, weil er solche Wellen schon einmal überlebt hatte.

Die Fata Morgana der Wüste tauchte auf hinter der Stadt. Dann war es die Fata Morgana der Stadt, die auftauchte in der Wüste und auf mich zukam.

Du sprichst, und ich bin verstanden.

Plötzlich dein Gesicht, das mich sieht; ich sehe es und habe keine Zeit zu erschrecken; und schon lächle ich unwillkürlich, und wir grüßen einander.

Keine Zeit heißt: keine Zeit für Angst.

Man sucht nicht mehr nach der gemeinsamen Sprache. Darum versteht man einander nun besser, und Frieden herrscht, wo vorher Streit war. Es ist furchtbar.

Das Falsche ist bequem.

Der Sohn stützt die Mutter, beflissen wie ein Fremder.

Die Worte werden ausgepreßt, die Tropfen geschlürft. Die Hülsen bleiben übrig.

Sie sind weitergegangen. Ich bin noch am Anfang.

Auch wenn es falsch war: es hat einen anderen Nachklang als anderes Falsches. Lebe wohl, wahrer Mensch.

Es ist der Eros der Seele, sagt der Lehrer, der die Wahrnehmung eröffnet: weil es schön ist, wahrzunehmen. Ein weiterer Grund ist nicht nötig. Vorher blieb die Welt dem Menschen fremd, nun wird sie ihm nah. Der Mensch hat sein Schönstes zu tun: das ist die wahre Tugend.

Es ist schön, vom Paradies zu hören. Noch schöner ist es, darin zu leben.

Morgensonne scheint mir aufs Ohr. Ich habe noch Ruhe. Die Ampel ist rot.

Vom Tag bleibt wenig übrig. Dafür weiß ich das Datum so genau wie möglich.

Du gehst aus meinem Leben, als hättest du nie etwas damit zu schaffen gehabt, und hinterläßt Wunden und Narben, und hast mich umgeschaffen.

Höheres Alter beruhigt. Eine Eichenallee zum Beispiel.

Ich bin in eine Maschine verwandelt, bei der auf Tastendruck pfeilförmige Bewegungen hin und her rasen.

Plötzlich sahen wir zwischen den Häusern die göttliche Landschaft leuchten. Wir gingen hinaus aus dem Dorf, hinein in den Horizont der umgebenden Berge. Wie nach einem Gewitter flutete Liebe frei durchs Weltall.

Wie mein Glück ist mein Lied. Mein Lied ist lang.

Im Friedhofsgrün steinerne Worte: Sterblichkeit sei nicht der Sünde Lohn, sondern Gott offenbare in ihr seine Sehnsucht nach uns.

Mein herrliches Leben. Ich fühle es in den vorübergleitenden Bäumen. Sonst gibt es nichts Neues.

Auch Abel hat wohl manchmal versäumt, seines Bruders Hüter zu sein.

Das Kind hat gelernt, wie man feststellt, woher der Wind weht, und wird nicht satt, den befeuchteten Finger in die Luft zu heben.

Ich bekleide lieber ein niedriges Amt. So erspare ich mir viel Zwangsverhalten.

Lämmer spielen auf der Wiese. Es wird nicht in jedem Moment jegliches getötet.

Um Omega zu ermitteln, muß man einfach ein möglichst großes repräsentatives Stück Weltraum abstecken und die Masse darin addieren.

Sie lächeln, obwohl sie dem Tod anheimgegeben sind. Aber dieses Obwohl ist nicht in ihrem Lächeln.

Eine Last ist ein Schutz vor der Leere.

Ich sehe lieber die Dunkelheit als das Stück Weg, das das Licht bescheint. Die dunkle Welt führt mich heim; der helle Wegpfeil niemals.

Schnee liegt im grünen Laub und sieht merkwürdig aus.

Die Zeit geht, und wir werden sehen.

Vieles hört auf, ehe der Tod es abbricht.

Plötzlich ist es zu spät. Du bist es nicht mehr, der damals heimgekehrt wäre.

Wenn ich für etwas zu alt geworden bin, muß ich etwas ändern. Aber ich werde nie zu alt für die Welt, nie zu alt für den Wald, nie zu alt für den Schnee, nie zu alt für die Zeit.

Erst schauen, dann denken!, erklärt das Kind mit wichtiger Miene.

Diese schwankende Stimme wird an etwas erinnern. Mehr tun kann niemand.

Die Farben flammen auf.

Huldbrand fragte nachts, ob Undine weinen wird, wenn er tot ist, und morgens wollte er wissen, warum Undine ihn eigentlich nicht haßte.

Das Hasenpanier – meine Sturmfahne?

Es gibt Abschnitte. Ein Krieg ist ein Abschnitt.

Wahnsinn gibt dem Banalen scheinbar erschütternde Intensität.

Verlegenheit – schützende Göttin, die Menschen voreinander verhüllt.

Alles ist bunt, alles schwebt. Ein Ahorn steht im Grünen allein wie ein reifer Weinstock.

Man braucht Menschen, die das Leben lieben, unbedingt.

Das Wetter, ein herrlicher Gegenstand. Man kann immer darüber reden. Es bleibt ein wunderbares gemeinsames Schicksal.

Wir reparierten einen Regenschirm, obwohl ich gleich gesehen hatte, daß er nicht mehr zu reparieren war. Immerhin, wir entwirrten die Speichen, und ich war froh, daß wir überhaupt gemeinsam etwas taten.

Ich bin mit den besten Absichten zur Welt gekommen.

Vor den Fenstern schwanken Schattenrisse.

Strenge, milde, von Freuden und Leiden eines ganzen Jahres geläuterte Farben.

Eine Antwort ist etwas Wunderbares, wie sie auch lauten mag.

Die Nächte werden kälter und wärmer. Die Abschiede werden leichter und schwerer. Das Herz springt tiefer und höher. Der Mond wird schmal. Herz, laß doch!

Wir hatten den Sarg unten liegen gesehen. Jetzt hörten wir die Schollen poltern. Es klang weniger dumpf als in unserer Vorstellung.

Bäume sinken im Nebel.

Undine suchte Menschen, mit denen sie sprechen könnte, ohne unterzugehen.

Wolkenbuchten teilen den See. Die Wölbung der Felsen biegt die Wolken. Die wie Flügel gebogenen Wolken öffnen sich vor den Schultern der Berge, heben sich und verbergen die Gipfel. Ein noch größerer, weißerer Flügel hebt sich und verschmilzt mit dem Himmel, während das Meer die Ufer überwogt.

Der Sturm brüllt. Komm gut heim, sagt die Nachbarin.

Die Elemente sagen nicht nein, sondern sie fließen.

Das Jahr komprimiert sich.

Oft sinne ich, weiß nicht, worüber; umgebe Menschen, die mir nah sind, mit Gedanken und Wünschen. Meine Gedanken sind vielleicht einfach weihnachtlich.

Wegatmen, sagte Huldbrand, bis du Asche bist – ich kann es nicht besser sagen, darum sage ich es dir jetzt – ich könnte ja sterben.

Die große Linie hat sich verflüchtigt. Und ich bin nicht gewillt, sie zu fingieren.

Meine weißen Haare hängen mir ins Gesicht.

Rotgeblümter Himmel.

Es machte Huldbrand traurig, unter Menschen zu leben, die an allem vorbeigingen. Aber mit dem Ausatmen, sagte er, knackst du die härteste Schale. Du knackst jede Nuß mit dem Ausatmen.

Ich atme die Dämmerung. Meine Seele wird tief. Mehr kann ich nicht tun.

Schnee stiebt über den Fluß.

Es ist nicht zu sagen. Es ist nie zu erzählen, was ich gehört und gesehen habe.

Die lesende Dame sprach von Menschen guten Willens, deren Seele heilbar ist. Tränen traten ihr dabei in die Augen.

XII

& I am imagining how it wd be if we could infuse souls.
(Virginia Woolf, *Diary*)

Sie feiern die Gegenwart eines Hörenden durch Reden, Reden, Reden.

Hörer einhängen. Notbremse ziehen.

Menschen, ums Leben gebracht von der Angst, vom hohen Roß herunterzufallen.

Mohrenkind, gerettet durch Ausschüttung einiger Zünglein hölzernen Wassers.

Es bleibt etwas zurück. Ein Duft von einem Menschen, ein atembarer Schatten.

Ich wartete. Dann verlor ich den Glauben, und während ich einen Fahrplan suchte, fuhr dort, wo ich gewartet hatte, der Zug ohne mich ab.

Als im Nebel die Sterne erschienen, fühlte ich mich hinaus in den Weltraum, um wieder fremd zu werden; fühlte mich auf der Erde zu sehr zuhause; also zu wenig.

Irgendwann war es vorbei, weißt du noch? Und ich liebe dich immer noch.

Gesänge von Vögeln, von Katzen zu Füßen von Bäumen aufmerksam bewacht.

Melancholie sei die Grundform extramarinen Lebens, meinen Forscher.

Er ist ruhig geworden, mein innerer Dialog. Dabei habe ich viele unentschiedene Fragen an mich.

Daß ich Trost suche im Gedanken, für Gott dazusein – so alt bin ich manchmal.

Laßt die Vergangenheit Vergangenheit sein! Diese Phrase gewann den Wahlkampf.

Das Leben zeigt sich von der schmalen Seite.

Der Mond treibt sein Spiel in der Bläue, die den Wolken zugrunde zu liegen scheint.

Blumenpflücken mit einem Kind verbindet mit den tiefsten und besten Gründen menschlichen Daseins.

Das große Wasser – ein wunderbarer Weg für den, der ihn gehen will. Ein wunderbares Bild für den, der am Ufer steht – vielleicht sein ersehntes Ziel.

Die Menschen gehen mit grauen Gesichtern an ihre Arbeit.

Die Füßchen der Kinder sind weich, bevor sie laufen lernen.

Wüsten, in denen nur Industrie wächst, wirken noch trauriger im Regen. Die Erde muß krank sein, daß sie solche Einförmigkeiten hervortreibt.

Das Rollen auf der Brücke setzt ein. Die Festung rutscht auf das andere Ufer.

Mildes Flüstern von schmelzendem Schnee und schattigen Wassern. Weit weg im Tal rumpelt ein Zug. Wärme schließt mir die Augen. Ich stimme und bleibe sitzen, wende mich auf die Welt nicht an. Ich bin keine Weltformel. Aus meinen bloßen Füßen erwächst kein Leid für die Sonne.

Helles Licht, klare Farben. Goldene Flüsse strömen zu Tal. Ein

Leichenzug, Blasmusik voran, bewegt sich zwischen Altersheim und Elektrizitätswerk, umdröhnt von Dissonanzen.

Durch offene Türen treten Märzluft und Sonne und heiligen alles.

Amseln singen, oh Frühling. Ich bin ein verwandelter Mensch.

Glocken im Schnee und Spuren und Schatten. Mondlicht tritt mir in den Weg. Glück sprengt mir die Seele.

Ich wandte mich, um zu gehen und nicht wiederzukommen. Du tratest heran mit grauen Haaren. Also morgen?, fragte ich zweifelnd. Du nicktest und gingst weiter.

Nach jahrelangen Bildungsbestrebungen sitzt am Ende ein Mensch vor dir, der viel Geld verdient. Huldbrand fand dieses Ergebnis deprimierend.

Wenn du da bist, wo du sein willst, hast du kein Publikum mehr.

Geträumte Luft.

Trotz vieler Sterne ist die Nacht mild.

Zerstörtes Leben ist ganz normal. Trotzdem will man Kinder ganz unnormal glücklich aufwachsen lassen.

Die Dame trug ihre Schönheit wie ein müde lächelnder Weihnachtsmann.

Bäume knospen überschwenglich. An ihre Wurzel ist die Axt gelegt, der Mensch. Ich höre ihn klopfen. Er pocht unermüdlich auf seinen überhöhten Anspruch.

Die Menschen weinen. Dafür liebe ich sie. Wie wüßte ich sonst etwas von ihnen?

Im Gebirge ist alles Ufer.

Erinnerungen wachsen. Ich komme nur mühsam im Gedränge voran.

Früher wußte ich Wege und ging sie, wie zweifelnd auch immer. Später schämte ich mich, so viel zu wissen.

Wellen ziehen, stoßen, treiben, treffen einander.

Schicksal, nimm deinen Lauf. Aber drohe mir nicht mit der sinnlosen Verläßlichkeit von Apparaten.

Bald mache ich Platz für Schweigen.

Von Blüten eingemeindet.

Die Melodie tritt hervor wie eine Gestalt zwischen Bäumen.

Zynismus ist ein Luxus, den ich mir nicht leisten will. Kostet zu viel.

Es regnet. Es klingt wie Glocken. Der Regen durchdringt die Erde mit seinem Gras.

Die Zeit ist offen und geht durch die Straßen und und sieht und sagt, was sie sieht.

Der Omnibus ruht. Es ist zu früh. Der Busfahrer ruht. Die Fahrgäste ruhen. Lastwagen strömen vorbei, übereilig.

Reiß ab, Seele, du fliegst – kannst du denn fliegen?

Glauben an die Wahrheit der Liebe: das Schönste ist den Menschen erreichbar.

Die Lichtung erloschen. Wolken zwischen uns. Endlich ist es, wie es sein muß. Und die Liebe ist größer als der Tod.

Was lassen die fahren, die durch das Tor treten? Ihre Angst. Also alles?

Es ist die blinde Öffnung der Seele, die nur Einsamkeit verströmt, und dafür einen Beifall erwartet, der noch einsamer macht.

Liebe stirbt, Haß tötet.

Die Stadt ist der Zirkus der Wartenden.

In den Goldruten ein Bienenschwarm.

Seltsam, wenn Seen vorüberschweben. Menschen wohnen an Ufern dieser strahlenden Wunder.

Ich will nicht Bahnen brechen. Mir soll keiner nachgehen.

Der Herbst führt heim.

Ohne Krieg, ohne Bedrängnis male ich mir eine Freude aus.

Ich trage das Leid, und wenn der Schweiß mir aus den Augen tropft.

Meißle, aber zerstöre mich nicht. Forme mich, aber lösche mich nicht aus.

Kein Mensch weiß, was ein Mensch ist. Die Menschen, das sind die anderen.

Wie tief waren die Wälder damals.

Straßen sind ewig, und diese zwei Mädchen auf dem Heimweg vom Schulweg.

In jedem Auto eine Seele.

Von einer, die auszog, das Menschsein zu lernen.

Aus den Tiefen der Vergangenheit stammend.

Durchpflügen mein Feld, nochmals und nochmals. Was wird bleiben – nur die Steine?

Ich sitze über den Wellen, die ich geschlagen habe, und schöpfe geduldig den Schaum ab.

Die Welt ist offen. Ich stehe vor diesem Rätsel vertrauensvoll.

Das Kind kommt, beladen mit Spielen. Es hat Zeit für mich.

Huldbrand fragte sich manchmal, was in diesen Menschen verbrannt war.

Das Kind glaubte sehr ernst, sein Lächeln unterdrückend, der Osterhase sei da gewesen, und wies mir, heiß und kalt sagend, den Weg zu zwei veilchenblauen Schokoladenprodukten im Gras.

Das Kind hat Scherben gefunden und baut dafür ein Museum.

Der Mai ist gekommen, Einzelheiten bauschen sich auf, viel zu viele maigrüne Götter glänzen um die Wette. Aber der Wind verbindet.

Die Gedanken schweifen zurück und merken, daß sie nicht mehr frei sind.

Harte starrende einsame Köpfe.

Häuser mit grauen schütteren Dächern.

Standfest in sich verwinkelte Bäume.

Beweisen heißt: Bilanzen fälschen.

Was nicht Metapher ist, ist Mord.

Vom Sommerwind weiß ich, daß er nicht nur ein Wort ist, denn er bewegt das grüne Meer aus Gras und Laub, in dem ich schwimme.

Ein heller Schrei ertönt – mit todernstem Gesicht stürmt das Kind heran und stürzt sich in meine Arme.

Huldbrand liebte Gedanken, die auszudenken sein Leben zu kurz war. Der kürzeste Weg zum Ziel ist die Sackgasse, soll Undine ihm einmal gesagt haben.

Mit einer Seele zu sprechen, bekannt oder unbekannt, macht, daß ein Mensch nicht allein ist.

Es versiegt, was in Gegenständen statt in Begegnungen gedacht wird.

Es bleibt der rituelle Besuch eines Grabes gemeinsamer Hoffnungen.

Von nichts fällt der Abschied so schwer wie vom glücklichen Leben.

Dem Kind fällt auf, daß die Oma die Nachbarin ansieht und nicht das Fernsehen.

Das Leben ist kurz und traurig – freu dich, solange du kannst!, sagten die Trinkenden zueinander. Nichts regte sich in den ernsten Gesichtern. So gab ich mir viel Mühe, ihr Lächeln zu erahnen.

Bin ich vor der Hetze geflohen? Die Hetze ist selbst die Flucht. Wo ich zur Ruhe komme, hat die Flucht ein Ende, gibt es ein Sich-Stellen: dem Leben, der Welt.

Zeit vergeht. Nein, ich vergehe. Mauern vergehen zwischen mir und den anderen.

Die Zeit ist ein ruhender Falke.

Der Frieden ist darstellungswürdig.

Die Zeit drängt nicht.

Schnee fällt vor meinen Augen, denen ich nach wie vor traue.

Huldbrand sprach und sprach, die Steine sahen herab, und plötzlich kam Undine zur Welt und blieb da.

Ich wollte gerade zu dir gehen!, sagte das Kind, als ich es an der Tür traf.

Wir fahren auf einen Tunnel zu. Der Tunnel macht durch hohles Rauschen auf sich aufmerksam.

Erde im Licht frisch umgebrochener Schollen.

Realienkunde. Regnet es wirklich?

Rational verhalten sich Menschen, die auf Anreize reagieren. Die in Fallen gehen.

Ich sitze hier in Gänsehaut gehüllt.

Allein mit zehntausend Eisschollen in der Finsternis.

So viel Falsches! Zieh dich zurück! Wohin? In den Schlaf? Zu wenig!

Sie sollen sich nicht überheben, die Buchstaben. Auch sie haben Schicksale.

Heilsam: Reduzierung auf das, was man schaffen kann.

Wenn es der Gott der Macht ist, muß man ihm die Liebe nehmen. Wenn es der Gott der Liebe ist, muß man ihm die Macht nehmen. Beides zusammen ist nicht Gott, sondern der törichte Mensch, wie er selbst gern wäre.

Und der See seufzt.

Am schönsten sind unsere Wege, wenn wir nicht wissen, wohin.

Es gibt Menschen, die Werke der Liebe zu Werbegeschenken degradieren.

Bild eines Menschen, aus hunderttausend Splittern zusammengesetzt.

Blaue Straßen, ganz früh am Morgen, wunderbar reingewaschen.

Das Kind schrieb in wunderbarer Schrift: Die Räuber waschen sich nicht.

Angenehm, ins Büro zu fahren nach solchen wirren Familiendramen.

Vorn sind Wellen wie Pferdeköpfe, nickend, mit flatternden Mähnen.

Das leise Tropfen des Regens bedeutet Frühling.

Das Kind kommt und lernt wieder lächeln.

Der Zug stand stumm, die Vögel sangen, Ginster blühte gelb und sonnig. Auf der Brücke stand jemand, im Begriff zu springen.

Immer mehr Züge kamen, standen hintereinander still und lauschten dem Frieden.

Der Sommer ist ein Wunder.

Auf dem Weg zum Friedhof begegneten uns drei schwarze Gestalten. Um sie herum und über ihnen wogte das warme sonnige Grün. Sie aber weinten.

Ich bin hier und gehe nirgends hin.

Es bedeutet nichts. Sie bejubeln alles.

Der Regen rauscht, unbekümmert um alles. Er ist mir lieb.

Die Wahrheit ist, daß da eine Wolke langsam sich drehend aus dem Tal hochsteigt in die Sonne hinein, in ein gewaltiges Glänzen.

Die Wahrheit ist, daß ich hier in der Stille sitze und hinausschaue auf Berge und Bäume, und daß das Sinn hat.

Meine schon sehr runzlige Haut.

Fließende Grenzen zu ziehen ist sowohl leicht als auch schwer.

Das Verweilen in der Musik, sagte Huldbrand – das ist es.

Der See wirft blitzende Wellen hoch, die hüpfen, bis die Sonne sie trifft.

Je weniger Fische, desto tiefer das Meer.

Die Stumpfheit ist von solcher Art, daß ich auf den Schmerz warte. Er muß der Freude zuvorkommen, damit sie wieder Sinn hat.

Warum schließe ich die Augen? Ich öffne sie, um schnell etwas Wesentliches zu sehen. Reif auf den Wiesen, Rauch über einem Schornstein.

Menschen schlafen im Zug schnell ein. Sie erfahren es selten, daß sie gewiegt werden.

Die Grenze meiner Kraft ist die Grenze deiner Macht.

Und ich kann es nicht lassen in meiner Angst und will das Schreckliche sehen; und es will nicht gesehen werden und jagt auf mein Licht zu mit klaffendem Maul; und es verlischt; und ich verlösche zitternd.

Totes Holz hängt von den Bäumen in der Stille nach dem Sturm.

Kleine runde Betonmischmaschine, traulich am Fuß eines Bergahorns.

Halbstarke scheinen Zeit zu haben. Ich sehe sie herausfordernd schlendern. Alle anderen Menschen hetzen.

Der Bach stirbt langsam, nach vielen Mäandern, nach vielen Seen, die meinten, sie wären das Meer gewesen.

Ohne Punkt wird der Satz eng.

Am Ende erhebt sich die Stimme der Form und sagt Ja zu ihm.

Huldbrand fragte, ob Undine und er Gestalten aus der Mythologie wären.

Die Intensität der Angst der ungeschützten Seele erfreut jeden Zuhörer.

Wer Mensch sein will, kann im Krieg nicht siegen. Im Krieg siegt die Maschine.

Die Vögel singen im Abendfrieden über den leuchtenden Wiesen.

Ein Gang durch den Wald mit dem Kind. Wie schön wir miteinander sprechen!

Wir sind am Ziel.

Das Neue ist in der Welt.

Das Neue ist die Welt.

Eine Welt, die zusammenbricht, wenn Milliardäre ihr Spielzeug wechseln.

Hochwasser hat über unseren Köpfen auf einer bestimmten Höhe Gras in die Bäume gehängt.

Menschwerdung heißt: Verstummen.

Mensch werden heißt: der Sprache beraubt werden.

Die Welt kommt auf mich zu.

Eine Landung.

Schonend genug.

Hier bist du, Undine! Sieh dich um!

Inhalt

Umschlaggestaltung: Corinna Gerl
Layout + Satz: AD
Herstellung: Theiss, Wolfsberg

ISBN 3-85420-590-2 Normalausgabe
ISBN 3-85420-591-0 Sonderausgabe

Literaturverlag Droschl A-8010 Graz Alberstraße 18
www.droschl.com